「おひさしぶりです、アスタ」
懐かしい声が、静かに響く。
それでようやく、
俺は理解することができた。
「ああ……おひさしぶりです。
ようやく戻ってこられたのですね」
心ならずも、俺の声は震えてしまった。
異世界料理道
VOLUME 24
Cooking with wild game.

彼女たちは普段以上に艶やかであり、魅力的であった。
その中で、どうしてもアイ＝ファにばかり目をひかれてしまうのは、
もうどうしようもないことであった。
俺にとって、アイ＝ファはそれだけ特別な存在であったのだ。
【第三章　ダレイム伯爵家の舞踏会】

「失礼いたします。本日の宴料理を用意した料理人が挨拶に参りました」
小姓の声とともに、俺にはよく見知った人々が室内に踏み入ってきた。

異世界料理道 VOLUME 24

Cooking with wild game.

Presented by

EDA

口絵・本文イラスト　こちも

MENU

登場人物紹介

～森辺の民～

津留見明日太／アスタ

日本生まれの見習い料理人。火災の事故で生命を落としたと記憶しているが、不可思議な力で異世界に導かれる。

アイ＝ファ

森辺の集落でただ一人の女狩人。一見は沈着だが、その内に熱い気性を隠している。アスタをファの家の家人として受け入れる。

ドンダ＝ルウ

ルウ本家の家長にして、森辺の三族長の一人。卓越した力を持つ狩人。森の主との戦いで右肩を負傷する。

ダルム＝ルウ

ルウ本家の次兄。ぶっきらぼうで粗暴な面もあるが、情には厚い。アスタたちとも、じょじょに打ち解ける。

ルド＝ルウ

ルウ本家の末弟。やんちゃな性格。狩人としては人並み以上の力を有している。ルウの血族の勇者の一人。

ヴィナ＝ルウ

ルウ本家の長姉。類い稀なる美貌と色香の持ち主。東の民シュミラルに婿入りを願われる。

レイナ＝ルウ

ルウ本家の次姉。卓越した料理の腕を持ち、シーラ＝ルウとともにルウ家の屋台の責任者をつとめている。

リミ＝ルウ

ルウ本家の末妹。無邪気な性格。アイ＝ファとターラのことが大好き。菓子作りを得意にする。

シーラ＝ルウ

ルウの分家の長姉。シン＝ルウの姉。ひかえめな性格で、ダルム＝ルウにひそかに思いを寄せている。

ミーア・レイ＝ルウ

ドンダ＝ルウの伴侶で、七兄弟の母親。陽気で大らかな気性をしている。

ヤミル＝レイ

かつてのスン本家の長姉。現在はレイ本家の家人。妖艶な美貌と明晰な頭脳の持ち主。

トゥール＝ディン

出自はスンの分家。内向的な性格だが、アスタの仕事を懸命に手伝っている。菓子作りにおいて才能を開花させる。

ゲオル＝ザザ

ザザ本家の末弟。陽気で荒っぽい気性。兄たちが死去したため、次代の族長と見なされている。

ユン＝スドラ

森辺の小さき氏族、スドラ家の家人。アスタに強い憧憬の念を覚えている。

ライエルファム＝スドラ
スドラ家の家長。短身痩躯で、子猿のような風貌。非常に理知的で信義に厚く、早い時期からファの家に行いに賛同を示す。

スフィラ＝ザザ
ザザ本家の末妹。厳格な気性。かつてルウの集落に逗留して、調理の手ほどきを受けていた。ドムの兄妹とは幼馴染。

ダリ＝サウティ
サウティ本家の家長にして、三族長の一人。若年だが、沈着さと大らかをあわせ持っている。

ギラン＝リリン
ルウの眷族であるリリン本家の家長。熟練の狩人。明朗な気性で、町の人間や生活に適度な好奇心を抱いている。

ミル・フェイ＝サウティ
ダリ＝サウティの伴侶。沈着で厳格な気性。森の主を討伐する際、集落に逗留したアスタに心を開く。

～町の民～

ミケル
かつての城下町の料理人。右手を負傷し、料理人として生きる道を絶たれる。現在はトゥランの炭焼き小屋で働いている。

マイム
ミケルの娘。父の意志を継いで、調理の鍛錬に励んでいる。アスタの料理に感銘を受け、ギバ料理の研究に着手する。

アリシュナ＝ジ＝マフラルーダ
占星師の少女。東の民。沈着でマイペースな気性。現在はジェノス侯爵家の客分として城下町に逗留している。

ディアル
南の民。鉄具屋の跡取り娘。陽気で直情的な気性。現在はジェノスで販路を確保するために城下町に逗留している。

メルフリード
ジェノス侯爵家の第一子息。森辺の民との調停役。冷徹な気性で、法や掟を何より重んじる。

オディフィア
メルフリードとエウリフィアの娘。人形のように無表情で、感情を表さない。トゥール＝ディンの菓子をこよなく好んでいる。

エウリフィア
ジェノス侯爵家の第一子息夫人。優雅な雰囲気を持つ貴婦人だが、明朗で物怖じしない気性をしている。

ポルアース
ダレイム伯爵家の第二子息。森辺の民の良き協力者。ジェノスを美食の町にするべく画策している。

ヤン
ダレイム伯爵家の料理長。現在は宿場町で新しい食材を流通させるために尽力している。

シェイラ
ダレイム伯爵家の侍女。料理長ヤンの仕事を手伝いつつ、伝言役の仕事を通じてアスタたちと交流を深める。

シュミラル
シムの商団《銀の壺》の団長。ヴィナ＝ルウに想いを寄せて、婚儀を申し入れる。

バルシャ
盗賊団《赤髭党》の党首の伴侶。現在は罪を許されて、ルウ家の客分となっている。

ラダジッド＝ギ＝ナファシアール
シムの商団《銀の壺》の副団長。シュミラルの右腕的存在。190センチを超える長身の持ち主。

ドーラ
ダレイム出身。宿場町で野菜売りの仕事を果たしている。商売を通じてアスタと交流を深める。

～群像演舞～

ディガ
かつてのスン本家の長兄。気弱な性格。過去の罪を悔いて、ドムの家人として狩人の修練を積んでいる。

ドッド
かつてのスン本家の次兄。酒を飲まないと、ディガよりも気弱になる。現在はディガとともに、過去の罪を贖おうとしている。

第一章★★★休息ならぬ日々

1

収穫祭《しゅうかくさい》を終えて、ファの家を始めとする六つの氏族は休息の期間を迎《むか》えることになった。

普段《ふだん》であれば、この期間に狩人《かりうど》たちは身体を休めることになる。が、彼《かれ》らはこの時期にしか為《な》しえない仕事を果たすために、事前から計画を練っていた。その内のひとつが、捕獲《ほかく》したギバの血抜《ちぬ》きや解体の技術をより多くの氏族に広める、というものであった。

前回の休息の期間においても、彼らは商売で使う肉の確保のために、同じ仕事に尽力《じんりょく》してくれていた。もともとアイ＝ファから最低限の手ほどきを受けていたガズとラッツ、それにその眷族《けんぞく》であるマトゥアやミームやアウロといった氏族にまで、それでくまなく精肉加工の技術は伝達されることになったのだ。

その後、北の一族やベイムおよびダゴラまでもがその技術を体得したことによって、森辺に存在する三十七の氏族で手つかずなのは残り六つの氏族のみとなった。それらの六氏族にも血抜きと解体の技術を伝えるというのが、このたびの休息の期間の目標であった。

「半月もあれば、それらの氏族に技術を学ばせることも難しくはあるまい。人手を分けて、それぞれの集落に向かうこととしよう」

ライエルファム＝スドラとバードゥ＝フォウが中心となって、話はそのように推《お》し進《すす》められていった。立場上、ザザの眷族であるディンとリッドはそこまで力を貸すことはできないため、その仕事に従事するのは、ファ、スドラ、フォウ、ランの四氏族となる。その四氏族の狩人たちが手分けをして各氏族の集落に出向き、血抜きと解体の技術を伝えるのである。特に血抜きというのはギバを仕留めてすぐに処置しなければならない作業なので、彼らは休息の期間であるにも拘《かか》わらず、ギバ狩《が》りの現場に同行しなければならなかったのだった。

本当に俺《おれ》としては恐縮《きょうしゅく》するばかりであったが、ライエルファム＝スドラには「礼など不要だ」と一蹴《いっしゅう》されてしまった。

「これはもはや、ファの家のためだけに為されている行いではない。美味なる食事と宿場町での商売、そしてそれらからもたらされる豊かな生活というものが、森辺の民にとって薬となるか毒となるか。それを正しく判断するために、すべての人間が同じ立場に立つべきだろう」

ファの家の行いの是非《ぜひ》が問われるのは、およそ半年後の家長会議においてである。そのときまでに、森辺の民はその全員が公平な立場から判断を下せる状態になるべきである、というのがライエルファム＝スドラの主張であった。

ということで、俺もまたかまど番としての仕事を果たすことになった。血抜きと解体の技術を学ぶだけでも、飛躍的《ひやくてき》にギバ肉を美味《おい》しく仕上げることはできる。しかしそれではまだ足りないので、ポイタンの焼き方や基本的な調理技術を各氏族の女衆に伝えられるよう、奔走《ほんそう》することになったのだ。

　そのために、俺は三台もの荷車を新調することになった。狩人たちも俺たちも、おたがい遠方の家を巡《めぐ》らなくてはならなくなったので、もはやギルルとファファの荷車だけでは数が足りなくなってしまったのだ。このたびの仕事が終わった後は、ぞんぶんに買い出しやおたがいの家の行き来に使ってもらえばいい。ギルルだけはこれまで通りファの家の預かりとなり、ファファと新たな三頭のトトスは他《ほか》の氏族に持ち回りで面倒《めんどう》を見てもらうことに決定された。

　そういったわけで、この休息の期間だけはルウ家での勉強会も一時休講とさせていただいた。レイナ＝ルウたちはずいぶんと残念そうな様子をしていたが、それならば自分たちも今の内に家の遠いリリンやムファなどの眷族にさらなる手ほどきをしてみます、と言ってくれていた。

　俺たちが最初に受け持ったのは、ルウ家よりも南方に位置するダイとレェンという二つの氏族である。ダイとレェンは血の縁《えにし》を有しており、親筋はダイのほうだった。彼らも力を失った眷族とのきなみ合併《がっぺい》されていたために、規模としてはフォウとランと同程度であるようだった。

　休息の期間でも宿場町での仕事は継続《けいぞく》しているので、手ほどきに向かうのは営業の終了《しゅうりょう》後となる。そちらの手ほどきには二時間ぐらいを割《さ》き、家に戻《もど》ったら大急ぎで商売の下ごしらえと晩餐《ばんさん》の準備に取りかかる、というのがこの時期の俺のスケジュールとなった。アイ＝ファはアイ＝ファで毎日余所《よそ》の家に通っていたので、おたがいに休息の期間とは思えぬような慌《あわ》ただしさである。

　さらにもう一点、男衆は仕事の計画を立てていた。

それは、ファの家にかまど小屋を新設するという仕事であった。

「まもなく雨季がやってくる。そうしたら、このような屋根だけの場所では仕事を果たすことも難しくなるだろう。この場所に、きちんとした屋根と壁《かべ》を持つかまど小屋を建てるべきだ」

そのように提案してくれたのはバードゥ＝フォウで、それに協力を申し入れてくれたのはディンとリッドの家長たちであった。

「余所の家を巡るという仕事までは受け持つことができないのだから、それぐらいは協力させてもらおう！」

先の収穫祭ですっかり顔馴染《かおなじ》みとなったリッドの家長ラッド＝リッドは、豪放《ごうほう》に笑いながらそのように言ってくれた。

「なに、かまど小屋ならば床《ゆか》は地面のままでいいし、壁と屋根だけで済むのなら、数日ていどで仕上げることはできようさ」

とはいえ、その材木の切り出しから取りかからなくてはならないのだから、やっぱり大ごとだ。ディンとリッドの男衆は、俺たちの留守中に総出でその仕事に励《はげ》んでくれていた。

自分の家のことであるので、アイ＝ファとしてはそちらの仕事に加わりたそうな顔もしていたが、最終的には彼らに一任していた。アイ＝ファはファの家長として、余所の家を巡る仕事を受け持つべきだと判断したようだった。

そうして日は過ぎ、金の月の十日——休息の期間の八日目のことである。

その日も俺たちが宿場町の仕事に励んでいると、野菜売りのドーラ父娘《おやこ》が連れだって来店してくれた。

「やあ、アスタ。今日も繁盛《はんじょう》してるみたいだね」

「いらっしゃいませ、毎度ありがとうございます」

普段通りの笑顔《えがお》に、普段通りの挨拶《あいさつ》である。太陽神の復活祭からひと月と十日が過ぎ、親父《おやじ》さんの店もすっかり平常営業に戻っていた。が、その日は親父さんから常ならぬ話を持ちかけられることになった。

「なあ、アスタ。あと二十日ばかりも経《た》てば、いよいよ雨季だ。そろそろそいつに向けて商売の話を進めておくべきだと思うんだけど、どうだろう？」

雨季になると、いくつかの野菜が収穫できなくなる代わりに、雨季にしか収穫できない野菜が売りに出されると聞いている。それはもちろん、屋台で商売をしている俺たちにとっても、小さからぬ出来事であったのだが——本日の親父さんが携《たずさ》えてきたのは、それともまた一種異なる案件であった。

「実はね、雨季の間はポイタンやフワノやアリアも値段が跳《は》ね上がっちまうんだよ」

ポイタンとフワノは小麦のような穀物で、アリアはきわめて栄養価の高いタマネギのごとき野菜となる。森辺においても銅貨にゆとりのない氏族はポイタンとアリアだけで飢《う》えをしのいでいるというのが現状であるのだから、これは俺も腰《こし》を据《す》えて話をうかがわなければならないようだった。

そうして、親父さんの語ってくれた話を要約すると――どうやらアリアやポイタンは、雨季で日照時間が減退するとずいぶん小粒《こつぶ》になってしまうらしい。なおかつ、これはジェノスの取り決めによって「重量」でなく「個数」で値段が定められてしまうのだそうだ。つまりは、値段はそのままで実の大きさが小さくなるということで、よくて三分の二、ひどければ半分近くにまで質量が減じてしまうのだということであった。

「俺たちも、けっきょくはダレイムの土地を貴族から借りてるって立場だからな。俺たちの納める税が減っちまわないように、そういう取り決めが為されたらしい。おかげで俺たちは雨季の間も同じていどの稼《かせ》ぎを叩《たた》き出すことができるけど、野菜を買う側にとっては大損の季節ってことだ。雨季の雨粒《あまつぶ》はサトゥラスの涙《なみだ》、なんて言葉があるぐらいでね」

サトゥラスというのは、この宿場町の正式名称《めいしょう》だ。ダレイムで作られる野菜は宿場町でも大量に消費されるので、雨季の間はそちらが損をかぶることになる、ということなのだろう。

「で、本題だ。せっかくポイタンの畑をあれだけ広くしたのに、雨季の間は収穫量《しゅうかくりょう》ががくんと落ちちまう。これまでは森辺の民や旅人ぐらいしか買っていなかったからそれでも問題なかったけど、今となってはそこら中の人間がポイタンを使っているだろう？　だから、下手をするとポイタンが売り切れちまうんじゃないかと思うんだよな」

「それは大変な話ですね。しかも、フワノまで値段が上がってしまうのですか？」

「ああ。フワノなんかは実が小さくなるどころか収穫することすらできなくなっちまうんだから、それまでに収穫した分で二ヶ月を過ごさなきゃいけなくなるんだ。やっぱり値段は倍ぐらいに跳ね上がっちまうね」

そうだった。だからこそ、トゥランの北の民たちもその間は仕事がなくなり、森辺の道を切り開く仕事に従事することになったのである。

「フワノがそんな有り様だから、ポイタンは余計に売れ行きがよくなると思うんだ。だから、売り切れが怖《こわ》いんだよ」

「それは確かに、怖いです。そもそも森辺の民は昔からポイタンだけを食べていたのですから、それが買えなくなってしまったら大ごとです」

特に貧しき氏族などは、高価なフワノを買うゆとりもないかもしれない。そもそもポイタンがこれほどまでの人気商品となってしまったのは、俺が美味しくいただくための加工方法を考案してしまったゆえであるのだから、それが原因で森辺の民が飢えてしまうことになるなんて、決してあってはならない話であった。

「商売のほうは、別にフワノでもかまわないんです。でも、森辺の集落で食べる分までなくなってしまったら――」

「うん、だから、今の内に話をつけておこうと思ってさ。ダレイムでは買い付けの契約《けいやく》ってもんがあるから、そいつを使ってみたらどうかと思うんだよ」

それはどうやら、前金を支払《しはら》うことによって長期的な供給を約束する、という話であるようだった。

「早い話が、前金でもらった分は絶対に確保しておくって約束事だな。森辺の民は、えーと、全部で五百人ぐらいいるんだっけ？」

「いえ、ひょっとしたら六百人ぐらいいるんじゃないかと思っていたところです」

「なるほど。そうなると、一人が一日に最低で二個は食べるとして、二ヶ月間を六十日とすると……うーん……？」

「二掛《か》ける六百掛ける六十で、七万二千個ですね」

「計算が速いね！　となると、ポイタンは赤銅貨一枚で四個買えるから……」

「赤銅貨一万八千枚ですね。銀貨に換算《かんさん》すると、十八枚ですか」

俺は、安堵《あんど》の息をつく。

「それぐらいなら、俺の家で肩代《かたが》わりすることは可能です。銀貨十八枚を前払《まえばら》いで準備すれば、それだけのポイタンを確保していただけるのですか？」

「うん。だけど、銀貨十八枚ってのは大金だろう？　本当に大丈夫《だいじょうぶ》なのかい？」

ファの家は、屋台の売り上げだけで一日に赤銅貨八百枚ぐらいを稼いでいる。ギバ肉をすべて余所の氏族から買いつけたとしても、純利益は赤銅貨五百枚以上だ。それならば、せいぜい一ヶ月ちょっとの売り上げで、銀貨十八枚はまかなうことができる。しかもそれは、他の氏族のために一時的に肩代わりするだけのことなので、何もためらう理由はなかった。

「問題ありません。それに、ポイタンの実が小さくなるなら、もっとたくさんの数が必要になってしまうでしょうね。生活にゆとりのある氏族であれば、銅貨を惜《お》しんで食事量を減らすようなこともないでしょうから」

「それじゃあ、下手をしたら倍ぐらいの量が必要になるってことかい？　そうしたら、前金だって倍になっちまうことになるけど……」

「大丈夫です。何とかしてみせます」

新たなトトスと荷車を三組購入《こうにゅう》したばかりであるが、そちらでは赤銅貨五千二百枚ていどしか使ってはいない。半年間も宿場町での仕事を続けているファの家であるので、まだまだ貯蓄《ちょちく》にはゆとりがあった。

「そいつは実に頼《たの》もしいこったね！　……っと、こんな話を大声でするもんじゃないよな」

親父さんは慌てた様子で声をひそめて、俺のほうに顔を近づけてきた。

「雨季が始まるにはまだ二十日ぐらいはあるはずなんで、今からポイタンの買い付けにまで頭を回す人間は少ないと思うし、そんなやつがいたとしても、そこまで大金をひねり出せはしないだろう。だから、もしも俺を信用してくれるなら、今の内に契約をまとめちまったほうがいいと思うんだけど、どうだい？」

「もちろん、お願いしたいです。森辺の民のためにそこまで気を使っていただいて、本当にありがたく思っています」

「水くさいことを言うなよ。俺たちの仲じゃないか」

親父さんは嬉《うれ》しそうに笑い、ターラがその腕《うで》を小さな手で引っ張った。

「お話は終わった？　ターラ、お腹《なか》が空いちゃったよぅ」

「おお、悪い悪い。それじゃあ、食事にさせてもらおうか。族長さんがたと話がまとまったら、俺の店に寄っておくれよ」

「はい、ありがとうございます」

本日の日替《ひが》わりメニューである『ギバ肉の卵とじ』や『ギバ・カレー』、ルウ家の『ミャームー焼き』などを購入して、親父さんたちは青空食堂のほうに移動していった。その仲睦《むつ》まじい後ろ姿を見送ってから、フェイ＝ベイムが呆《あき》れたような視線を差し向けてくる。

「アスタ。ファの家は、それだけの銅貨をそんな容易《たやす》く準備することができるのですか？」

「ええ、まあ。復活祭を機に、ずいぶん稼ぎが増えましたからね。紫《むらさき》の月より前だったら、ちょっと厳しかったかもしれません」

「はあ……しかし、それほどの豊かさがあるならば、べつだんファの家はポイタンに執着《しゅうちゃく》する理由もない、ということですよね」

「そうですね。でも、これで森辺の民がポイタンを買うことができなくなってしまったら、俺のしてきたことが災《わざわ》いと見なされてしまうでしょう。これはファの家にとっても必要な処置であったと思います」

親父さんからの提案がなかったら、俺は土壇場《どたんば》で慌てる羽目になったことだろう。返すがえすも、ありがたい話である。

（だけどよく考えたら、ルウ家の男衆なんかは一日にポイタン二個じゃ済まないよな。北の一族だって、きっとそれに負けないぐらい食べるんだろうし）

何せ俺には初めての雨季なので、すべてが手探《てさぐ》りの状態である。族長たちとも話し合って、どれだけのポイタンが必要であるかをきちんと計算してから、親父さんとの契約を締結《ていけつ》するべきであろう。そのように思って、俺は屋台の営業終了後にルウ家の人々に声をかけてみた。本日の当番は、レイナ＝ルウとヴィナ＝ルウである。

「なるほど。確かに雨季の間は、アリアもポイタンも実が小さくなってしまいますね。ルウ家でも、雨季の間だけは倍ぐらいの銅貨を支払っていた覚えがあります」

「あ、やっぱり食事の量を抑《おさ》えたりはしていなかったんだね」

「ええ、もちろん。ルウ家では十分な蓄《たくわ》えがありましたから、雨季の間も同じ量を食べていました。ね、そうだよね、ヴィナ姉？」

「うぅん……？　何のお話かしらぁ……？」

屋台の片付けをしながら、ヴィナ＝ルウは覇気《はき》のない声を返してくる。

「だから、食事の量の話だってば。アスタの話を聞いてなかったの？」

「ごめんなさぁい、ちょっとぼんやりしていたものだからぁ……わたしはあんまり、覚えていないわぁ……」

そうして深々と溜息《ためいき》をついてから、ヴィナ＝ルウは荷車のほうに去っていってしまった。

「ヴィナ＝ルウは、どこかお加減が悪いのかな？」

「いえ、最近はいつもあのような感じなのです。ぼんやりしているか苛々《いらいら》しているかのどちらかで、けっこうミーア・レイ母さんにも叱《しか》られてしまっています」

「ええ？　ヴィナ＝ルウが叱られる姿なんて、あんまり想像がつかないなあ。ああ見えて、ヴイナ＝ルウはしっかり者だもんね」

「そうですね……やっぱりあの、東の民シュミラルが原因なのでしょうか？」

レイナ＝ルウの言葉に、俺はドキリとさせられてしまった。シュミラルの率いる商団《銀《ぎん》の壺《つぼ》》がジェノスを出立したのは、白の月の一日――それから、灰、黒、藍《あい》、紫、銀、とすでに六つの月が巡り、本日は金の月の十日。約束の半年からすでに十日が経過しているというのに、いまだシュミラルはジェノスに戻ってきていなかったのである。

「でも、シュミラルが最終的な目的地にしていたのは、ジェノスから荷車でひと月以上もかかるっていう西の王都なんだからさ。十日間ぐらい日程がずれ込むことは、まああありえるんじゃないかな？」

「わたしもそのように思っているのですが、やっぱりヴィナ姉の立場だと、あれこれ心配になってしまうのかもしれません」

そのように言いながら、レイナ＝ルウまでもが憂いげに溜息をついた。

「実はアスタにはお話ししていませんでしたが……ここしばらく、ヴィナ姉はずっとかれーの作り方ばかりを研鑽《けんさん》していたのです」

「ああ、自分でもカレーを美味しく作れるのかって考え込んでたのは知ってるよ。陰《かげ》では、そんなに頑張《がんば》ってたの？」

「はい。ヴィナ姉がかまど番の日はかれーばかりだと、ルドにからかわれるぐらいでした。あの者の婚儀《こんぎ》の申し入れを受けるかどうかはともかくとして、ヴィナ姉はきっと自分なりに相手の思いや苦労をねぎらいたいと考えているのでしょう」

それは俺にとって、胸が詰《つ》まるほど嬉しい話であった。

その反面、ヴィナ＝ルウの心中を思うと気持ちが重くなってしまう。

「これで万が一、あのシュミラルという東の民がジェノスに戻ってこなかったら……ヴィナ姉は、気持ちのぶつけどころを失ってしまうかもしれません」

「そ、そんなことは絶対にありえないよ。東の民が十人もいれば、野盗なんかは簡単に退けられるっていう話なんだからさ」

「でも、長い旅というのは危険なものなのでしょう？　わたしたちがダバッグに向かう際にも、そういう話は幾度《いくど》となく聞かされましたし」

俺も、そのようには聞いている。だけど、あのシュミラルが旅の途中《とちゅう》で不慮《ふりょ》の事故にあってしまうなんて、そんなことは想像したくもなかった。

「何にせよ、わたしはヴィナ姉が不幸にならないように森に祈《いの》ることしかできません。森の外にいる異国人の安全をわたしが祈ったところで、どうにもなりはしないでしょうから」

俺は思わず、青く晴れわたった空を仰《あお》ぐ。この空の下のどこかで、シュミラルは元気に生きているのだと、俺はそのように信じるしかなかった。

2

商売を終えた俺たちは、本日もダイ家の集落まで出向いていた。

到着《とうちゃく》したのは、下りの三の刻を少し過ぎたぐらい。ここからファの家に戻るのに四十分ぐらいはかかるので、調理の手ほどきに当てられる時間はせいぜい一時間ていどだ。

しかし、手ほどきを始めてからすでに六日目となるので、伝えたい技術もあらかた伝え終えていた。ポイタンの焼き方から始まって、肉と野菜の正しい切り方、焼き肉や汁物《しるもの》料理における熱の入れ方、塩やピコの葉やミャームーを使った効果的な味の付け方——さらに、狩人たちが早めに獲物《えもの》を持ち帰ってくれた日には、臓物の処置の仕方までを伝えることができた。

最初の研修としては、これで十分すぎるぐらいだろう。血抜きをしていないギバ肉を、生のポイタンと一緒《いっしょ》に煮《に》込むだけの食生活と比べれば、これだけでも非常なカルチャーショックとなるはずだった。

「家長たちが家長会議で受けた驚《おどろ》きを、ようやくあたしたちも分かち合うことができました。本当に感謝していますよ、ファの家のアスタ」

もとよりダイとレェンもファの家の行いには賛同を示してくれていた氏族であるので、そういった温かい言葉をいただくこともできた。

「血抜きや解体のほうももう問題はないでしょうから、今後はダイやレェンからも肉を買うことができるようになると思います。そのときは、どうぞよろしくお願いしますね」

「ええ、もちろん……」

「そのときは、トトスと荷車を使ってください。休息の期間が終わったら、トトスと荷車をひと組お預けしようと考えていますので」

「ええ？　トトスと荷車をこのダイの家に、ですか？」

「はい。そうしないと、ファの家に肉を届けることも難しいでしょう？　それに、荷車があれば買い出しの時間をうんと短縮することができます。それで空いた時間を、何か他の有意義なことに使ってほしいのです」

ここからだと、宿場町までは往復で三時間ぐらいはかかるはずだ。荷車を使えばそれが一時間ていどに抑えられるし、また、どれだけの大荷物であろうとも、人手は一人か二人で済む。俺が伝えた調理法はこれまで以上に時間や薪《まき》を消費するので、時間的余裕《よゆう》がないと継続するのは難しいだろう。それに彼らは近在の氏族やガズやラッツなどとも同じ立場であるのだから、同じように荷車を使ってほしいというのも、俺にとっては自然な心の動きであった。

「ありがとうございます……このご恩は決して忘れませんよ、ファの家のアスタ……」

ダイの家長の伴侶《はんりょ》たる女衆は、目もとに涙をにじませながら、そのように述べてくれていた。

「かまど番の手ほどきはこれで終了となりますが、今後はもし時間ができたら、ファの家のほうにも来てみてください。そうしたら、また色々なことをお伝えできると思いますので」

「はい、ありがとうございます。そのときは、是非……」

そうして俺たちはダイとレェンの人々に別れを告げて、荷車へと乗り込んだ。宿場町への行き来はルウ家のジドゥラを出してもらう日であったので、本日はギルルの荷車のみである。五名の仲間を荷台に乗せて、俺はいざ我《わ》が家《や》へとギルルを急がせた。

「ようやくダイ家への手ほどきが終わりましたね。ユン＝スドラやトゥール＝ディンはともかく、わたしたちなどは一緒に手ほどきを受けているようなものでしたが」

道中でそのように言いだしたのは、フェイ＝ベイムであった。本日の日替わり当番は、彼女《かのじょ》とダゴラとラッツの女衆であったのだ。

「そうですね。野菜の切り方や火の加減など、とても勉強になりました」

「これでまた、家族たちに美味しい食事を作ることができます」

ダゴラとラッツの女衆も、そのように言ってくれている。朝から働きづめであるのに、ちっとも疲《つか》れている様子はない。しかもこの後にはまだ、ファの家で明日の下ごしらえをする仕事が待ち受けているのだった。

「アスタ、明日は手ほどきの仕事を休みにする、という話でしたよね？」

と、ラッツの女衆が呼びかけてきたので、俺はギルルの手綱《たづな》をあやつりながら「はい」と答えてみせる。

「せっかくの休息の期間に働きづめでは何ですから、切りのいい日には休みを入れようという話になりました。男衆も、こちらに合わせて休む予定です」

「ええ。そうして家族との絆《きずな》を深めるのも大事なことですものね。わたしたちラッツの家は休息の期間でもないので、どうということはありませんが」

なおかつ、宿場町の商売は続行する予定であるので、トゥール＝ディンやユン＝スドラなどはせいぜい二、三時間の自由時間が生まれるていどである。しかし、その二、三時間が大事であるように思えるし、そもそもこれは勤勉に過ぎる男衆にも休みを与《あた》えたいがために、俺から提案した話なのだった。

「それで、いよいよ明後日からは、ラヴィッツの家へと出向くことになるのですよね。ラヴィッツはファの家の行いに賛同していない氏族ですが、いったいどういった心持ちでアスタを迎えるのでしょうね」

「どうでしょう？　まあ、血抜きと解体の手ほどきを受けることは了承《りょうしょう》してくれたので、こちらが肉を売ってほしいとか言い出さない限りは大丈夫だと思うのですが」

ダイとレェンが片付いて、残る氏族はラヴィッツ、ナハム、ヴィン、そしてスンの四つのみである。その内、ラヴィッツとナハムはもともと血の縁を持っており、ファの家の行いには否定的な見解である氏族であった。なおかつ、ヴィン家はファの家に賛同する立場であったのだが、この数ヶ月でラヴィッツの眷族となってしまっていた。ファの家に対する見解には相違《そうい》があっても、氏を残すためにはラヴィッツと血の縁を結ぶしか道がなかったらしい。こればかりは、どうしようもないことであった。

「同じような立場であるザザやベイムも美味なる食事の価値は認めてくれたのですから、何とかなるのではないでしょうかね。何にせよ、森辺の同胞《どうほう》であるということに変わりはないのですから、うまくやっていきたいものです」

「それでラヴィッツでの仕事も終えたら、いよいよスンなのですね」

と、トゥール＝ディンがおずおずと言葉をはさんできた。族長たちにおうかがいを立てたところ、スンの集落に居残っている分家の人々にも手ほどきをすることは許されたのだ。彼らももはや罪人ではないのだから、そこで区別をつける必要はない、というのが族長たちの見解であった。

「トゥール＝ディンは、もともとスンの人間だったのよね。やはり、スンの集落に出向くのは気が進まない？」

ラッツの女衆の心配げな声に、トゥール＝ディンは「いえ」と答えている。

「この前も、北の集落に向かうときに少し立ち寄らせてもらいましたが、スンのみんなも懸命《けんめい》に正しく生きようとしていました。そんなみんなに美味なる料理の素晴《すば》らしさを知ってもらえるのは、とても嬉しく思います」

「そう。それならいいんだけど」

御者台《ぎょしゃだい》に陣取《じんど》っている俺にトゥール＝ディンの様子は確認《かくにん》できなかったが、きっといつもの優《やさ》しい面持《おもも》ちで微笑《ほほえ》んでいるのではないかと思われた。俺自身も、スンの集落に出向くのは心待ちにしている。俺がスンの集落に出向くのは、家長会議以来のこととなるのだ。

あのときは死んだ魚のような瞳《ひとみ》をしていた彼女たちも、きちんと生きる力を取り戻せたようだとトゥール＝ディンは語っていた。そんな彼女たちに、あらためて調理の手ほどきができるというのは、俺にとってもも大きな喜びであった。

「……どうかしたの、ユン＝スドラ？　さきほどから浮《う》かない顔をしているようだけれど」

と、今度はそんな声が聞こえてくる。ユン＝スドラもまた、「いえ」と答えていた。

「何でもありません。ただ、色々と考えなければいけないことがあるもので」

「ふうん？　わたしたちでよかったら、何でも話してちょうだいね。何も力にはなれないかもしれないけれど」

「ありがとうございます。そのように言っていただけるだけでも、嬉しいです」

ユン＝スドラと話しているのは、ダゴラの女衆である。もう復活祭の頃《ころ》からずっと一緒に働いているので、彼女たちともフォウやランに負けないぐらい深い交流が生まれていた。

それにつけても、心配なのはユン＝スドラだ。ヴィナ＝ルウに続いて、彼女までもが何か心労を負ってしまっているのだろうか。そういえば、確かに彼女は朝から口数が少ないように感じられた。

（俺もあとで、ちょっと話を聞いてみようかな）

しかしまずは、ファの家への帰還《きかん》である。細く長く続く森辺の道をひたすら北上すれば、およそ四十分ていどでファの家に到着だ。家ではすでに、フォウとランの女衆が仕事の準備を始めてくれていた。

「ありがとうございます。毎日、すみません」

「何を言ってるんだい。代価をいただいてるんだから、アスタが申し訳なさそうにする必要はないよ」

時刻はすでに、下りの五の刻を回っている。普段は晩餐の支度《したく》に取りかかるこの刻限に、彼女たちは下ごしらえの仕事を手伝ってくれているのだった。

「おお、アスタ、戻ったのか！」

と、壁の陰からにょっきりと男衆の顔が覗《のぞ》いた。福々しい顔にどんぐりまなこが印象的な、リッドの家長ラッド＝リッドである。

「ちょうどよかった！　ようやく上《うわ》っ面《つら》だけは完成したぞ！」

「え、本当ですか⁉」

俺が急いで家の裏手へと回り込んでみると、屋根の張られた屋外厨房《ちゅうぼう》の向こう側に、大きな建物がででんと鎮座《ちんざ》ましましていた。待望の、新しいかまど小屋である。昨日の時点でだいぶ完成には近づいていたが、ついにここまでこぎつけられたのだ。

「まあ、いまだに中身は空っぽなんでな。明日にはかまどやら物を置く台やらを仕上げるので、そうしたらいつでも使うことができるぞ」

「ありがとうございます！　本当に感謝しています！」

ルウの本家にも劣《おと》らないぐらいの、至極《しごく》立派なかまど小屋である。十名ぐらいの女衆が無理なく入れるように、これだけのサイズのものを準備してくれたのだ。しかも、きちんと食料庫や解体部屋のスペースまで確保して、部屋は三つに区切られている。こんな立派なかまど小屋がたった数日で完成してしまうなんて、驚きの一言であった。

「リッドとディンで男衆は十五名もいたのだからな！　これぐらいは、造作もないことだ！　それに、美味なる食事の礼としては、まだまだ安すぎるぐらいだろう！」

ラッド＝リッドは、そのように言って呵呵大笑《かかたいしょう》した。相変わらず、ダン＝ルティムもかくやという豪放さである。

「では、かまどを組むための石を集めて、今日の仕事は終わりとするか。アスタ、またのちほどな！」

「はい、どうぞお気をつけて」

その場に居残っていた男衆が、ぞろぞろと森のほうに歩いていく。その内の一人を、トゥール＝ディンが途中で捕《つか》まえていた。

「父さん、お疲れ様《さま》。川べりまで行くのなら、ギバに気をつけてね？」

「ああ。この辺りはすっかりギバの影《かげ》もなくなったので、心配はいらない」

そうして彼は、俺のほうにも目礼をしてから立ち去っていった。その他の顔見知りになった男衆も、それぞれの流儀《りゅうぎ》で挨拶をしてから立ち去っていく。名前まではわからなくとも、みんな収穫祭の力比べで見たことのある顔ばかりだ。

「こいつは立派なもんだねえ。中にはいくつのかまどを作るんだっけ？」

フォウの女衆に問われて、俺は「四つです」と答えてみせる。

「それじゃあ、いま使ってるのも合わせて、合計八つかい。雨季の間は外のが使えないとしても、それ以外の時期は色々と便利になりそうだね」

「はい、まったくです。俺とアイ＝ファだけではこんな立派なかまど小屋を建てることはできなかったでしょうから、本当にありがたい限りです」

「ふふん。あたしらにとってもここは大事な働き場所なんだから、ありがたいのも嬉しいのも一緒さ」

そういう言葉が、俺にはまたありがたく、そして嬉しかった。血の縁で結ばれているルウやルティムと同じぐらい、今や近在の六氏族は団結しているように感じられる。ザザの眷族であるディンとリッドまでもが、これほど惜しみなく力を貸してくれるのである。収穫祭を経て、俺たちはいっそう強い絆を結ぶことがかなったようだった。

「何だか、羨《うらや》ましいですね。わたしも一緒に収穫を祝いたかったです」

そのように発言したのは、ラッツの女衆であった。フェイ＝ベイムは相変わらずの仏頂面《ぶっちょうづら》であるが、ダゴラの女衆はちょっともじもじとしている。立場上、ラッツの女衆に同意はできないが、個人としては同じ気持ちを抱《いだ》いてくれているのかもしれない。

「それでは、仕事に取りかかりましょう。今日もよろしくお願いします」

まだまだ思いは尽《つ》きなかったが、俺たちには果たさねばならない仕事があった。いつも通りに仕事を分担し、それぞれの作業に取りかかる。パスタやカレーの素の作製に関しては、すでに多数の人間が手順をマスターしつつあった。

そんな中、俺はこっそりユン＝スドラに呼びかけてみる。

「ユン＝スドラ、本当に大丈夫かい？　ここ数日、ダイの家ではだいぶ頑張ってもらっちゃったけど、疲れてないかな？」

「はい、もちろんです。あのように責任のある仕事をまかせていただき、わたしはとても誇《ほこ》らしく思っています」

ダイの集落においては、彼女とトゥール＝ディンにも講師の役を担《にな》ってもらったのだ。ユン＝スドラはその言葉が嘘《うそ》でないことを示すように、明るく微笑んでいたが――しかし、その目がふっと憂いげに伏《ふ》せられてしまう。

「ただ……やっぱりアスタにはお話ししておくべきでしょうね。実は、フォウとスドラの間で血の縁を結ばないかという話が進められているのです」

「……ああ、そうなんだ？」

「はい。それで、スドラには未婚《みこん》の人間が男衆と女衆で二名ずつしかいないので……当然、わたしにも話が持ちかけられてきたのですね」

こらえかねたように、ユン＝スドラは嘆息《たんそく》をこぼした。

「これからはいっそうフォウやランとの交流を深め、伴侶に相応《ふさわ》しい相手がいるかどうかを見《み》極《きわ》めるべし……と、家長に念を押《お》されてしまいました。せめてあと一年ぐらいは自由にさせてもらえるのではないかと期待していたのですが、そういうわけにもいかないようです。スドラの人間として、色々と覚悟《かくご》を固めなければならないのでしょうね」

そうしてユン＝スドラは、自分を力づけるように微笑んだ。

「すべては森の導きです。わたしは悔《く》いのないよう、正しき道を探しますので、アスタも頑張ってください」

「うん」と俺は応じたが、何をどう頑張ればいいのかもわからない立場ではあった。幸いながら――などと言ってしまったら不遜《ふそん》に過ぎるかもしれないが、収穫祭から数日を経ても、ファの家に嫁入《よめい》りや婿入《むこい》りの話が舞《ま》い込んでくることはなかったのだ。ただ一人、ジョウ＝ランがそれに準ずる申し入れをしてきたぐらいである。

何となく、フォウやランやスドラの人々は、ファの家の行動を見守ろうという立場を取っているように感じられた。女の狩人に男のかまど番というアイ＝ファと俺が、この先にどのような展望を持っているのか。余所の氏族と血の縁を結ぼうという意思はあるのか。まずはファの家の思惑《おもわく》を重んずるべし、という雰囲気《ふんいき》であるのだ。

俺とアイ＝ファにとって、それは何よりありがたい話であっただろう。そうであるからこそ、ユン＝スドラに対しては申し訳ない気持ちでいっぱいになってしまった。

（ヴィナ＝ルウはヴィナ＝ルウで大変そうだし……俺とアイ＝ファは、本当に恵《めぐ》まれているんだな）

このままでは一生独り身をつらぬく立場であるというのに、俺にはそのように思えてしまう。俺としては、他ならぬアイ＝ファと理解し合えているというだけで、もう大概《たいがい》のことは満足に感じられてしまうのだ。

しかしそれは言ってみれば、ファの氏がアイ＝ファの代で絶えるという運命を呑《の》み込んだ上での安息なのかもしれなかった。

「……アイ＝ファは、ずいぶん疲れてるみたいだな」

そうして時間は流れ過ぎ、晩餐の刻限である。俺がそのように呼びかけてみると、黙々《もくもく》と食事を進めていたアイ＝ファは「うむ……」と大儀《たいぎ》そうにうなずいた。

「余所の家に出向くようになってから、これで六日目か。正直に言って、普通《ふつう》に狩人としての仕事を果たすよりも疲れているやもしれん」

「そうなのか。やっぱりラヴィッツの人たちは、扱《あつか》いが難しいのかな？」

狩人たちは、最初から三組に分かれて仕事を果たしていた。内訳は、ランがダイに、スドラがスンに、そしてファとフォウがラヴィッツに、というものである。ラヴィッツはファの家の行いに否定的な立場であるので、ここはアイ＝ファ自らが出向くべきであろう、という話に落ち着いたのだった。

「確かにラヴィッツの家長というのは、いささか変わり種であるようだ。しかしそれ以前に、私がこういう仕事を苦手にしている、ということなのであろう」

「ああ、うーん、ずっと前にガズやラッツの家まで出向いていたときも、アイ＝ファはかなりお疲れの様子だったもんな」

つまるところ、アイ＝ファは面識のない相手と時間をともに過ごしたり、何かの手ほどきをしたりという行為《こうい》そのものが苦手なのである。カレーにひたした焼きポイタンをかじりながら、アイ＝ファはまた「うむ」とうなずいた。

「それに、ラヴィッツの狩人らはギバを取り逃《に》がすことも多いのでな。それでいて、私やフォウの狩人が手を出すことを許してくれぬので、なかなか手ほどきも進まずにいる。……まったく、難儀《なんぎ》なことだ」

「なるほど。確かにアイ＝ファには心労がつのりそうな仕事だな」

「まあ、このていどのことで弱音を吐《は》くわけにもいくまい。明日は手ほどきの仕事も休みと定められたのだから、それで少しは疲れを癒《いや》すこともかなおう」

俺は、いささか思《おも》い悩《なや》むことになった。実は本日、俺はアイ＝ファにお願い事をしようと目《もく》論《ろ》んでいたのである。

「えーと、こんな流れでこんな話をするのは、とても気が引けてしまうんだけど……」

「何だ。まさか、私にこれ以上の厄介事《やっかいごと》を持ち込むつもりか？」

「うん。そこまで厄介ではないはずだけど、ちょっとお願いしたいことがあってさ」

アイ＝ファがとても恨《うら》めしげな目を向けてきたので、俺はますます申し訳ない気持ちになってしまう。

「いや、せっかくの休みにこんなお願いをするべきじゃないんだろうけど、どうしても気になることがあるんだよ。実は、ミケルとマイムのことで……」

「ミケルとマイム？」

半眼になりかけていたアイ＝ファの目が、きょとんと見開かれた。あまりに俺の言葉が意想外であったのだろう。しかしこれは、シュミラルの帰りが遅《おそ》いのと同じぐらい、俺にとっては心労の種なのだった。

「うん、実は金の月に入ってから、ミケルとマイムが宿場町の屋台に姿を現さなくなっちゃったんだ。これまでは、どんなに長くても五日以上は空けることがなかったのに、もう十日ぐらいは経ってしまったんだよ」

「……ふむ？」

「ミケルには炭焼きの仕事があるし、マイムも料理の勉強で忙《いそが》しいんだろうけどさ。でも、以前に渡《わた》したギバ肉だって、とっくに使い果たした頃だろうし……マイムはギバ料理の研究をしているはずなんだから、肉がなくっちゃ勉強も進められないだろう？　だから、余計に気になっちゃうんだ」

「それで？　私にどうせよと言うのだ？」

「うん、だから、アイ＝ファにミケルたちの様子を見てきてほしいと思ったんだよ。ほら、アイ＝ファとアマ・ミン＝ルティムはミケルの家の場所を知ってるんだろう？　で、アマ・ミン＝ルティムはそんな遠出をさせられるような状態じゃないから、アイ＝ファに頼むしかない、と思ったんだよな」

「………………」

「いや、無理ならいいんだよ。それなら、他の誰《だれ》かにお願いするんで、ミケルの家のだいたいの場所を教えてもらえれば――」

「何を言う。あのように入り組んだ町のことを、言葉でうまく伝えられるものか」

アイ＝ファはしかつめらしく言い、その手の木皿を敷物《しきもの》に下ろした。

「私がミケルの家にまで出向いて、その無事を確かめてくればよいのだな？　それぐらいのことは、どうということもない」

「本当に大丈夫なのか？　自分で言いだしておいて何だけど、せっかくの休日にはしっかりと休んでおくべきじゃないか？」

「……たとえ私が休みになろうとも、お前には宿場町での仕事があるのだろうが？」

と、とても唐突《とうとつ》に唇《くちびる》をとがらせるアイ＝ファである。威厳《いげん》にあふれていたお顔が、いきなり子供っぽくなってしまう。

「……まさか、家に残されているトトスを使って、勝手にトゥランまで出向いてこい、という話ではなかろうな？」

「う、うん。もちろん一緒に宿場町に下りて、俺《おれ》たちが商売をやっている間に見てきてもらえればと考えていたけど……」

「ならば、それでよい」

アイ＝ファはすみやかに唇を引っ込めて、木皿のギバ・スープをすすり込んだ。愁眉《しゅうび》を開くという言葉そのままに、機嫌《きげん》のよさそうな面持ちになっている。

（そうして家族との絆を深めるのも大事なことですものね）

俺の頭には、ラッツの女衆の言葉がまざまざと蘇《よみがえ》っていた。胸の中が、何か温かいもので満たされていくのを感じる。

「……何をじろじろと人の顔を見ているのだ？　早く食べねば、せっかくの料理が冷めてしまおう」

「うん、そうだな」

アイ＝ファが一緒に宿場町に下りれば、ひさびさに朝から晩まで一緒にいられるな――などという言葉を口に出したら、頬《ほお》をひねられるか膝《ひざ》を蹴《け》られるかに決まっているので、俺はおとなしく食事を進めることにした。

3

そして、翌日である。

予定通り、ともに宿場町まで下りたアイ＝ファは、ギルルの荷車でさっそくトゥランに向かうことになった。荷車に積んでいるのは、ピコの葉で保存をした木箱入りのギバ肉である。もしもマイムに購入の意思があれば、その場で取引をしてもらうことにしたのだ。

（ひょっとしたら、ミケルかマイムのどちらかが病気で寝《ね》込んでるのかもしれないしな。それならそれで、二人きりの家族なんだから大変なはずだ）

とにかく俺は、二人の無事を確かめたかった。また、ルウ家の人々やトゥール＝ディンやユン＝スドラだって、多かれ少なかれ同じ気持ちであるはずだった。復活祭やその後の親睦《しんぼく》の宴《うたげ》を経て、ミケルたちは森辺の民にとっても数少ない「町に住む友人」になりえたのである。

ともあれ、これで二人がそろって留守にでもしていない限り、事情を知ることはできるだろう。あとはアイ＝ファの帰りを待ちつつ、商売に励《はげ》むばかりであった。

「あら、ひさしぶりに、貴族の登場ね」

と、隣《となり》の屋台で『ギバまん』をふかしていたヤミル＝レイがそのようにつぶやいた。朝一番のラッシュを乗りきって、一息ついた頃合《ころあ》いである。北のほうに目をやると、確かに武官たちに守られた立派なトトスの車がしずしずと近づいてきていた。そこから姿を現したのは、ダレイム伯爵家《はくしゃくけ》の第二子息ポルアースだ。

「ややや、ご無沙汰《ぶさた》していたね、アスタ殿《どの》」

「おひさしぶりです、ポルアース。お城での会議は終了《しゅうりょう》したのですか」

「うん、今日の朝方にようやく解放されたよ。あれはなかなか肩《かた》の凝《こ》るものだねえ」

この時期、ジェノスの権力者たちは数日間、お城にこもって会議にふけっていた。前回の会議の折には、リフレイアが父親の留守を狙《ねら》って俺を拉致《らち》することになった、例のアレである。前回は何の役職も持っていないということでお呼びのかからなかったポルアースも、今回は特別に召集《しょうしゅう》されたのだという話であった。

「それでね、僕《ぼく》はこのたび、いっぺんに二つもの役職を賜《たまわ》ることになってしまったよ。その内の片方は、森辺の民との調停役であるメルフリード殿の補佐官《ほさかん》、そしてもう片方は、ジェノスにやってくる商団などのお相手をする外務官の、これまた補佐官だ」

「へえ、官職についてはよくわからないのですけれど、いきなり二つの役職を授《さず》かるなんてすごいですね」

「まあ、仕事の内容に大きな変わりはないけどね。言ってみれば、今まで果たしていた仕事を続けるのに相応な役職が与えられたってところかな」

そのように述べるポルアースは、べつだん誇らしげな様子でもなかった。ただ、いつも通り楽しそうににこにこと笑っている。

「ひとつ仕事が増えるとしたら、メルフリード殿と森辺の族長の会合においては必ず同席することになった、というぐらいかな。これで森辺の人々ともいっそう親密なご縁《えん》を紡《つむ》いでいけるようになれれば幸いだ」

「ああ、なるほど。メルフリードも信頼《しんらい》の置ける御方《おかた》ですが、そこにポルアースも加わってくださるなら、余計に心強いです」

「うんうん。次の会合が、今から楽しみなところだよ」

そうして俺は屋台裏の空きスペースにまで招かれて、ちょっと込み入った話もすることになった。青空食堂のほうで働いていたシーラ＝ルウも、同じようにこちらへと招かれる。

「それでだね、これはのちほど正式な使者をつかわすつもりでいるけれど、アスタ殿には事前に聞いておいてほしいんだ。……実は、ギバの腸詰肉《ちょうづめ》というやつを城下町で扱うことが正式に許されることになったのだよ」

「え、本当ですか？」

「うん、あくまで腸詰肉においてのみ、ね。これは今回の会議で正式に可決されたから、もう揺《ゆ》るぎのない決定事項《じこう》さ」

さらに詳《くわ》しく聞いてみると、それにはサトゥラス伯爵《はくしゃく》たるルイドロスの強い後押《あとお》しがあっての決定であるようだった。詰まるところ、ルイドロスは俺が献上《けんじょう》した腸詰肉をいたく気に入って、是非《ぜひ》ともそれを買い付けたいと願ってくれたらしい。ここひと月ぐらいはほとんど貴族たちとの交流がなかったのだが、陰ではしっかりと話が進行していたのだ。

「もちろんこれは、城下町にのみ売ることを許す、という取り決めではない。そのような取り決めにするまでもなく、これはなかなか宿場町の民や旅人などには手が出なそうな価格になる、という話であったよね？」

「はい。ただでさえギバ肉は高額である上に、水抜《みずぬ》きをするとずいぶん目方が減ってしまいますし……それに、肉を挽《ひ》いたり腸を洗ったりという作業にも相応の手間がかかりますので、普通の干し肉よりもさらに割高にするべきだと考えています」

「具体的には、どれほどのものなのかな？　大雑把《おおざっぱ》でいいので教えてもらえるとありがたいのだけれども」

具体的に言うならば、四百グラムていどで赤銅貨十枚ということになる。カロンやキミュスの干し肉は生鮮肉《せいせんにく》の四倍ていどというのが市場価格であったので、そこにちょっぴり手間賃を上乗せさせていただいた格好だ。

さらに、ギバ・ベーコンの販売《はんばい》も許してもらえるなら、そちらの価格は赤銅貨十五枚となる。腸詰肉はクズ肉を使えるぶん原価を抑えられるのだが、ギバ・ベーコンには割高な胸肉が必要となるためであった。

「なるほどなるほど。それなら、ギャマの干し肉よりもいくぶん値が張るということだね。そうすると、城下町でもそれなりの豊かさを持つ人間ぐらいしか買うことはできないだろうから、注文が重なりすぎてギバ肉が足りなくなることもないと思うよ」

「それなら、幸いです。せっかく生鮮肉の販売は止めてもらっているのに、干し肉のせいで宿場町に卸《おろ》す肉が不足するようになったら本末転倒《ほんまつてんとう》ですからね」

「うんうん。それでは、その方向で話を進めていこう。ルイドロス殿も、さぞかしお喜びになるだろうさ」

そうしてポルアースは、あらたまった目つきで俺とシーラ＝ルウの姿を見比べてきた。

「それでだね。これはまったくの別件なのだけれども……ついでだから、話を進めさせてもらおうかな。実はダレイム伯爵家において、森辺の人々を親睦の会に招こうという話があがっているのだよね。侍女《じじょ》のシェイラのほうから世間話のような形でそれが伝わっている、と聞いているのだけれども、どうだったかな？」

「……それはひょっとしたら、舞踏会《ぶとうかい》へのお招きというお話でしょうか？」

「うん、それそれ。ダレイムの人間である僕がここまで深く関《かか》わっているのに、いまだに森辺の民とダレイム伯爵家は交流らしい交流を結んでいなかっただろう？　だから、堅苦《かたくる》しい話は抜《ぬ》きで、族長筋の方々やアスタ殿をダレイム伯爵家の館《やかた》に招待したかったのだよ。舞踏会などと言いだしたのは、僕の母上であるのだけれどね」

「ああ、なるほど……」

「それで、ルウ家とファ家の人々からそれぞれ承諾《しょうだく》を取りつけることがかなった、という風にシェイラからは聞いているのだけれども、それで間違《まちが》いはなかったかな？」

「それはちょっと、ご説明が必要かもしれません」

俺はシーラ＝ルウからのすがるような眼差《まなざ》しをあびながら、事情を説明することになった。すなわち、我が家長アイ＝ファが舞踏会を武闘《ぶとう》会と取り違《ちが》えてしまったという、冗談《じょうだん》のようなエピソードについてである。それを聞き終えたポルアースは、声をあげて笑い始めた。

「それはまた、愉快《ゆかい》な行き違いもあったものだね！　さすがは勇猛《ゆうもう》なる森辺の狩人といったところかな。いや、アイ＝ファ殿というのは奥《おく》ゆかしい御方だねえ」

「は、お恥《は》ずかしい限りであります」

この場にいない家長のために、俺は頭を下げておくことにした。

「それであの、ダレイム伯爵家からそのような申し出を受けるのはとても光栄なことですし、個人的に嬉《うれ》しくも思うのですが、森辺の民には舞踏というものをたしなむ習わしもありませんので……」

「何もそのように気を張ることはないよ。踊《おど》るつもりもない人間を無理に踊らせるなんて、そんな無粋《ぶすい》な真似《まね》はしないさ。楽士の演奏を聞きながら、料理や会話を楽しんでもらえれば十分だよ」

「だけどやっぱり舞踏会ともなると、宴衣装などで身を飾《かざ》る必要も出てくるのではないでしょうか？」

「うん？　それで何か、不都合でもあるのかな？　アスタ殿を救出する際、アイ＝ファ殿は実に見事に宴衣装を着こなしていたじゃないか」

「いや、ですが、アイ＝ファは狩人ですので、宴衣装を身に纏《まと》うという行為自体が、あまり意に沿わないようなのです」

俺の言葉に、ポルアースは「なるほど」とうなずく。

「僕としては残念だけど、アイ＝ファ殿がそういうお気持ちなら、無理強《むりじ》いはできないね。それなら、アスタ殿だけでもご参加いただけるかな？」

「あ、いえ、もちろん参加したくは思うのですが……その場合、アイ＝ファを護衛役として同《どう》伴《はん》させることは可能なのでしょうか？」

俺を一人で城下町に向かわせるというのは、いまだアイ＝ファにとって禁忌《きんき》のはずなのである。たとえ他《ほか》の男衆が護衛役として同伴しようとも、その心情に変わりはないはずであった。が、ポルアースは初めて「うーん？」と難しい顔をしてしまう。

「もちろん、館まで一緒に来ていただくことには何の問題もないけれど、その場合、アイ＝ファ殿には会場の外でお待ちいただくことになってしまうだろうね」

「会場の外ですか？　これまでは、部屋の中まで護衛役が入ることも許されていたはずですが……」

「うん、これは我が家の習わしでね。僕の母上が、宴の場に武官が踏《ふ》み入ることを許してくれないのだよ。刀を帯びるなんてもっての外、という勢いでね」

「では、刀だけ預けて入室を許可していただくことは……？」

「うーん、その場合は、けっきょく宴衣装を纏ってもらうことになってしまうね。平服で舞踏会などとんでもない、と騒《さわ》ぐ姿が今から想像できてしまうよ」

ポルアースはこんなにおっとりとした気性《きしょう》であるのに、母君はそこまで激しい気性をお持ちなのだろうか。俺がそれを尋《たず》ねてみると、ポルアースは「いやいや」と苦笑《くしょう》した。

「僕の母上はとても温厚《おんこう》だし、滅多《めった》に声を荒《あら》らげることもないよ。ただ、なんていうのかな……エウリフィア姫《ひめ》とはたいそう気が合うようだと言えば、少しは伝わるかな？」

メルフリードの伴侶たるエウリフィアの姿を思い出す。彼女は確かにとても温厚だし、声を荒らげるところなど想像することもできない。が、あのマルスタインですら手綱を握《にぎ》ることができず、冷徹《れいてつ》なるメルフリードを笑顔《えがお》で閉口させることのできる、そういったお人柄《ひとがら》でもあった。

「……何だか、ものすごく理解できたような気がします」

「それなら、幸いだ。会場の外でならどのような格好でも自由だし、刀を取り上げるような真似もしない。そして、会場内には決して危険な人間を招いたりはしない、とここで約束しておくよ」

会場の外で護衛役としての仕事を果たすか、宴衣装を纏って会場内に足を踏み入れるか。アイ＝ファならば、どの道を選ぶだろう。しかし何にせよ、アイ＝ファにとっては苦渋《くじゅう》の決断になるに違いない。俺は今から足を蹴られる覚悟を固めておく必要があるかもしれなかった。

「で、ですが、あの……森辺において、舞《まい》を踊るというのは求婚《きゅうこん》の儀《ぎ》でもあるのです。舞踏会というものに未婚の人間が参加するというのは、少なからずそういう意味合いが生じてしまったりはしないのでしょうか？」

と、今度はシーラ＝ルウが懸命に言葉を紡ぐことになった。彼女もまた、舞踏会のお誘《さそ》いを受けた際にはそばにいたので、責任を感じているらしい。

「ああ、うん、確かに、舞踏会というのは遊戯《ゆうぎ》的な恋愛《れんあい》を楽しむ場でもあるけどね。でも、リーハイム殿とレイナ＝ルウ嬢《じょう》の一件があったのだから、そこのあたりのことは念入りに周知させていただくよ。男女問わず、森辺の民に浮《うわ》ついた気持ちで近づくことは禁ずる、ということにしておけば心配もないだろう？」

「ですが……それなら、浮ついた気持ちでなかった場合はどうなのでしょう？　貴族から正式に嫁入りや婿入りを願われて、それを断ることになったら、また何か両者の関係に影が落ちてしまったりはしないでしょうか？」

シーラ＝ルウの必死の面持ちに、さしものポルアースも心を動かされた様子であった。

「なるほど。確かにそこまで考えを巡《めぐ》らせておく必要はあるのかもしれないね。森辺の民は秀《しゅう》麗《れい》な容姿をした人間が多いし、城下町ではなかなか見られない独特の魅力《みりょく》を有してもいる。聞くところによると、マーデル子爵《ししゃく》家のセランジュ姫などは、シン＝ルウ殿に対してかなり熱烈《ねつれつ》に心をひかれていたようだしねえ」

「ええ、ですから……」

「それならば、男女ひと組ずつという形でお招きするべきだろうね」

ポルアースは、ぽんと手を打った。

「男女ひと組で招かれた賓客《ひんかく》であるならば、もはや誰も手出しはできなくなる。これは城下町における絶対の習わしだから、間違いの起きようもないよ」

「そ、それは、婚姻《こんいん》の契を交《か》わした者同士で参じるべし、ということですか？」

「いやいや、そこまで格式張った話ではないよ。未婚の男女同士であれば、それでかまわないんだ。異性を同伴した人間に秋波を向けるのは、そのお連れに対しての最大の侮辱《ぶじょく》となる、と言えばわかりやすいかな？」

理解したとは言いきれないが、ニュアンスぐらいはつかむことができた。とにかく未婚の男女でペアになって参席すれば、余所《よそ》の人間がそこに割り込むことが許されなくなる、ということなのだろう。

（……なんだか、どんどんアイ＝ファの選択肢《せんたくし》がせばまっていく感じだな）

俺とシーラ＝ルウは力なく目を見交《みか》わし、ポルアースはのほほんとした顔で笑った。

「それじゃあ、そちらの話に関しても、のちほど正式に申し入れをさせていただくからね。明日か明後日には使者をつかわすから、ドンダ＝ルウ殿にはよろしく伝えておいておくれよ」

「はい、承《うけたまわ》りました」

そうしてポルアースはいくつかの料理を持参した容器に詰《つ》めて、意気《いき》揚々《ようよう》と立ち去っていった。それからすぐ、食堂のほうに戻《もど》ったはずのシーラ＝ルウが俺のもとに近づいてくる。

「あの、アスタはやっぱり、アイ＝ファとともに参席するのでしょうね……？」

「ええ、そういうことになりそうですね。もちろん、決めるのはアイ＝ファですが……」

「アイ＝ファであれば、その役を他の女衆に譲《ゆず》ることもないでしょう」

恥ずかしながら、俺もその意見には賛同せざるを得ない。が、それよりも気になるのは、シーラ＝ルウの悲壮《ひそう》な面持ちであった。

「でも、ルウ家のほうは、これから参席する人間を決めるのでしょう？　ここはやっぱり、本家の人間が選ばれるのではないでしょうかね？」

「はい……ですがやっぱり、アイ＝ファが話を承諾するのを止められなかったわたしにも、大きな責任があると思うのです……」

「でしたら、ダルム＝ルウに同伴を願っては如何《いかが》でしょう？」

俺が言うなり、シーラ＝ルウは顔から火をふいた。いちおう気を使って、周囲の女衆に聞かれぬよう声をひそめたつもりであったのだが、そんなものでは足りなかったらしい。

「ア、アスタは何を仰《おっしゃ》っているのですか？　ど、どうしてわたしがそのような真似を……！」

「いや、だけどそれなら自然と本家の人間も参加できるので、都合がよいのでは？」

「……ですが、その場には宴衣装を纏ったアイ＝ファも同席するのですよ？　そうしたら、ダルム＝ルウはきっと……」

悄然《しょうぜん》とうつむきそうになってから、シーラ＝ルウはふいにぶんぶんと首を横に振《ふ》りだした。

「……今からそのような話をしても始まりませんね。仕事に戻ります。どうもお邪魔《じゃま》をしてしまって申し訳ありませんでした」

「あ、シーラ＝ルウ――」

俺の声など届かなかった様子で、シーラ＝ルウは足早にその場を立ち去ってしまった。本日の相方であるガズの女衆にきょとんと見つめられつつ、俺はこっそり溜息《ためいき》をつく。

（シーラ＝ルウの立場だと、そういうことが心配になっちゃうのか。今さらダルム＝ルウが、アイ＝ファに対する気持ちを再燃させるとは思えないんだけど……こればっかりは、わからないもんな）

それでもやっぱり、俺はその点を疑う気持ちにはなれなかった。ダルム＝ルウは凄《すさ》まじい情念をその瞳に燃やしながら、もはや自分がアイ＝ファの生き方に口出しすることはできない、と言いきっていたのだ。そうして、アイ＝ファを守ることができるのは貴様だけなのだ、と俺に宣言していたダルム＝ルウの心情が、そこまで簡単に動かされるとはとうてい思えなかった。

（でも、シーラ＝ルウはそのことを知らないんだもんな。それなら、心配になるのが当たり前か。ダルム＝ルウに同伴を頼《たの》めばいいなんて、軽はずみに口にするべきじゃなかったな）

どうにも、こういった話では頭の回らない俺である。

自分の迂闊《うかつ》さを反省しながら、俺は仕事に集中することにした。

4

そうして中天が近づいて、街道《かいどう》にも人影《ひとかげ》が増えてきた頃——トゥランに向かったアイ＝ファが、ようやく戻ってきた。

「お疲《つか》れ様。マイムたちには会えたのかな？」

荷車を引いたアイ＝ファが屋台の裏にまで到着《とうちゃく》したところで、俺はそのように呼びかけてみた。ギルルを荷車から解放しつつ、アイ＝ファは「うむ」とうなずき返してくる。

「どうもありがとう。それで、マイムはどうだった？　ギバの肉は買ってもらえたかな？」

「あまり片手間で話せるような内容ではない。仕事の手が空いたら、本人に話を聞くがいい」

「え？　マイムを連れてきてくれたのか？」

「うむ。荷台に乗っている」

ならば、どうしてマイムは姿を現さないのだろう。俺は大きな不安感に見舞《みま》われながら、とにかくその場の仕事を片付けて、ギルルの荷車に駆《か》け寄ることになった。

「……マイム、いるのかい？」

俺がそのように呼びかけると、ぴったりと下ろされた入り口の帳《とばり》の向こう側から、「はい……」という弱々しい声が返ってくる。やがて開かれた帳の向こう側から現れたのは――目もとを赤く泣きはらした、マイムの顔だ。

「マ、マイム？　いったいどうしたのさ？」

「アスタ……ご連絡《れんらく》もできず、申し訳ありませんでした……」

そのように言ってから、マイムは小さな唇をぎゅっと噛《か》みしめる。それは、こぼれそうになる嗚咽《おえつ》を必死に耐《た》えているような仕草であった。

「俺のことなんてどうでもいいけど、マイムはどうしてそんな風に――」

そのように言いかけて、俺は絶句した。マイムの背後、荷台の薄暗《うすくら》がりに横たわるミケルの姿に、俺はようやく気づくことになったのだ。おそらく自分たちの家から運び入れたのだろう寝具《しんぐ》の上に、ミケルが横たわっている。この距離《きょり》からでも、ミケルが頭と右足に包帯を巻いているのが見て取れた。

「ミ、ミケル！　いったいどうされたのですか⁉　その怪我《けが》はいったい――？」

「……何だ、もう宿場町に着いていたのか」

ミケルがのろのろと身を起こそうとすると、マイムは弾《はじ》かれたような勢いでその身に取りすがった。

「父さん！　そんな、無理に身体を起こしたら――！」

「かまうな。これぐらいの怪我で、いつまでも寝ていられるか」

ミケルはそのように答えていたが、明らかに憔悴《しょうすい》しきっていた。もともと痩《や》せ気味《ぎみ》であったその顔からはいっそう肉が落ちて、がっしりとした骨格が浮き出てしまっている。顔の下半分は灰色がかった無精髭《ぶしょうひげ》に覆《おお》われて、頭に巻いた包帯からは血がにじんでいた。

それに、右足の包帯である。ミケルの右足は、すねのところに添《そ》え木《ぎ》をあてがわれて、これまた厳重に包帯を巻かれていた。それは明らかに、骨折の処置であった。

「……金の月に入ってすぐ、物盗《ものと》りに押し入られてしまったのです」

やがてマイムが、弱々しい声でそのように説明してくれた。

「物盗り？　トゥランの、マイムたちの家に？　衛兵たちには訴《うった》えを出したのかい？」

「はい……ですが、十日が経《た》っても音沙汰《おとさた》はありませんでした……きっともうその悪漢たちも、ジェノスからは出ていってしまったのでしょう」

「ふん。あるいは、衛兵たちに銅貨を握らせたか、だな」

マイムに肩を支えられながら、ミケルはそのように言い捨てた。

「俺たちの家に山ほどの銅貨があるなんて、そんなことに察しがつけられるのはトゥランの人間だけだ。おおかた、祭の間に宿場町まで出向いて、こいつが商売をしている姿を目にしたんだろう」

「そ、それでトゥランの誰かが銅貨を奪《うば》うために押し入った、というのですか？」

「ああ。現に銅貨は一枚残らず持ち去られてしまった。トゥランにそんな悪党がひそんでいたんなら、護衛役も意味はなかったな」

そういった危険を防ぐために、マイムはバルシャを護衛役として雇《やと》っていたのだ。バルシャは尾行《びこう》されることもきちんと警戒《けいかい》していたので、確かに外部の人間の犯行というのは考えにくかった。

「トゥランに住んでいるのは、俺たちのような貧乏人《びんぼうにん》ばかりだ。貧乏人が分不相応な富を手にすれば、こういう災《わざわ》いを招くことになる、ということだ」

「……父さんを残して家を出ることはできませんでしたし、また、わたしのような子供が一人で宿場町に向かうのも危《あや》うい話であったので……アスタたちにはご連絡することもできず、申し訳ありませんでした……」

そうしてマイムが深くうつむくと、荷台の床《ゆか》の上にぽたりぽたりと小さなしみが広がっていく。言葉を失う俺のかたわらに、アイ＝ファが音もなく立ちはだかった。

「このような有り様で元の家に置いておくことはできなかったので、この場に連れてきた。……アスタ、自由につかえる銅貨を私によこせ」

「銅貨？　銅貨なんて、何につかうんだ？」

「薬を買うに決まっておろうが？　折れた足は正しく処置しておいたが、頭の傷には薬が必要だし、熱も出してしまっている。ロムの葉よりは、町で買う薬のほうが治りも早い」

「そ、そうか。わかった。今日の売り上げを全部持っていってくれ」

「そこまでは必要ない。……薬が届くまで、お前たちは休んでおくがいい」

アイ＝ファは二人の返事も待たずに荷台の帳を閉めきると、怒《いか》りの火をはらんだ目を俺に突《つ》きつけてくる。

「それからな、二人分の料理を残しておけ。怪我の手当てが終わったら、それを食べさせる」

「料理を？　わかった。でも、ミケルは食事ができるような状態なのかな」

「少しは口にせねば、身体がもたん。ミケルらは、すべての銅貨を奪われてしまったのだぞ？　この十日ほどは、家に残っていた食料だけで食いつないでいたのだそうだ。……周囲には、そんなミケルらに救いの手をのばそうという人間もいなかったようだしな」

そう言って、アイ＝ファはいきなり地面を蹴りつけた。

驚《おどろ》く俺に、アイ＝ファは「すまん」と言い捨てる。

「昨晩、お前に話を聞いて、ここまでの事態を想定することのできなかった自分が腹立たしい。昨日の夜にトゥランへと向かっていれば、あの者たちをもう半日早く救うこともできたのだ」

「そ、それを言ったら、俺は十日も経つまで動くことができなかったし――」

「しかし、アスタが声をあげなければ、あの者たちを見舞った不幸に気づくこともできなかった。そして、仕事の手が空いていなければ、私も無用の心配だと言って後回しにしていたかもしれん。そんな自分の迂闊さが腹立たしいのだ」

それは、しかたのないことだろうと思う。銅貨のために他者を傷つけようなどというのは、本来的に森辺の民には理解の及《およ》ばない所業であるのだ。それが野盗ではなく同じ町に住む人間とあっては、なおさらであった。

「とにかく我々は、あの者たちの窮地《きゅうち》を救う。しばらく森辺の集落で過ごせるよう、身の回りのものも積んできた。ファの家の家人として、異存はあるまいな？」

「うん、もちろん。アイ＝ファがそこまで親身になってくれて、俺は心から嬉しく思っているよ」

「たわけたことを抜かすな。お前が貴族にさらわれた際、ミケルもまた陰《かげ》ながらに力を添えてくれたのだぞ？　私はまだその恩を返しきったとは思っておらん」

そう言って、アイ＝ファは決然と狩人の衣《ころも》をひるがえした。

「ファの家に連れ帰る前に、まずはドンダ＝ルウの了承《りょうしょう》を得ねばな。……もっとも、族長らに何と言われようが、私は絶対に手を引かんぞ」

「少なくとも、ドンダ＝ルウなら大丈夫《だいじょうぶ》だよ。俺も一緒《いっしょ》に説得させてもらう」

そうしてその日は、けっきょく昨日までよりも慌《あわ》ただしく過ぎていくことになった。

ポルアースからの舞踏会へのお誘いなど、この一件に比べれば微笑《ほほえ》ましいぐらいのものとしか思えなかったのだった。


宿場町での商売の後、俺たちはルウの集落へと向かっていた。

本日の当番であったシーラ＝ルウやララ＝ルウも、それを止めようとはしなかった。彼女《かのじょ》たちにとっても、いまやミケルとマイムは友と呼んでも差し障《さわ》りがないぐらい親しい間柄《あいだがら》であったのである。

そうして俺たちは、本家の広間でドンダ＝ルウと向かい合うことになった。男衆は狩りの仕事に出向いているので、ジザ＝ルウたちの姿はない。レイナ＝ルウたちは明日のための下ごしらえに取り組んでいるので、かたわらに控《ひか》えているのはミーア・レイ母さんただ一人だ。

「なるほどな……町では野盗でないただの人間も、そんな悪辣《あくらつ》な真似をするということか」

ドンダ＝ルウは、果実酒の代わりにチャッチのお茶をあおっていた。右肩《みぎかた》の傷も回復に向かっていたが、いまだにアルコールは厳禁であるらしい。

そんなドンダ＝ルウと相対しているこちらは、総勢で七名であった。俺とアイ＝ファ、ミケルとマイム、シーラ＝ルウとララ＝ルウ、そしてこの事態を聞きつけて飛んできたバルシャである。ミケルは荷台から降りることすら苦痛になるような状態であったが、「俺を抜きで話を進められてたまるか」と言い張って、この場に参じたのだった。

「それで？　その恥知《はじし》らずどもは、いまだに野放しになってるってのか？」

「はい。……たぶん、トゥランの住人ではあっても、わたしたちと顔見知りではないのだと思います。顔見知りでしたら、もっと早くに押し入っていたでしょうから……きっとトゥランの朝市か何かでわたしの姿を見て、あれは宿場町で荒稼《あらかせ》ぎをしていた人間だと見当をつけたのではないでしょうか」

マイムは懸命《けんめい》に自分を保ちながら、そのように答えていた。その健気《けなげ》な姿を火のような目つきで見返しながら、ドンダ＝ルウは「ふん……」と鼻を鳴らす。

「その言い様だと、機会さえあれば顔見知りの人間でもそのような真似をしかねない、と思っているようだな」

「……はい。顔見知りの人間のすべてを信用できるわけではありませんので」

「ふん。これだから、町の人間など信用できぬのだ」

ドンダ＝ルウの言葉にマイムが肩を震《ふる》わせると、とたんにアイ＝ファが「おい」と声をあげた。

「ドンダ＝ルウよ、その言い様では、まるで町に住む人間のすべてが悪辣であるようではないか。少なくとも、この者たちはそのように悪辣な人間ではあるまい」

「誰もそんなことは言ってねえだろうが。腹を立てているのはその目つきで丸わかりだが、誰かれかまわず喧嘩《けんか》腰《ごし》になるんじゃねえ」

「それで？　貴様たちは俺たちに何を望んでいるのだ、トゥランのミケルよ？」

「……………」

「だからそれは――」

「俺はミケルに話を聞いている。大人しくできないのなら、家の外で待っていろ」

ドンダ＝ルウの容赦《ようしゃ》のない言葉に、アイ＝ファはぎりっと奥歯《おくば》を噛み鳴らした。この両者がこれほど剣呑《けんのん》な雰囲気になるのはひさびさのことなので、俺はむやみに胸騒《むなさわ》ぎがしてしまう。

「……俺が望むのはひとつだけだ、森辺の族長ドンダ＝ルウよ……」

添え木を当てられた右足を床にのばし、マイムに身体を支えられたミケルは、くぐもった声でそのように応じた。熱さましの薬のせいで、少し意識が朦朧《もうろう》としている様子である。

「俺たちを、この森辺でかくまってほしい……この娘《むすめ》は、自分の力だけで銅貨を稼《かせ》ぐこともできるので……その銅貨を代価として、しばらく身を置くことを許してほしいのだ……」

「ふん。しばらくとは、どれほどの期間のことだ？」

「それは……俺が再び、歩けるようになるまでだ……」

死人のように青ざめた顔の中で、ミケルはただ両方の目だけをぎらぎらと燃やしていた。ミケルもまた、かつてないほど必死なのである。

「今のままでは、俺たちは死を待つしかない……この娘がどれほど銅貨を稼ごうとも、トゥランに帰るたび、また悪党どもに襲《おそ》われてしまうだろう……だから、せめて俺が歩けるようになるまでは……」

「貴様が歩けるようになったところで、状況《じょうきょう》は変わるまい。またそのようにして、悪党どもに襲われるばかりではないか？」

「そのときは……この娘だけでも、城下町に送り届ける」

俺は驚いて、ミケルの悲壮な横顔を見つめてしまった。

ミケルは一心に、ドンダ＝ルウの姿だけをにらみ続けている。

「俺とて、もとは城下町の民だからな……恥《はじ》も外聞もかなぐり捨てれば、一人ぐらいは娘を預けられる人間を見つけだせるはずだ……いや、絶対に見つけてみせる……だから、俺が自由に動けるようになるまで、かくまってほしいのだ……」

マイムもまた、唇を噛んで父親の横顔を見つめていた。

そんな二人の姿を見比べながら、ドンダ＝ルウはまた鼻を鳴らす。

「貴様はずいぶん熱に浮《う》かされているようだな。そんな状態でこれ以上問答をしても意味はなさそうだ」

「そんなことはない！　俺は……」

「貴様たち親子を、ルウの家の客人として迎《むか》えよう。ただし、期限を定めるのは、貴様の傷が癒《い》えてからだ。それならば、文句はなかろう」

俺は、再び驚くことになった。同じ驚きにとらわれたのであろうアイ＝ファが、すかさず声をあげる。

「ドンダ＝ルウよ、ミケルらをルウの家に留《とど》まらせようというのか？　私はファの家で面倒《めんどう》を見ようと考えていたのだが」

「家人が二人きりしかいないファの家で、どのように面倒を見ようというのだ？　しかも貴様は、休息の期間であるにも拘《かか》わらず、あちこちの家に足をのばしているのだろうが？」

ドンダ＝ルウはアイ＝ファの反論をあっさりと両断し、それからバルシャのほうに目を向けた。

「バルシャよ。この二人は貴様たちの住んでいる家に住まわせるがいい。べつだん分家の家でもかまわねえが、そのほうがおたがいに気苦労も少ないだろう」

「了解《りようかい》したよ。マイムが働いてる間は、あたしがミケルの面倒を見られるからね」

そう言って、バルシャはにっと白い歯をこぼした。その表情を見届けてから、ドンダ＝ルウはまたミケルたちのほうに眼光を突きつける。

「このバルシャは息子《むすこ》のジーダとともに、ルウ家の客人となっている。だが、ジーダがギバ狩りの仕事を手伝っているために、代価などは受け取っていない。……そして、自分たちに必要な銅貨は、自分たちで稼いでいるそうだな？」

「ああ。朝方に狩《か》ってる野鳥を売りさばいてるのさ。食事なんかは出してもらえてるから、それほど銅貨も必要じゃないんだけどね」

「そういうことだ。家と食事はこちらで準備をする。それ以外の銅貨は、自分たちで稼ぐがいい。その条件でよければ、ルウの集落への逗留《とうりゆう》を許す」

「あ……ありがとうございます……」

こらえかねたように、マイムが頬に涙《なみだ》を伝わせた。

ミケルもがっくりとうつむきながら、「温情に感謝する……」とつぶやいている。

「何も感謝の必要はない。貴様たちは、ルウ家のかまど番にも大きな力をもたらした。……そうだったな、ララ？」

「うん！　美味《おい》しい干し肉の作り方を教えてくれたのは、ミケルたちのはずだからね！」

「はい。それ以外でも、ミケルやマイムたちはルウ家のかまど番に大きな力をもたらしてくれました」

シーラ＝ルウも、静かに言葉を添えていた。彼女とレイナ＝ルウなどは、特にマイムの存在に触発《しょくはつ》されて、かまど番の仕事にいっそう熱を入れるようになったのだ。

「俺は軽々しく、町の人間を友と呼ぶ気はない。しかし、その娘はギバの肉を使って商売をしていたし、親子ともども二度までも客人として迎えることになった。……なおかつ、かつてファの家のアスタがトゥラン伯爵家の娘にさらわれたとき、その居所をジーダに伝えたのは貴様であったはずだな、ミケルよ」

「ああ……俺はトゥラン伯爵家の本邸《ほんてい》の場所を教えたに過ぎないが……」

「その助言がなければ、ファの家のアスタを救うことはできなかったかもしれん。ファの家長がそこのアスタを家人と認めている以上、それは森辺の同胞《どうほう》を救ったということに他ならぬだろう。ならば俺たちは、貴様に大きな恩義があるということだ」

ぶっきらぼうに言い捨てて、ドンダ＝ルウはまたチャッチの茶をぐびりとあおった。

「話は終わりだ。文句がないなら、バルシャの家で休むがいい。これ以上の話は、貴様がまともに口をきけるようになってからにしてもらう」

　バルシャは笑顔で立ち上がり、マイムとともにミケルの身体を支えた。マイムは泣き笑いのような表情で、バルシャに頭を下げている。そうして俺たちも腰《こし》をあげようとしたとき、ドンダ＝ルウが「ああ……」と底ごもる声をあげた。

「もうひとつ、大事な話を忘れていた。……町の衛兵どもは、銅貨を握らされて悪党どもを見《み》逃《のが》しているかもしれん、などと抜かしていたな？」

「あ、はい。何も確証のある話ではないのですが……衛兵たちの態度が、あまりにすげないものだったので……それに、トゥランでは珍《めずら》しい話でもありませんし……」

「そいつは聞き逃《のが》せねえ話だな。いったい衛兵どもにどんな教育をしているのか、貴族どもに問い質《ただ》す必要があるだろう」

　その瞬間《しゅんかん》、ドンダ＝ルウはマイムが怯《おび》えるほど、両目に凄まじい眼光を閃《ひらめ》かせた。むろん、マイムではない別の誰《だれ》かに怒りを燃やしているのだろう。

「少なくとも、メルフリードという貴族であれば、そのような罪は見逃さねえはずだ。こいつはこちらから使者を差し向ける必要があるだろうな」

「あー、それなら明日だか明後日だかに、貴族からの使者が来るって話だったよ。そのときに、ついでに話しちゃえばいいんじゃない？」

　ララ＝ルウの言葉に、ドンダ＝ルウは「何だと？」と眉《まゆ》をひそめた。そう、本日は舞踏会のお招きについてもご報告があったのだ。

「その件は、わたしたちからお話しいたします。アスタたちは、どうぞミケルたちを」

「はい、ありがとうございます」

シーラ＝ルウの言葉に甘《あま》えて、俺《おれ》たちは退去させていただくことにした。ただし、ミケルをバルシャのもとに預けた後は、ドンダ＝ルウのもとに戻らねばならないだろう。ダレイム伯爵家における舞踏会についても、決して二の次にできる話ではないのだ。

「でも、まさかドンダ＝ルウが自分からミケルたちを客人として招くとは思わなかったな。機《き》嫌《げん》が悪そうだったから、最初はハラハラしちゃったよ」

ミケルの身体を荷台に横たえながらそのように述懐《じゅつかい》すると、「確かにね」とバルシャも笑い声をあげた。

「よっぽど悪党どものやり口に腹を立てていたんだろうね。でも、そいつはアイ＝ファも一緒だろう？　二人しておんなじ理由で不機嫌《ふきげん》になってるんだから、あたしはちょっと面白《おもしろ》くもあったよ」

「面白くなどない。それでは私は、八つ当たりをされたようなものではないか」

「だから、そいつもおたがいさまだろって話さ。森辺の狩人にとっちゃあ、人様の家に押《お》し入って銅貨を奪うなんて、考えられもしないことなんだろうね」

そうしてバルシャは、マイムの頭にぽんと手を置いた。

「ねえ、マイム。この森辺の集落にはね、家の戸に閂《かんぬき》しか掛《か》けられないんだよ。外から掛ける錠前《じょうまえ》ってもんは、どこの家にも存在しないのさ。その意味が、あんたにはわかるよね？」

「え……？　それはあの、昼間は家を留守にすることもないぐらい、家族が多いということですか？」

「違うねえ。たとえば、アイ＝ファたちの家なんて家族が二人しかいないから、昼間は家を空っぽにしてるはずだよ。で、もちろんこれまでにため込んだ銅貨も、アスタは毎日持ち歩いてるわけじゃないよね？」

「はい。そんなものを宿場町にまで持っていったら、余計に無用心でしょうから」

この集落の生まれでない俺には、バルシャの言わんとすることがすでに理解できていた。気の毒なマイムは、目をぱちくりとさせてしまっている。

「森辺では、余所の家に忍《しの》び込もうとする人間なんて一人も存在しないってこったよ。アスタがどれだけの銅貨を稼いでるかなんて、近所の人間だったら誰でも知ってるんだろうけど、それを盗《ぬす》もうとする人間は存在しないのさ。ええと、余所の家に勝手に足を踏み入れたら、足の指を切られちまうんだっけ？」

「はい。それが森辺の習わしですね」

「そんな口約束だけで、森辺の平和は守られてるのさ。町の人間にとっては、ちょっと考えられない話だよね」

そう言って、バルシャはマイムの頭をくしゃくしゃにかき回した。

「はっきり言って、こんなに馬鹿正直《ばかしょうじき》な人間ばかりが集まった場所なんて、他にはそうそうな

いと思う。だから、安心して暮らしていくといいよ。……あたしなんて、あまりに居心地《いごこち》がよすぎるもんだから、いつまで経っても出ていく気持ちになれないほどさ」

「そうなのですか……」

マイムはまたじんわりと浮かんできた涙を慌ててこすりつつ、俺とアイ＝ファのほうに深々と頭を下げてきた。

「あの！　本当にありがとうございました！　口添《くちぞ》えをしてくださったアスタたちには、決してご迷惑《めいわく》がかからないように振る舞《ま》いますので……！」

「そんな心配はしていなかったよ。本当は、ファの家に招こうと考えていたぐらいなんだから。な、アイ＝ファ？」

「うむ」とうなずくアイ＝ファがいくぶん不満げな面持《おもも》ちなのは、マイムたちをファの家の客人として迎えようと一大決心していたのに、それを横から打ち砕《くだ》かれてしまったためなのかもしれない。しかし、何かと森辺をお騒がせしているファの家よりも、族長筋たるルウの家が自らその役を担《にな》ってくれるのならば、それに越《こ》したことはないだろう。もともとバルシャやジーダといった客人に逗留を許しているルウ家であるならば、頑迷《がんめい》なるグラフ＝ザザなどにも話は通しやすいのかもしれなかった。

（ああ、そうだ。城下町での商売が許された腸詰肉の一件だって、ミケルたちの協力なしには為《な》し遂《と》げられなかった話だからな。その件も、ドンダ＝ルウには伝えておかなきゃ）

俺がそのように考えたとき、二方向からばらばらと人影が寄ってきた。広場のほうで俺たちを待っていたトゥール＝ディンらと、裏のかまどで仕事に励《はげ》んでいたレイナ＝ルウらである。

「アスタ、マイムたちの処遇《しょぐう》はどうなりました？」

「まさか、マイムたちを町に追い返せなどとは言われなかったですよね？」

きっとヤミル＝レイあたりから、すでに話は伝わっていたのだろう。レイナ＝ルウなどは真《しん》剣《けん》そのものの面持ちで俺に詰め寄ってきた。

「うん。マイムたちはルウ家の客人として招かれることになったよ。他の族長たちやジェノスの貴族たちにはこれから話を通さなきゃいけないんだろうけど、ドンダ＝ルウなら何とかしてくれるはずさ」

「ああ、それならよかったです……」

レイナ＝ルウは胸《むな》もとに手をやって大きく息をつくと、あらためてマイムに微笑みかけた。

「マイム。ようこそ、ルウの家に。何の気兼《きが》ねもいりませんから、心安らかに過ごしてくださいね」

「よかったですね、マイム。わたしたちで力になれることがあったら、何でも遠慮《えんりょ》なく言ってください」

トゥール＝ディンやユン＝スドラたちも、慈愛《じあい》に満ちみちた面持ちでマイムを取り囲んでいた。それでマイムも、またぽろぽろと大粒《おおつぶ》の涙を流してしまう。

「みなさん……本当にありがとうございます……」

「泣かないでよー。みんな、マイムたちの味方だからね！」

リミ＝ルウが、懐《ふところ》から出した手ぬぐいでマイムの頬《ほお》をぬぐってあげていた。目を細めながらそれを見下ろしていたバルシャが、「さあ！」と大きな声をあげる。

「まずは親父《おやじ》さんをゆっくり休ませてあげないとね。つもる話は、その後にしてあげな」

そうしてバルシャに手綱《たづな》を引かれて、ギルルの荷車がゆっくりと動きだす。それを見送りながら、俺は小さく息をついた。

これでひとまず、マイムたちは大丈夫だろう。あらためて、俺は森辺の民を同胞と呼べる我《わ》が身《み》を、これ以上ないぐらい誇《ほこ》らしく思うことになったのだった。

5

その翌日、金の月の十二日から、マイムは俺たちとともに宿場町へと下りることになった。

一日ぐらいはゆっくり過ごせばいいのではないかとも思ったが、マイムはマイムでそのように甘えることはできない、と感じたらしい。早朝から誰の手も借りずに、五十食分もの料理を仕上げたのだそうだ。

「食材は、ルウ家で準備をしてくれました。これで料理が売れなかったら、わたしは誰にも顔向けできません」

マイムは決然たる面持ちでそのように語っていたが、もちろんそんな悲しい結末が訪《おとず》れることはなかった。ジェノスに住まう人々は、もろ手をあげてマイムの商売の再開を歓迎《かんげい》してくれたのだった。

献立《こんだて》は、復活祭の折にもお披露目《ひろめ》したカロン乳の料理である。ねっとりとした不思議な食感を持つその料理は、復活祭の時分から真っ先に売り切れになるぐらい大好評であったのだ。

「経緯《けいい》は不幸なものでありましたが、わたしはマイムたちがルウ家に住まうことを、とても嬉しく思っています。これからは、マイムたちの手腕《しゅわん》を間近で見ることがかなうのですからね」

仕事の合間に、レイナ＝ルウはそのように語っていた。その顔にも、マイムに負けないぐらい決然とした表情が浮かべられている。

「休息の期間が終わったら、アスタはまたルウ家で勉強の会をしてくださるのでしょう？　その場にマイムたちがいてくれれば、全員がまたとない力を得られるような気がするのです。わたしはそれが、今から待ち遠しくてたまりません」

「そうだね。マイムたちにとっては不幸な事件だったけど、災い転じて福となす、となればいいと思うよ」

トゥール＝ディンやユン＝スドラたちも、ひとまずマイムらの去就が定まったことで、胸を撫《な》でおろしていた。これでミケルの容態がもう少し回復してくれれば、きっとマイムにも笑顔が戻るだろう。ルウの家にはたくさんの温かい人々がいるのだから、ミケルの怪我ばかりでなく心のほうもぞんぶんに癒《いや》してくれるはずであった。

「しっかし、物盗りとは物騒《ぶっそう》な話だね！　もちろん家は戸締《とじま》りしてたんでしょ？」

商売にいそしむマイムにそのように声をかけていたのは、お客として訪れたユーミであった。

鍋《なべ》の中身が焦《こ》げつかぬように攪拌《かくはん》しながら、マイムは「はい」とうなずいている。

「夜遅《よるおそ》くでしたので、鍵《かぎ》も閂も掛けていました。でも、厨《くりや》の窓の格子《こうし》を破って、家の中に押し入られてしまったのです」

「ふん。トゥランってのも、なかなか物騒なところなんだね。うちだったら、父さんがそんな連中は叩《たた》きのめしてやるんだけどさ」

そのように述べたててから、ユーミは腕《うで》をのばしてマイムの肩《かた》を叩いた。

「ま、あんただったらすぐに山ほどの銅貨を稼げるよ！　いっそ、そのまま森辺の民になっちゃえば？　そうしたら、どんな輩《やから》でも二度と悪さはできないさ！」

マイムははにかむように微笑んで、それには何とも答えなかった。父親のいない場所で、そのようなことは軽はずみに答えられない、と考えたのだろう。ユーミだって、マイムを元気づけるためにそのようなことを言っただけで、そこまで本気ではないはずだ。

（でも、マイムだけでも城下町に送り届ける、か……こんなことがなくっても、ミケルにはもともとそういう考えがあったのかな）

この宿場町やトゥランには、正式な料理店などというものは存在しない。宿屋の食堂か、その関係者が経営する軽食の屋台が存在するばかりだ。もちろんマイムの腕前《うでまえ》であれば、この屋台の商売だけでも生計を立てることはかなうだろうが――しかし、料理人としての高みを目指そうというのなら、けっきょく城下町か余所の町に移り住むしかないのだ。なおかつ、マイムの腕前であれば城下町の料理人となることも決して難しくはないはずであった。

（まあ、横から口を出していい話じゃないからな。ミケルだって、こんなに幼い内からマイムをどこかの店に預けるつもりはなかっただろうし）

その後はドーラの親父さんとターラも現れて、マイムに声をかけていた。朝方には屋台を借りる際にテリア＝マスとも言葉を交わしていたので、これで特に交流の深い面々にはすべて事情が行き渡《わた》ったことになる。

そんな中、マイムとはあまり面識のない人々も参上した。南の鉄具屋の少女ディアルとお付きのラービス、および東の占星師アリシュナである。

「いらっしゃいませ。みんなで一緒にご来店とは珍しいね」

「だって！　城門のところで出くわしちゃったんだもん！　ついてくんなって言ってもついてくるしさー」

「目的の場所、同じなのですから、やむを得ない、思います」

相変わらず、賑《にぎ》やかさと沈着《ちんちゃく》さが対照的な両名だ。ディアルは明るくきらめくエメラルドグリーンの瞳《ひとみ》で入念にアリシュナを威嚇《いかく》してから、俺に向きなおってきた。

「今日も美味しそうな匂《にお》いだね！　これはどういう料理なの？」

「これは、ギバの胸肉の煮込《にこ》み料理だよ。煮汁《にじる》で使っているのは、タウ油や砂糖やケルの根なんかだね」

「へえ、ケルの根！　ついにケルの根まで使い始めたんだ？」

ディアルは腕を組み、不敵な笑《え》みをたたえながら、アリシュナのほうを横目で見た。タウ油はもちろん砂糖もケルの根も、あらかたジャガル産なのである。

ちなみにこれは、収穫祭《しゅうかくさい》でも活躍《かつやく》したギバのチャーシューのアレンジ料理であった。正確に言うならば、『ギバの角煮《かくに》』とチャーシューの中間ぐらいの料理かもしれない。紐《ひも》で縛《しば》ったバラ肉のブロックを、朝からひたすら煮込み続けたものだ。

お客に提供する際は、別の鍋で煮ておいたアリアやティノやネェノンを木皿に敷《し》いてから、切り分けた肉を載《の》せて、たっぷりと煮汁もかける。アクセントは、ひとつまみのチットの実の粉だ。とろとろに煮込まれたバラ肉は、これだけでも十分に主菜たりえた。

「それじゃあ、僕《ぼく》はこれをひと皿ね！　あとは何を食べよっかなー」

「よかったら、あっちの料理もどうだい？　きっとディアルは食べたことがないはずだよ」

あっちの料理とは、もちろんマイムの料理のことである。復活祭の間はディアルもなかなか城下町を離《はな》れられなかったので、マイムの屋台も初お目見えなのではないかと思われた。

「んー？　あのちっちゃい娘は、森辺の民じゃないの？」

「うん。森辺の民とご縁《えん》のある、ジェノスの民だね」

「へーえ。アスタ以外にもそんな物好きがいたんだね」

ディアルが興味深げにマイムの屋台を覗《のぞ》き込むと、アリシュナもその横からにゅっと細い首をのばした。

「……あのさあ、あんまり近づかないでくれない？」

「ですが、私も、興味を引かれます」

ディアルのほうはつれない態度であるが、はたから見ると、なかなかよいコンビであるように思えてしまう。南と東は敵対国であるが、何かと接点の多い両名であるのだ。

すると、マイムがいくぶんきょとんとした面持ちで二人を見返した。

「いらっしゃいませ。よかったらどうぞ。お値段は赤銅貨二枚になります」

「これだけでおなかいっぱいになるような大きさじゃないよね？　よーし、試《ため》しに食べてみよっと。ラービス、銅貨をお願いね」

ラービスが白銅貨を差し出すと、マイムは「ありがとうございます」と赤銅貨のお釣《つ》りを返した。そうして鉄鍋《てつなべ》から顔を出している木串《きぐし》をつかみ、肉と野菜をカロン乳の煮汁ごとポイタンの生地《きじ》ではさみ込み、木串だけをすっと抜《ぬ》き取る。

「んー、いい匂い！　もちろんこれも、ギバの肉なんだよね？」

「はい。ギバの胸や足などの肉を使っています」

ディアルは白い歯でポイタンの生地にかぶりついた。大きく口を動かしていくうちに、その目は見る見る見開かれていく。

「美味しいね！　へー、アスタ以外でも、宿場町でこんなに美味しい料理を作れる人間がいるんだなあ」

「お気《き》に召《め》したのなら、嬉《うれ》しいです」

マイムは、やわらかく口もとをほころばせる。以前であったら、ディアルに劣《おと》らぬ元気いっぱいの笑顔《えがお》を見せていたところだろう。なんだかマイムは、このわずかな期間でずいぶん大人びたようにも感じられた。

「……では、私にも、いただけますか？」

アリシュナが銅貨を差し出すと、ディアルの表情がまたすみやかに切り替《か》えられる。

「何だよー。僕が感想を言うのを待ってたの？　性根《しょうね》の小ずるいシム女だね！」

「そのような意図、ありませんでした。ですが、あなたの満足げな笑顔、いっそう興味を引かれた、事実です」

「ふーん！　ものは言い様だね！」

ディアルとアリシュナのやりとりに、マイムはくすりと小さく笑った。本人たちの心情はどうあれ、やはりこの両名のやりとりは見る者をなごやかな気持ちにさせるのだ。俺などは、優美にたたずむシャム猫《ねこ》とそれに吠《ほ》えかかるポメラニアンなどを連想してしまっていた。

「……確かに、美味です。私、驚きました」

「だから、僕がそう言ってんじゃん！　まったく、腹立つなー」

そうして残りの分をたいらげてから、ディアルは俺に向きなおってきた。

「それじゃあ、お次はアスタの料理ね！　……そういえば、アスタはダレイム伯爵家《はくしゃくけ》の舞踏会《ぶとうかい》とかいうやつに出席するの？」

「うん、いちおうその予定だよ。まだ正式な申し入れはされていない段階だけどね」

その話は、昨日ドンダ＝ルウをまじえて済ませておいた。今のところ、貴族からの申し入れを断る強い理由はないとして、参席の方向に話は落ち着いているのである。族長筋の参加メンバーは未定なれど、俺などはポルアースに名指しにされてしまっているので、参席はほぼ確定事項《じこう》であった。

「そっか。僕は迷ってるんだよねー。アスタたちの料理が食べられるわけでもないからさー」

「ああ、ディアルもその会に呼ばれてるの？」

「うん。あそこの第二子息とは、すっかり顔馴染《かおなじ》みだからね！　でもまあアスタとゆっくり喋《しゃべ》れる機会は少ないから、やっぱり出席しておこうかなあ」

「顔見知りが多ければ、俺も心強いよ。……ちなみにその場合、誰か殿方《とのがた》を同伴《どうはん》させるのかな？」

「あー、おかしな貴族に言い寄られたらめんどくさいしね。僕はラービスでも連れてくよ」

そんな風に言ってから、ディアルはきろりと俺をねめつけてきた。

「アスタのほうは？　やっぱりあの、目つきの悪い狩人女？」

「狩人女ってのは、なかなか斬新《ざんしん》な呼び方だね。うん、いちおうその予定だよ」

そう、ポルアースから告げられた条件を耳にするや、「ならば私も刀を預ける他《ほか》ないな」とアイ＝ファは溜息をついていたのだった。会場の外で待機という選択肢《せんたくし》は、最初から頭に浮かばなかったらしい。

「で、あんたも招かれてるって話だったよね？　どうしてこう、行く先々であんたと出くわす機会が多いのかなあ！」

「おそらく、おたがいにポルアース、縁があるためでしょう。同じ貴族、同じ宴《うたげ》、当然です」

どうやらアリシュナは、すでに参席が決定されているらしい。賓客《ひんかく》ではなく、占星師として招待されているようだ。

「それじゃあ、次に会うのはその舞踏会かもね。時間があったら、またこっちにも顔を出すから！」

そうしてディアルとアリシュナはそれぞれの料理を携《たずさ》えて、青空食堂のほうに引っ込んでいった。それを見届けてから、マイムが「アスタ」と呼びかけてくる。

「今の方々も、城下町の民なのですか？」

「うん。ご覧の通り、南と東の民だから、正確には城下町に招かれているお客人たちだね」

「そうですか……アスタほどの腕前であれば、そうして城下町の人間とも縁を紡《つむ》いでいけるのでしょうね」

マイムは目を伏《ふ》せ、くつくつと煮立《にた》っている鍋のほうに視線を落としている。その普段《ふだん》とは異なる様子は、やっぱり否応《いやおう》なく俺を心配にさせた。

「腕前で言ったら、マイムは俺より上をいっているぐらいだろう？　ヴァルカスたちにだってあれだけ評価されてたんだから、それは間違《まちが》いのないことさ」

「いいえ。ヴァルカスは、ひとつの料理しか作れない人間を優《すぐ》れた料理人とは呼べない、とも言っていましたよね。まだ限られた食材で限られた料理しか作ることのできないわたしは、ただの見習いの小娘《こむすめ》にすぎません」

マイムは軽く唇《くちびる》を噛んで、しばらく沈黙《ちんもく》した後、小さな声でぽつりとつぶやいた。

「わたしはまだまだ未熟者なのです。わたしはまだ……父さんのもとから離れたくはありません」

その声には、隠《かく》しようもない悲しみがあふれてしまっている。それで俺は、マイムがまだ十一歳《さい》の幼い少女であることを強く思い知らされたのだった。

「それは当然の話だろうね。俺は十七歳で親もとから離れることになったけど、もっともっと親父のもとで修業《しゅぎょう》を積めていたらなあと思っているよ。こうして商売はうまくいっているけど、毎日が手探《てさぐ》りの状態さ」

「……はい」

「しかもミケルは、ジェノスでも一、二を争う料理人だからね。マイムが腕を上げるには、ミケルのそばにいるのが一番だよ。ミケルの足が治ったって、そんなすぐに森辺を出ていく必要はないって、ドンダ＝ルウも言ってくれるはずさ」

「はい」と同じ言葉を繰《く》り返しながら、マイムはこらえきれずに目もとを手の甲《こう》でぬぐった。しかし泣き崩《くず》れたりはせず、しっかりとした手つきで鍋を攪拌している。

（余所《よそ》の家庭の事情に口出しをするつもりはないけど――）

しかしそれでも、仲のよい親子が理不尽《りふじん》な運命によって引き離されることなどは、とうてい正しいとは思えなかった。血の縁を重んじる森辺の民であれば、きっと俺の意見に賛同してくれるはずだ。

どんなに心を通いあわせた人間でも、いつかは必ず別れのときがやってくる。それがわかっているからこそ、あらがえる内は限界まであらがうべきなのだろう。俺はそのように信じてやまなかった。

　そうしてその日の仕事は、大きな波乱もなく終えることができた。

　マイムの屋台も、もちろんすべての料理を売り切っている。屋台の片付けを済ませた後、マイムは深々と安堵《あんど》の息をついていた。

「お疲《つか》れ様《さま》、マイム。やっぱり売れ残りの心配なんていらなかったね。俺は最初から、そんな心配はしてなかったけどさ」

「はい、ありがとうございます。これもみんな、アスタやルウ家の人たちのおかげです」

　そのように言ってから、マイムはとても申し訳なさそうな眼差《まなざ》しで俺を見つめてきた。

「それであの、アスタにご相談があるのですが……昨日の薬の代金は、もうしばらくだけ待っていただけませんか？　ルウ家の人たちにも食材の分をお返ししなければなりませんし、明日の商売のためにも銅貨は必要となってしまいますので……」

「そんなの、いつでもかまわないよ。よっぽど銅貨が余ってから考えてくれればいいさ」

「でも、本来であれば真っ先にお返ししなければならないのに……」

「マイム、それはあまりに水臭《みずくさ》い言い草だよ。マイムが俺の立場だったら、とっとと銅貨を返してほしいとか思うのかな？」

　マイムはぎゅっと目をつぶって涙がこぼれるのをこらえてから、もう一度「ありがとうございます」と言った。そこに、レイナ＝ルウが「お疲れ様です」と近づいてくる。

「マイム、たったの五十食では、料理が足りないぐらいだったでしょう？　もし、もっとたくさんの料理を作るのに人手が必要であれば、いつでも声をかけてくださいね」

「え？　でも、そこまで甘えてしまうわけには……」

「甘えるのではなく、仕事の依頼《いらい》です。わたしたちも、銅貨をやりとりして仕事の手伝いを頼《たの》んだり頼まれたりしているのです」

レイナ＝ルウは、マイムをいたわるように微笑んでいる。

「まあ、こまかい話は集落に戻《もど》ってからにしましょう。早くミケルのもとに戻りたいでしょうしね」

そうして俺たちは、一路、ルウの集落を目指すことになった。

俺たちは手ほどきのためにラヴィッツの集落まで向かわなくてはならないので、あまり長居はしていられない。それでもバルシャの家に立ち寄って、ミケルの容態が落ち着いていることを確認《かくにん》してから、仕事に向かうことにした。

「それじゃあ、また明日。根を詰《つ》めすぎないように気をつけてね」

「はい、色々とありがとうございました」

マイムとルウ家の人々に別れを告げ、再び森辺の道へと繰り出す。

すると、すぐにユン＝スドラが声をかけてきた。

「マイムというのは、立派な娘ですね。あのように幼いのに、しっかりと自分の仕事を果たしていました」

「うん。これでもう何日かしたら、今まで通りの元気な姿を見せてくれるんじゃないかな。俺が十一歳だったら、とうていあそこまで立派には振《ふ》る舞えなかったと思うよ」

「わたしもです。何だかいっそうマイムのことが好きになってしまいました」

俺も、まったくの同感である。マイムたちがそういう人間であったからこそ、アイ＝ファやドンダ＝ルウも迷わず手を差しのべてくれたのだろう。厳格にして純真なる森辺の民の心を動かすだけのものが、マイムたちには備わっているに違《ちが》いない。

「そもそもミケルというのは、サイクレウスという悪辣な貴族のせいで、城下町から追い出されることになったのですよね？　貴族たちに事情を話せば、また城下町の民として生きることも許されるようになるのではないでしょうか？」

「うーん、ミケルが料理人として働ける身だったら、そうなっていたと思うんだけどね。今のままだと、ミケルは城下町で暮らすだけの銅貨を稼ぐこともできないんだろうし……そんな状態で貴族に庇護《ひご》を求める気持ちにはなれないいんじゃないかな」

「そうですか。……でも、ミケルたちが貴族ではなく森辺の民を頼《たよ》ってくれたのは、嬉しく思えてしまいますね」

それも、まったくの同感である。頑固《がんこ》でなかなか心情をさらそうとしないミケルが、このたびは何の迷いもなく森辺の民を頼ってくれたことが、俺には嬉しくてならなかったのだ。

（ミケルたちもバルシャたちも、サイクレウスやザッツ＝スンたちのせいで運命をねじ曲げられたようなものだからな。それで余計にドンダ＝ルウも、そういった人たちを放っておけない

気持ちになったのかもしれない）

言ってみれば、これもサイクレウスらがもたらした災厄《さいやく》の延長上にある出来事であった。しかし、禍福《かふく》はあざなえる縄《なわ》のごとし、というありがたい格言もある。幸福と不幸は表裏一体《ひょうりいったい》で、よりあわせた縄のようにかわるがわるやってくるものなのだ。これだけの苦難に見舞《みま》われたミケルとマイムに、それを上回る幸福や希望が訪れることを、俺は心から願っていた。

それに、俺だって——十七年に及《およ》ぶ生で授《さず》かったものをすべて失ってから、現在の幸福な生を授かることができたのだ。

この先には、また何か大きな災厄や不幸が待ち受けているかもしれない。しかし、さらにその先にはまた幸福と希望にあふれた日々が訪れることを信じて、人は生きていくしかないのだろう。俺は、そのように考えていた。

6

そうして俺たちは、ラヴィッツの集落を目指していた。

ファの家からは、徒歩で二時間、荷車で四十分ほど北上した場所だ。このまま北上していけば、その先に待ち受けているのはスンの集落であるはずだった。それより北には、もはやザザの眷族《けんぞく》の家しか存在しないらしい。

「この一帯に、ラヴィッツ、ナハム、ヴィンの家があるのですね。それらの氏族を飛び越して、スンはディンやリッドと血の縁を交《か》わしたわけですか」

アイ＝ファから教えられていた横道の数を数えつつ、ペースを落として荷車を進ませていると、フェイ＝ベイムがそのように呼びかけてきた。

「ええ。スン家が族長筋であった頃《ころ》は、ラヴィッツを始めとするそれらの氏族が一番苦しめられていたという話です。だから、ファの家の行いに賛同しなかったのもスン家を恐《おそ》れてのことかと思ったのですが、いまだに考えが変わらないということは、それだけが原因ではなかったようですね」

「わたしたちベイムも同じ立場ではありますが、ラヴィッツとは家が離れているためにまったく交流がないのです。どういう理由でファの家の行いに反対しているのか、少し興味深く思っています」

それはもちろん、俺も同じ気持ちであった。

ファの家の行いに反対しているのは、大きく分けて三つの氏族である。それがすなわち、ザザ、ベイム、ラヴィッツであった。残りの氏族は、その三つを親筋とする眷族たちであるのだ。

その中で、ザザやベイムとは少しずつ縁を重ねてきて、血抜《ちぬ》きや調理の手ほどきをすることもかなった。宿場町における商売や町の人々との交流には否定的な見解を持つザザとベイムも、美味なる食事というものに関しては受け入れてくれるようになったのだ。

そしてラヴィッツも、現在はアイ＝ファとフォウの人々に血抜きと解体の手ほどきを受けており、俺たちかまど番の来訪も受け入れてくれた。この場でラヴィッツの人々とどのような縁を紡げるのか、俺にとってもこれは大きな仕事であった。

「ああ、ここがおそらくラヴィッツの集落ですね」

俺が荷車を停止させて御者台《ぎょしゃだい》から地面に降り立つと、五名の女衆もそれにならった。本日のメンバーは、トゥール＝ディンとユン＝スドラ、フェイ＝ベイム、ガズの女衆、ラッツの女衆という顔ぶれである。

南北に走る立派な一本道から東側の小道へと荷車を乗り入れると、いくばくも進むことなく大きな広場が現れた。親筋たる氏族の集落では、たいていこのように広場が切り開かれているのだ。祝宴《しゅくえん》においては眷族を招くことになるので、どの氏族でもこういう場所が必要となるのだろう。

それにしても、その広場はなかなかの規模であるようだ。フォウ家よりはうんと大きく、ほとんどルウ家に匹敵《ひってき》するぐらいかもしれない。その広場を取り囲む家の数も、七つぐらいはありそうであった。

「ずいぶん立派な集落ですね。ラヴィッツというのは、そんなに大きな氏族なのですか？」

ユン＝スドラが声をひそめて問うてきたので、俺は「いや」と首を振ってみせた。

「家人の数は、ラッツより少ないと聞いているよ。まあ、ラッツはここ一年で二つの眷族を家人として迎えているから、それこそルウ家なみの大所帯であるみたいだけど」

「そういえば、あまり人の気配は感じませんね。半分ぐらいは空き家なのかもしれません」

それに、どの家もぴったりと扉《とびら》が閉められて、働く人々の姿を垣間見《かいまみ》ることもできなかった。

まあ、広場の側ではなく家の裏手で働いているだけなのかもしれないが、しかし、幼子の一人も駆《か》け回っていないというのは、否応なく家長会議におけるスン家の様子を連想させてくれた。

「とりあえず、一番大きな家に向かってみましょう」

ギルルの手綱を引きながら、俺は広場を横断した。そうして辿《たど》り着いた家の前でギルルの手綱をトゥール＝ディンに託《たく》し、戸板をノックしてみる。

「どなたかおられますか？　本日お約束をしていた、ファの家のアスタと申します」

それなりの時間の沈黙の後、ごとりと閂の外される音が響《ひび》きわたった。

「ようこそ、ラヴィッツの家へ。……わたしは家長の嫁《よめ》で、リリ＝ラヴィッツと申します」

姿を現したのは、とても小《こ》柄《がら》な壮年《そうねん》の女衆であった。ころころとした丸っこい体形をしており、顔立ちは柔和《にゅうわ》である。褐色《かっしょく》の髪《かみ》は頭の上でひっつめており、目《め》尻《じり》の下がり気味な目はジザ＝ルウのように細い。印象としては、ちょっとぽっちゃりとしたお地蔵様のような感じであった。

「初めまして。ファの家のアスタと申します。本日おうかがいすることはファとフォウの家長たちから告げられていると思うのですが、問題はなかったでしょうか？」

「ええ。女衆はすでにかまどの間に集まっております。本日はご苦労様でございました」

そうしてリリ＝ラヴィッツが後ろ手で戸板を閉めると、ほとんど同時にごとりと閂の掛けられる音がした。

「幼子たちが怯えると可哀想《かわいそう》なので、みんなこの本家に集められているのです。……それでは、

「こちらにどうぞ」

リリ＝ラヴィッツは、ちょこちょことした足取りで家の裏手へと歩き始めた。とても温厚《おんこう》そうな人物で、敵意などはまったく感じられないのだが——ただ、ジザ＝ルウと同じような目つきをしているためか、俺にはなかなかその心情までを正しく読み取ることはできなかった。

「こちらが、かまどの間です」

「ありがとうございます。トトスはこの辺りに繋《つな》がせていただいてもかまいませんか？」

「ええ、どうぞ」

その場には、アイ＝ファたちが乗ってきたトトスと荷車も保管されていたのだ。俺はギルルを荷車から解放し、お仲間の隣《となり》に手綱を繋いでやった。

「あ、それとですね、俺は持参した自分の刀を使いたいのですが、それをかまどの間に持ち込ませていただいてもよろしいですか？」

「ええ、どうぞ」

俺はダバッグで購入《こうにゅう》した革《かわ》の鞄《かばん》を荷車から引っ張り出して、あらためてかまどの間に足を踏《ふ》み入らせていただいた。かまどの間も、ルウ家に匹敵するぐらい立派なものであるようだ。屋内に四つ、屋外に二つのかまどがあり、作業台の大きさにも申し分はない。鉄鍋や調理刀も、まあ不足のないていどには数がそろえられている。

そしてその場には、合計で五名の女衆が待ち受けていた。四名は年配で、一名だけ若かったが、全員が既婚者《きこんしゃ》の証である一枚布の装束を纏《まと》っている。

「さしあたって、ラヴィッツとナハムとヴィンから二名ずつの女衆を集めました。ただし、わたしを含《ふく》めて本家の家長の嫁は全員顔をそろえています」

その中で、一番年配に見える五十歳ぐらいの女衆がナハムの家長の嫁、俺と同じぐらいの年齢《ねんれい》に見える女衆がヴィンの家長の嫁である、とのことであった。

礼儀《れいぎ》として、こちらの女衆もそれぞれの素性《すじょう》を説明する。すると、リリ＝ラヴィッツが「お待ちください」と声をあげてきた。

「このたびの行いは、ファ、フォウ、ラン、スドラの四氏族が力をあわせて為しているというお話であったはずですね。ですがそちらには、スドラの女衆しか含まれていないのですか？」

「あ、はい。彼女《かのじょ》たちは、みんな宿場町での商売を手伝ってくれている女衆なのです。フォウやランは女手が不足気味で、家を離れることが難しいため、こういう際には彼女たちに協力をお願いしています」

「なるほど……」と、リリ＝ラヴィッツはお地蔵様のような目で女衆の姿を見回した。

「ガズとラッツは、ファの家の行いに賛同しているのでしたね。でも、ベイムというのは反対しているはずでしたし、それに……ディンというのは族長筋たるザザの眷族ではありませんでしたか？」

「はい。ディンとリッドの男衆はこのたびの話に加わることが許されませんでしたが、わたしは以前からファの家の行いを見定めるために商売を手伝うことを許されていたので、このたびも特別に力を貸すことが許されたのです」

トゥール＝ディンが意外にしっかりとした口調でそのように答えると、フェイ＝ベイムもそのかたわらにすっと進み出た。

「ベイムの人間たるわたしも、同じ立場です。宿場町で商売を行い、町の人間と交流を深めることが正しい行いなのか、それを見定めるためにファの家のアスタと行動をともにしています。あなたがたも、そういう気持ちでこのたびの話をお受けしたのではないですか？」

「どうでしょう。わたしたちは、家長の命でこの場に集まったに過ぎません」

とても柔和な表情をたたえたまま、リリ＝ラヴィッツはそのように申し述べた。

「今日の行いに関しても、正しいかどうかを判ずるのは家長たちです。それでよろしければ、料理の手ほどきというものをお願いいたします」

「承知いたしました。こちらこそ、よろしくお願いいたします」

どうにもリリ＝ラヴィッツたちの心情は読み取れなかったが、俺たちを拒絶《きょぜつ》するような気配はない。ちょっとよそよそしく感じられるのも、彼女たちが個人の感情よりも家の方針を重んじているゆえであるように思われた。

（森辺の民としては、それが普通《ふつう》の話なんだろうな。フェイ＝ベイムなんて、最初はもっととげとげしいぐらいだったし）

何にせよ、俺は自分の仕事を果たすばかりであった。

「それでは始めましょう。もう血抜きをほどこした肉の味はご確認いただけたのですよね？」

「はい。焼いた肉も煮込んだ肉も、驚《おどろ》くほどの美味《おい》しさでした。家長会議の際に家長たちが騒いでいたのも納得《なっとく》です」

「では、それをさらに美味しく食べるための手ほどきをさせていただきたく思います。みなさんの家では、アリアとポイタンの他に何か食材を使っておられますか？」

「いえ。宴の際に、タラパやティノといった野菜を増やすぐらいですね」

「では、ミャームーなどの香草《こうそう》はいかがでしょう？」

「それも、宴ぐらいでしか使いはしません」

そうなると、ダイの家よりもややつつましい部類になるのかもしれなかった。あちらでは、宴でなくとも時々は他の野菜を買い求めることはある、というぐらいの食生活であったのだ。

しかし、森辺ではアリアやポイタンすら買い求めることもできず、滅《ほろ》んでしまった氏族も存在する。スドラの家だって、ファの家と関《かか》わる前はそれに近い状態であったのだ。

（そういえば、ヴィンなんかは眷族も絶えてしまって、それでラヴィッツと血の縁を結ぶことになったんだよな。ラヴィッツの眷族になる前は、そういう苦しい生活を強《し》いられていたんだろうか）

そのように思ってヴィンの家長の嫁たる女衆に目を向けてみると、彼女は慌《あわ》てた様子で目をそらしてしまった。もしかしたら、俺《おれ》より年少であるのかもしれない。そのいくぶん気弱そうな面には、まだずいぶんあどけなさが残されているようだった。

「それじゃあ、ポイタンの調理方法から始めましょう。これを覚えるだけでも、料理の質を一変させることができますので」

そうして俺たちは、手ほどきを始めることにした。最優先は、焼きポイタンの調理方法である。どろどろのポイタン汁《じる》からの脱却《だっきゃく》こそが、俺にとっては食生活の改善の大いなる第一歩目なのだった。

持参したポイタンを火にかけて、限界まで煮詰《につ》めた末に、天日で干しておく。これが粉状に仕上がるのはおよそ一時間後であるので、その間に、今度は持参したポイタン粉をあらためて水に溶《と》き、焼きあげる方法を伝えてみせた。

淡《あわ》いクリーム色に焼きあがったポイタンを、人数分に切り分けて試食していただく。それをもそもそと口にした六名の女衆は、みんなけげんそうに首を傾《かし》げていた。

「美味……というのでしょうかね。なんだか、不思議な味です」

「ええ、焼きポイタンだけを食べても、あまりピンと来ないかもしれませんね。それでは今度は、ポイタンを使わない汁物《しるもの》料理の作製に取りかかりましょう」

これもまた、ギバ肉とアリアしか使えないのなら、簡単なものだ。肉とアリアの正しい切り方を教えつつ、それらを鉄鍋でじっくり煮込む。それに付随《ふずい》して伝えるべきは、塩を少量入れることと、灰汁《あく》の取り方、そして火加減ばかりであった。

「たぶんどの家でも、肉に火が通ったらそれで完成ということにしていたと思うのですよね。でも、時間をかけて煮込むことによって、肉の旨《うま》みが汁にまで行き渡っていくのです。こういう作業を、出汁《だし》を取るといいます」

これまでに何度となく繰り返してきた説明を、俺はまたその場で口にすることになった。最初はファの家で、その次はルウの家で——家長会議においてはスンの女衆に、それを経た後は、フォウとランとスドラの女衆に、さらにはガズとラッツの女衆に——と、数えあげたらキリがない。俺が直接手ほどきをする機会のなかったサウティやザザにおいても、まずはこのポイタンの焼き方と塩味のみの『ギバ・スープ』から手ほどきを始められたはずであった。

何も特別な食材は必要ない。ただ必要なのは、多量の薪《まき》と時間だけだ。それらの手間と時間を引き換《か》えにする価値が、焼きポイタンや『ギバ・スープ』には存在するのか。それを判じてもらうのが、最初の分岐点《ぶんきてん》なのだった。

鍋を煮込んでもらっている間には、肉の切り方と各部位の違いについてレクチャーをする。幸いなことに、ラヴィッツにおいても「胴体《どうたい》の肉を捨てる」という習わしは存在しなかった。優先的に食べられるのはモモの肉であるが、ギバの狩《か》れない時期には胴体の肉も普通に食べられていたらしい。やはり、ルウの一族のように有り余るほどのギバを狩れる氏族のほうが、森辺においては少数派であるようだった。

「ギバは、内臓や脳や目玉も食べられるのですよ。機会があれば、そちらも手ほどきしたいと考えています」

「内臓や脳や目玉ですか。あまり食べたいと思えるようなものではありませんね」

「そうかもしれません。でも、内臓も部位によっては食べやすいですし、それほどの手間もかからないので、必要かどうかはみなさんで決めていただきたく思います」

宿場町の商売に協力する意思がある氏族であれば、臓物までもが商品たりうる。レイナ＝ルウたちは『ギバのモツ鍋』を商品にしているので、ルウ家が休息の期間は余所の氏族からその材料を購入しているのである。

そういうわけで、ダイ家では積極的に臓物の処置の仕方も手ほどきさせてもらったが、このラヴィッツにおいては本人たちの食生活に必要があるかどうかで判断してもらうしかないだろう。ハツ、レバー、ハラミ、タンぐらいであれば、それほどの手間もかからず口にすることができるはずだ。

そうして、あっという間に一時間ぐらいの時間が過ぎ、そろそろ帰り支度《じたく》を始める頃合《ころあ》いかな、と俺が考えたとき、にわかに表のほうが騒《さわ》がしくなってきた。狩人たちが、森から帰ってきたのだ。

「戻ったぞ。……ああ、まだ手ほどきとやらの最中であったか」

かまどの間の戸が開かれて、狩人の一人が入室してくる。それは中肉中背で、ちょっと印象的な風貌《ふうぼう》をした男衆であった。

年齢は四十歳ぐらいで、目の光が強い。顔の造作には特筆すべき点もなかったが、頭はつるつるの禿頭《とくとう》で、眉《まゆ》もほとんどすりきれており、そして髭《ひげ》などもたくわえていなかった。つまり、首から上には睫毛《まつげ》ぐらいしか毛というものが存在しなかったのだ。バルシャもそうだが、眉の薄《うす》い顔というのは独特の迫力《はくりょく》みたいなものが生まれるものである。とりたてて害意のある表情ではないのに、どことなくおっかかない感じのする、それはそういう人物であった。

「お前がファの家のかまど番だな。家長会議からはずいぶん時間が経っているが、その生白い顔には見覚えがあるぞ。俺はラヴィッツ本家の家長で、デイ＝ラヴィッツだ」

「ファの家のアスタです。このたびは家長らの申し入れを受けていただき、感謝しています」

「何も感謝されるいわれはないな。俺はただ、美味《うま》い料理というものに興味があっただけだ」

髭のない下顎《したあご》をぼりぼりとかきながら、デイ＝ラヴィッツなる人物はそのように言い捨てた。

「苦労をしているのはお前たちだけなのに、それで何を感謝するというのだ？　まったく酔狂《すいきょう》な連中だな」

「あ、いえ、ですが――」

「リリよ、手ほどきとやらはどうなったのだ？」

俺の言葉をさえぎって、デイ＝ラヴィッツは伴侶《はんりょ》のほうに目を向けた。

リリ＝ラヴィッツは、「はい」と恭《うやうや》しく頭を下げる。

「ポイタンの焼き方というものを習うことがかないました。今は、ポイタンを使わない煮汁を煮込んでいる最中です」

「ふむ。ならば、ひと通りの仕事は済んだということだな。どうせ俺の家にはアリアとポイタンしかないのだから、家長会議で味わわされたほどの料理など望むべくもあるまい」

そう言って、デイ＝ラヴィッツはまた光の強い目を俺のほうに向けてきた。

「ご苦労だったな、ファの家のアスタよ。そちらから押《お》しかけてきたのだから、べつだん感謝の言葉を述べるつもりもないが、まあ、美味いものが食べられることはありがたいと思っている」

「ああ、いえ、それで少しでもラヴィッツの家に喜びをもたらすことができたのなら――」

「では、用事が済んだのなら家に戻るがいい。俺は皮剥《かわは》ぎの仕事があるので失礼する」

また俺の言葉をさえぎって、デイ＝ラヴィッツはさっさと外に出ていってしまった。

俺の隣で、ユン＝スドラは目をぱちくりとさせている。

「何だか、ずいぶんせっかちな男衆ですね。アスタの言葉はきちんと耳に届いていたのでしょうか？」

俺もいくぶん心配になってきたので、リリ＝ラヴィッツに意見を願いたく思った。が、それよりも先に深々と頭を下げられてしまう。

「本日はお疲れ様でした。後の片付けはわたしどもで済ませますので、どうぞお引き取りください」

「え？　いえ、でも、まだ汁物料理の味見もしていませんし――」

「わたしどもには、これで十分かと思われます。明日からは、本日に習い覚えた技を他の女衆に伝えたく思います」

「いえ、ですから、調理の技術をきちんと身につけるには、もう少し日を重ねる必要があるかと――」

「そうなのでしょうか？　家長には、かまど番の手ほどきなど一日で十分であろうと言われていたのですが」

それは、俺には初耳のことであった。アイ＝ファたちとデイ＝ラヴィッツの間で、十分な確認が取れていないのではないだろうか。さきほどのデイ＝ラヴィッツの様子を鑑《かんが》みるに、それは大いにありえそうな話であった。

「ちょ、ちょっとデイ＝ラヴィッツに確認をさせていただきますね。ご案内をお願いできますか？」

「はい。では、こちらに」

かまどのほうはトゥール＝ディンたちに託し、リリ＝ラヴィッツとともにかまどの間を出ると、そこには顔馴染みの面々が立ち並んでいた。

「ああ、アイ＝ファたちも戻ってたのか」

「うむ」とうなずくアイ＝ファは仏頂面《ぶっちょうづら》と紙一重《かみひとえ》の無表情で、隣のバードゥ＝フォウは苦笑《くしょう》をこらえているような面持《おもも》ちである。どうやら親筋たるラヴィッツに対しては、ファとフォウの家長コンビで血抜きと解体の手ほどきに臨《のぞ》んでいたようだった。

「他の男衆は、ナハムとヴィンの家に出向いている。アスタも仕事を終えたのか？」

「いや、ちょっとデイ＝ラヴィッツに確認が必要だと思って……」

そうして俺は、まずアイ＝ファたちに事情を説明することになった。

それを聞き終えて、バードゥ＝フォウが大きく溜息《ためいき》をつく。

「確かに日数などは決めていなかったが、一日限りというのはデイ＝ラヴィッツの早合点《はやがてん》だな。少し考えれば、たった一日の手ほどきで仕事が済むはずもないとわかりそうなものだが」

「でも、家長会議ではぶっつけ本番であれらの料理をお出ししたので、一日もあれば十分なのかと感じたのかもしれません。何にせよ、もう何日かは通うことが許されるように話を通してはいただけませんか？」

「もちろんだ。すぐにでも話をつけよう」

バードゥ＝フォウが率先《そっせん》して、ギバの解体室へと足を向ける。その後を追いながら、俺はこっそりアイ＝ファに呼びかけた。

「ところで、ギバを解体するのに同行してなかったのか？　それも手ほどきの一環《いっかん》だろう？」

「それに関しては、もう十分だと言い張られた。もともとラヴィッツでは胴体の肉も食べていたようだしな。……それに、臓物の取り分けに関しては、すでに森で仕事を果たしている。森でギバの腹を裂《さ》き、そのまま臓物は打ち捨ててきたのだ」

「え？　できればラヴィッツの家でも臓物の処置の仕方を手ほどきしたいんだけど……」

「今日は血抜きに失敗をしたので、あの臓物は口にできん。だから、森に返してきた」

そのように語りながら、アイ＝ファがぐっと顔を寄せてくる。

「どうにもラヴィッツの男衆は、物覚えが悪い。不真面目《ふまじめ》なわけではないのだろうが、いちいち為《な》すことが雑なのだ」

それもまた、アイ＝ファがストレスを溜《た》め込んでいる要因なのだろうか。

ともあれ、俺たちは解体室に向かうことにした。バードゥ＝フォウはすでに部屋の戸を叩《たた》いている。

「デイ＝ラヴィッツよ、仕事の最中に悪いが、確認させてもらいたいことがある」

すみやかに戸は開き、デイ＝ラヴィッツの禿頭がにゅっと出てきた。

「何だ、まだ居残っていたのか。今日の手ほどきはもう終わりだろうに」

「それよりも、かまど番の手ほどきについて説明が不十分であったようなので、確認をさせてもらいたい」

そうしてバードゥ＝フォウが説明を始めると、やはり途中《とちゅう》で言葉をさえぎられてしまった。

「かまど番の手ほどきなど、一日で十分だ。そもそも俺は、血の縁も持たぬ人間を家の中に入れることを好かん」

「いや、しかし――」

「それならいっそ、血の縁を結んでみるか？　ファの家長はそれだけ美しい姿をしているのだから、嫁に欲《ほ》しがる男衆はいくらでもいるはずだ。そうしてラヴィッツの眷族になるのならば、いくらでも出入りを許してやろう」

「……私は誰《だれ》の嫁にもなるつもりはない、と最初の日に告げてあるはずだ」

アイ＝ファが感情を押し殺した声で応じると、「惜《お》しい話だな」とデイ＝ラヴィッツは肩《かた》をすくめた。

「ならば、自分の家に戻るがいい。血抜きやら何やらというものに関しても、もう手ほどきは十分なのではないのかな」

「お前たちは、まだ一度として自分たちの手で血抜きを成功させていないではないか。それでどうして十分だなどと言えるのだ？」

「こんなものは、回数をこなして身につける他あるまい。方法自体は知ることができたのだから、あとは俺たちの行い次第《しだい》だろう」

何というか、ウナギのようにぬるぬるとした論調であった。相手の存在を拒絶するでもなく、受容するでもなく、ただ漠然《ばくぜん》と受け流している。森辺の民としては、ずいぶん珍《めずら》しい部類であるように感じられた。

「デイ＝ラヴィッツ、俺からもいいですか？　美味なる料理を作るにあたって、手ほどきの時間が一日ではとうてい足りません。まだまだ伝えたいことはたくさんありますので、せめて四日か五日ぐらいはかまどの間に通うことを許していただきたいのです」

俺がそのように進言すると、毛のない眉に少しだけ皺《しわ》が寄せられた。

「ならば、あと二日だけ俺の家を訪《おとず》れることを許そう。それ以上の手ほどきは、無用だ」

「二日ですか。わかりました。それじゃあその期間で、俺も精一杯《せいいっぱい》の――」

という言葉の途中で、ぴしゃりと戸を閉められてしまった。

アイ＝ファはがりがりと頭をかき、バードゥ＝フォウは再び溜息をつく。

「デイ＝ラヴィッツというのは、ずいぶんな変わり者であるようだな。これだけ顔を突《つ》き合わせていても、いまだにどのような性根をしているのかつかみきれん」

そんな俺たちのかたわらでは、リリ＝ラヴィッツが何事もなかったかのように立ち尽《つ》くしている。その様子は、やっぱりお地蔵様か何かのように静かで超然《ちょうぜん》としているようだった。

7

その後の二日間は、何事もなく過ぎ去っていった――と表してもいいのだろうか。

とりあえず、大きな波乱やアクシデントに見舞われることはなかった。マイムの商売も順調で、ミケルはじょじょに回復に向かい、彼《かれ》らをルウ家に逗留《とうりゅう》させることを他の族長や貴族たちに反対されることもなかった。

ただし、余所の領地の出身であったバルシャたちと、トゥランの住人であるミケルたちでは、いくぶん扱《あつか》いが変わってくるらしい。ジェノスの領内で住居を移すには、それ相応の手続きが必要であるそうなのだ。

なおかつ、森辺の集落というのはジェノスにおいても異質の空間であった。何が一番異質であるかというと、それはやっぱり「税」というものが存在しないことなのだろうと思う。

たとえば、トゥランからダレイムに移り住むという話であれば、税を納める相手が変わってくる。よって、俺の世界で言う戸籍《こせき》を移す必要が出てくるのだ。そうして、どの家が空き家になり、どの家に新しい住人が住まうことになるか、ということも、きっちり通達しなくてはいけなくなる。納税を管理するのに、それは当然の話であっただろう。空き家などはその地の領主の管理下に置かれ、何者かが勝手に住みつくことも決して許されないのだ。

いっぽう森辺の集落であるが、これまでは森辺の民ならぬ人間が森辺の集落に居着くことなどありえなかった。ゆえに、その辺りの取り決めもまったく整備されていなかったのだ。

ちなみに俺やバルシャたちなどは、公的には「客人」という扱いにされている。宿場町に旅人が逗留するように、俺たちも森辺の集落に一時的に逗留している、という体裁《ていさい》なのである。バルシャたちはまだしも、いちおう森辺では家人と認められた俺でさえ、お役所的にはそういう扱いであるのだった。

まあ俺などは、海の外からやってきたとされている正体不明の異国人であったのだから、ジェノスの貴族たちもさんざん思《おも》い悩《なや》んだ末に、行動の自由を許してくれたのだろう。公的には客人扱いでも、俺が森辺の民を名乗ることを禁じられるような事態には至らなかった。

そういった経緯《けいい》を踏まえての、ミケルたちである。ミケルは事態が複雑化することを避《さ》け、自分たちもバルシャと同じように客人の身である、というスタンスを取っていた。今でもあくまでトゥランの住人であるが、諸事情によって森辺の集落に身を寄せている。これまで通り、税はトゥランに納め続ける。そういう立場を保持することで、何の面倒《めんどう》もなく森辺の集落に住まうことを許されたのだった。

それはそれで、何の問題もありはしなかった。ただ俺が気になったのは、いずれジェノスに帰《き》還《かん》してくるであろうシュミラルの去就であった。シュミラルは、ヴィナ＝ルウに婿《むこ》入りすることを願っているのだ。その縁談《えんだん》がうまくまとまったとしたら、またジェノスの貴族とはあれこれ話を詰める必要が出てくるのだろう。俺の存在はサイクレウス事件の混乱にまぎれてなしくずし的に許されることになっていたが、シュミラルはそういった立場でもなく、ただ純然に森辺の民の一員になることを望んでいるのである。

外部の人間が森辺の集落に永住したいと願い出てきたとき、どのような法に則《のっと》って、どのような判断をくだすのか。俺のときには有耶無耶《うやむや》で済ませてしまったその案件について、ジェノスの貴族たちは今度こそ正式な取り決めを為さなくてはならないはずだった。

だけどそれは、避けては通れぬ道であったのだろうと思う。そもそも、外部の人間との婚姻《こんいん》が想定されていない現状のほうが、おかしな話であったのだ。

同じジェノスの民でありながら、森辺の民だけは異質な環境《かんきょう》に置かれている。その特異性が森辺の民の強靭《きょうじん》さを育《はぐく》んだのだとしても、みんな森辺の中だけで暮らしているわけではないのだから、今後はそういった部分でも法や習わしを改正していく必要が出てくるのだろう。

現在は免除《めんじょ》されている税についてだって、いずれは支払《しはら》うべきなのだろうと思う。というか、それでも飢《う》えることのない豊かな生活を目指すべきなのではないかと、俺はそのように考えていた。

しかしまあ、それらはいずれも将来の話である。税に関してはもちろん、シュミラルだってまだジェノスには戻ってきていないのだから、今から頭を悩ませても詮無《せんな》きことであった。

だからこの二日間は、大きな波乱もなく過ぎていったと表していいと思う。

唯一《ゆいいつ》、波乱があったとしたら――それはやっぱり、ラヴィッツの集落における手ほどきについてであるのかもしれなかった。

「今日が約束の三日目ですね。ちょっと慌ただしくなってしまいましたが、それでも何とか伝えたいことは伝えきれたと思います」

ラヴィッツ本家のかまどの間において、俺はそのように宣言してみせた。

デイ＝ラヴィッツから申《もう》し渡《わた》された期限の、最終日である。本日も宿場町での営業終了《しゅうりょう》後に一時間ていどの時間を使って、調理の手ほどきをしたのちのことであった。

メンバーは、初日と同じ六名である。その代表者たるリリ＝ラヴィッツは、相変わらずお地蔵様のような面持ちで軽く頭を下げてきた。

「どうも今日までお世話様でした。明日からは、他《ほか》の女衆にもこの技を伝えていきたく思います」

「はい。それでみなさんが美味なる料理というものに喜びを見出《みいだ》してくださったら、とても嬉《うれ》しいです」

しかし、彼女たちは三日が経ってもよそよそしいぐらいに礼儀正《れいぎただ》しく、自分たちの心情を覗《のぞ》かせようとはしなかった。さまざまな料理の試食をしてもらっても、「美味だと思います」という答えが返ってくるばかりで、他の氏族の女衆のように騒ぎたてることはなかったのだ。

だけどやっぱり、それは意識的に感情を抑圧《よくあつ》しているのだろうと思われた。特に唯一の年少者であるヴィンの女衆などは、試食をするたびに目を輝《かがや》かせたり驚きの声を呑《の》み込んだりしているのが、まざまざと伝わってきたのだった。

「それではわたしどもも、晩餐《ばんさん》の準備に取りかかろうかと思います。どうぞお気をつけてお帰りください」

「ああ、もしよかったら、晩餐を作られる様子を見学していってもよろしいですか？」

俺の申し出に、リリ＝ラヴィッツはちょっとだけ首を傾げた。

「どうしてそのようなことを？　晩餐を作るのに、余所《よそ》の家の人間の手を借りることは許されていないのですが……」

「手は出しませんし、口のほうもなるべく控《ひか》えようと思います。明日は宿場町の商売も休みで手が空いているので、デイ＝ラヴィッツのお帰りを待たせていただこうかと思ったのですよ。それを待つ間、みなさんがどれだけの手際《てぎわ》を身につけられたか、見学させていただけませんか？」

いぶかしそうな顔をしながらも、リリ＝ラヴィッツは俺たちが居残ることを許してくれた。

ヴィンとナハムの女衆は自分たちの家に戻らなくてはならないので、そちらには二名ずつのメンバーに同行してもらう。トゥール＝ディンとラッツの女衆がヴィン家、ユン＝スドラとダゴラの女衆がナハム家、俺とフェイ＝ベイムがこのラヴィッツ家だ。

リリ＝ラヴィッツは手ほどきに参加していたもう一名の女衆と、晩餐の支度に取りかかり始めた。これ以上のかまど番は増員されないらしい。

「ちなみに、今日はどのような献立《こんだて》にするご予定なのですか？」

「はい。家長には手ほどきの成果を見せるべしと言われておりますので、習い覚えた料理をひと通りお出ししようかと思います」

とはいっても、使える食材はアリアとポイタン、それに岩塩とピコの葉と果実酒ぐらいのものである。ある意味、それだけ食材が限られていたからこそ、三日間という短い時間でも何とか手ほどきを終えることができたようなものであった。

リリ＝ラヴィッツは鉄鍋《てつなべ》に水を張って『ギバ・スープ』の作製に取りかかり、もう一人の女衆はポイタンを煮《に》込み始めている。日没《にちぼつ》までにはまだ二時間ぐらいは残されているので、まあ焼きポイタンを仕上げることも可能であろう。今のところ、余計な口出しをする必要は感じられない。ダイ家や他の氏族の女衆と同じように、彼女たちは勤勉であり実直であった。

（男衆のほうはなかなか手こずっている様子だけど、こっちはそういう面で苦労することはなかったよな）

むろん、男衆も女衆も、いやいや手ほどきを受けているわけではない。嫌《いや》ならば手ほどきを断れば済む話であるのだから、それは自明のことだ。

男衆に関しては、そもそもギバの捕獲量《ほかくりょう》が少ないために、なかなか手ほどきが進まないのだろうなと察せられる。なおかつ、アイ＝ファたちが狩りの仕事に手出しすることを許さないために、いっそう進行が滞《とどこお》っているのだ。

（あのデイ＝ラヴィッツというのは、いったいどういう御仁《ごじん》なんだろう）

俺が気にかかっているのは、その一点のみであった。ラヴィッツというのは親筋であり、彼はその本家の家長だ。ルウの一族の意向がドンダ＝ルウの手にゆだねられているのと同じように、ラヴィッツとヴィンとナハムの意向は彼の思惑《おもわく》で大きく左右されているはずであった。

リリ＝ラヴィッツたちが感情をあらわそうとしないのも、デイ＝ラヴィッツの意向なのだと思える。というか、血の縁《えにし》を持たない相手とは一線を引く、という森辺の習わしを、彼らは忠実に守っているだけなのかもしれない。

(グラフ＝ザザたちは一緒《いっしょ》にサイクレウスを打倒《だとう》した間柄《あいだがら》だし、ベイムの家はガズやラッツが近所だから、それを通じて縁を結ぶことができた。まだ友と呼べるような間柄とは言えないけれど、それでもおたがいがどのような考えでいるかは知ることができたんだ)

北の集落の人々は勇猛《ゆうもう》な気性《きしょう》で、なおかつ古きよりの習わしを重んじる一族であるがゆえに、町の人間と交流を深めることが森辺の民の堕落《だらく》に繋がるのではないかと危惧《きぐ》しているのだろう。いっぽうベイムの人々は、もともと町の人間に小さからぬ恨《うら》みを持つ氏族であった。町の無法者に家人を害されたあげく、その復讐《ふくしゅう》を果たしたかつての眷族の家長が、罪人として裁かれることになってしまったのだ。

彼らはそういう理由や事情などから、宿場町での商売や町の人々との交流に否定的な見解を取っている。では、ラヴィッツの家長はどういうスタンスで、ファの家の行いに反対しているのか——今さらながらに俺が気にかけているのは、その点であった。

(昨日はあっちの帰りが遅《おそ》くて顔をあわせることができなかったから、今日はぎりぎりまで粘《ねば》って、デイ＝ラヴィッツが戻《もど》ってくるのを待ってみよう。この機会を逃《のが》したら、家長会議まで言葉を交わす機会もなくなってしまうかもしれないからな)

正直に言って、多数決の勝負であれば、もう結果は出ているように思える。中立の立場であるサウティ家が反対の側に回らない限り、森辺の民の過半数は、ファの家の行いに賛同してくれているはずであった。

しかしそれは、過半数ではあっても圧倒的《あっとうてき》多数なわけではない。三十七ある氏族の内、ザザは七氏族、ベイムは二氏族、ラヴィッツは三氏族を束ねているのだから、いまだに十二の氏族が反対の立場であるのだ。氏族によって人数は異なるので正確な数はわからないが、それでも三十七の内の十二氏族であれば、それは三分の一近くにも及んでしまう。

かなうことならば、俺はすべての人々と手を取り合って、道を進んでいきたかった。新しい道に足を踏み出せば、新しい苦難が立ちはだかっているに決まっている。飢えで苦しむことのない生活と引き換えに、そういう新しい苦難が立ちはだかるならば、みんなで手を取り合って乗り越《こ》えたい。俺はそのように、強く思っていた。

「……あなたは不思議な方ですね、アスタ」

ふいにリリ＝ラヴィッツが、ぽつりとつぶやいた。

「あなたは異国の生まれであるのに、どうしてそのように森辺の民と関わろうとするのでしょう？」

「それは、森辺の民に強い魅力《みりょく》を感じるからです。俺は町で育った人間ですが、森辺の民に同胞《どうほう》と認められたいと強く願っているのですよ」

「ですが、あなたはすでにファの家人となり、族長たちにもそれを認められています。それでもあなたは町の人間のように振《ふ》る舞《ま》い、森辺の民の生活を変えようと力を尽くしているのでしょう？　ならばそれは、森辺の民の行いが間違《まちが》ったものである、と思っていることになりませんか？」

お地蔵様のように静かな面持ちのまま、リリ＝ラヴィッツはそのように言葉を重ねた。

「ある意味では、そうなのかもしれませんね。俺は、かつてのスン家があのような運命に見舞《みま》われたのは、町の人々や貴族たちとの関わり方に問題があったからなのだと考えています。だからこそ、ジェノスの人々と正しい縁を紡《つむ》いでいくべきだと思ったのですよ。……そして、アイ＝ファやドンダ＝ルウたちは、それに共感したからこそ、俺の行いを許してくれているのだろうと思っています」

「…………」

「もしも俺がジェノスの町の人間であったなら、町の人間の立場から、森辺の民と正しい縁を紡ぐべきだと考えたかもしれません。何にせよ、俺が一番に望んでいるのは、人と人とが正しい縁で結ばれることなのだろうと思います」

リリ＝ラヴィッツは押し黙《だま》り、ひたすらアリアを刻み続けた。もう一人の女衆やフェイ＝ベイムも、口を開こうとはしない。

そうして時間は刻々と過ぎていき、料理の下準備があらかた終了した頃、人の気配が近づいてきた。狩人たちが、森から帰ってきたのだ。かまどの間の戸が引き開けられ、見覚えのある禿頭がにゅっと突き出されてきた。

「やはり、まだ居座《いすわ》っていたのだな。トトスがいたのでそうなのだろうとは思っていたが」

「お疲《つか》れ様《さま》です。今日の成果はいかがでしたか？」

「ふん。血抜《ちぬ》きとやらには、おそらく成功した。ギバは分家に運ばせて、そちらで皮を剥《は》いでいる最中だ」

デイ＝ラヴィッツはずかずかとかまどの間に踏み入ってきて、作業台の上を見回した。

「ふむ。ずいぶんとさまざまな食事を準備したものだな」

「はい。お言葉の通り、ファのアスタから習い覚えたものをすべて準備いたしました」

すでに完成が近いのは、『ギバ・スープ』と焼きポイタン、それに果実酒の煮込み料理の三品であった。さらには『ギバ・ステーキ』と『肉団子』、バラ肉とアリアの炒《いた》め物《もの》の下準備も完了《かんりょう》している。これがこの三日間でラヴィッツの人々に伝えられた献立のすべてであった。

「ご苦労だったな。かまど番の手ほどきは、これで終了だ。家に仕事があるならば、お前もとっとと帰るがいい」

そのように言い捨てて、デイ＝ラヴィッツはさっさと外に出ていってしまう。俺はフェイ＝ベイムに後のことを頼《たの》んでから、その後を追いかけた。

「お待ちください、デイ＝ラヴィッツ――あ、アイ＝ファ、お疲れ様」

デイ＝ラヴィッツの正面に、アイ＝ファが立ちはだかっていた。バードゥ＝フォウは、きっと分家で解体の手際を見守っているのだろう。

「デイ＝ラヴィッツ、俺はこれで失礼いたします。ただその前に、少しだけお話をさせていただけませんか？」

「話？　いったい何の話があるというのだ？」

「ラヴィッツはどうしてファの行いに反対しているのか、その理由をお聞かせ願いたいのです」

デイ＝ラヴィッツは、毛のない眉の下でいぶかしそうに目を細めた。

「そのような話を、わざわざ口にする意味があるか？」

「はい。ザザやベイムの家長のお考えは、多少なりとも知ることができたので、できればラヴィッツの家長たるあなたのお気持ちも聞かせてほしいのです」

「物好きな人間だな。まあ、そうでなければわざわざこのような場所にまで足を運ぶこともないのだろうが」

デイ＝ラヴィッツは腕《うで》を組み、底光りする目で俺とアイ＝ファの姿を見比べてきた。

「まあ、聞きたいのであれば聞かせてやろう。俺は自分の心情を偽《いつわ》る気も隠《かく》す気もない」

「はい、ありがとうございま――」

「俺は、お前たちが気に食わぬのだ」

俺の言葉をさえぎって、デイ＝ラヴィッツはごくあっさりと言ってのけた。

「き、気に食わない、ですか？」

「うむ。俺はお前たちを嫌《きら》っている。好かれているとでも思ったか？」

しかしそれでも、やっぱりデイ＝ラヴィッツの様子から悪意や敵意などはいっさい感じられなかった。アイ＝ファもまた、とても静かな面持ちでデイ＝ラヴィッツの言葉を聞いている。

「女衆の仕事も果たさない女狩人に、男衆の仕事も果たさないかまど番で、おまけにその片割れは森辺の民ならぬ異国人だ。異国人が森辺の民を名乗ることも、それを家人として認めてしまう浅はかな人間も、俺はどちらも大いに気に食わん。突き詰《つ》めれば、それだけの話だな」

「そ、そうですか。それはまあ、森辺の民としてはごく普通の心情なのでしょうが――」

「当たり前だ。俺はそのように思わないフォウやルウの者たちこそ、頭がどうかしているのだと思っている。ましてや、そんな異国人の考えを受け入れて習わしから背《そむ》くことなど、どうして許されるのであろうな」

まったく気負う様子もなく、デイ＝ラヴィッツはそのように述べたてた。

「だから、お前たちがラヴィッツの家に出入りすることも気に食わん。今日で手ほどきが終わるならば、せいせいする。お前もいい加減に仕事を切り上げたらどうだ、ファの家長よ？」

「そうはいかんな。お前たちの手際は、まだまだ危なっかしい。どうせ休息の期間もあと数日であるのだから、最後までこのラヴィッツの家に通わせてもらおう」

アイ＝ファもまた、普段《ふだん》通りの威厳《いげん》にあふれた口調でそのように応じていた。

「それに、面と向かって気に食わんと言われて、ようやく得心がいったように思う。そのような心情で、よく文句も言わずに私の言葉に従っていたものだな」

「ものを教わるのに、そんな礼を失した真似《まね》ができるか。美味い食事のためならば、自分の気持ちを殺す他あるまい」

「では、そうまでして、お前は美味なる食事を口にしたかったのだな」

「当たり前だ。そうでなくては、お前たちなど家に招くものか。眷族《けんぞく》たるナハムとヴィンの家長たちも、美味なる食事というものには心をひかれてしまっていたしな」

アイ＝ファは、わずかに目を細める。しかしそれは、決して不機嫌《ふきげん》なときの目の細め方ではなかった。

「お前は、愉快《ゆかい》な男衆だな。お前は私を嫌っていても、私はお前を好ましく思う。家が近在でないことが惜しいほどだ」

「馬鹿《ばか》を抜《ぬ》かすな。俺は愛する伴侶を持つ身だ」

「お前のほうこそ、馬鹿を抜かすな。狩人の私がそのような意味で好いたなどと口にするものか」

そのように言って、アイ＝ファは小さく肩をすくめた。

「ともあれ、話をしたいと願い出たのはアスタであったな。そろそろ日没も近いので、早々に片付けるがいい」

「うん、それじゃあ、できるだけ手短に」

紫色《むらさきいろ》に染まりつつある空の下、俺はデイ＝ラヴィッツの姿を正面から見つめ返した。

「デイ＝ラヴィッツ。ラヴィッツの家からも、ベイムの家のように女衆を貸していただくことはできませんか？」

デイ＝ラヴィッツは変わらぬ表情で俺をねめつけたまま、「何だと？」と応じてきた。

「それはまた、ずいぶんと素《す》っ頓狂《とんきょう》な申し出だな。お前は俺の話を聞いていなかったのか？どうして大事な家人をお前のように胡散臭《うさんくさ》い人間に預けなくてはならないのだ」

「それは、おたがいに理解を深めるためです。ファの家の行いが間違っているかどうか、その目でしっかりと見定めていただきたく思っているのです」

「必要ない。俺の気持ちは、すでに定まっている」

言葉だけを聞いていると、取りなしようもないぐらい拒絶されているように感じられてしまう。しかしその飄然《ひょうぜん》としたたたずまいに、俺はわずかな希望を見出していた。

「デイ＝ラヴィッツ。ドンダ＝ルウや他の家長たちだって、無条件で俺の存在を受け入れてくれたわけではないのです。特にドンダ＝ルウなどは、俺の存在を毒と言いきり、なかなか認めてくれようとはしませんでした。宿場町の商売に手を貸す際も、俺が森辺の民の信頼《しんらい》を裏切ったら右腕《みぎうで》をよこせと言うほどでありました」

「ふん。一族を束ねる家長としては、当然のことだな」

「はい。そうしてファの家とルウの家は、長きの時間をかけて信頼関係を構築させることができたのです。俺はラヴィッツの家とも、そういう関係を築きあげたいと願っています」

「だから、俺の気持ちはすでに定まっていると――」

「でもあなたは、俺のこともアイ＝ファのこともほとんど知らないではないですか？」

相手のお株を奪《うば》って、俺はデイ＝ラヴィッツの言葉をさえぎってみせた。デイ＝ラヴィッツは、ひょっとこのように顔を歪《ゆが》めて俺の顔をにらみつけてくる。

「それにあなたは、ドンダ＝ルウやバードゥ＝フォウの気も知れない、と仰《おっしゃ》っていました。俺にとっては、彼らもかけがえのない存在です。どうして彼らが俺のように胡散臭い人間を受け入れてくれたか、それも正しく知ってほしいと思うのです」

「ふん。自分が胡散臭い人間であるという自覚はあるのか」

「もちろんです。俺以上にそれを強く実感している人間は他にいないでしょう」

それは、まぎれもない本心である。だからこそ、俺は俺のような存在を受け入れてくれた人々に強く感謝しているのだ。

「俺のことが嫌いなら嫌いで、きちんと性根《しょうね》の底まで見てほしいのです。上《うわ》っ面《つら》だけではなく、俺という人間を内面まで確認《かくにん》した上で、嫌っていただけませんか？　それならば、俺も文句はありません」

「しつこいやつだな。異国人である上に、狩人としての仕事を果たさない男衆など、俺が認めることはないぞ」

「それを言うなら、北の一族がお前たちをまともな狩人と認めることもないだろうな」

と、ふいにアイ＝ファが口をはさんできた。

「お前たちは、何よりも自分らの生命を重んじている。それゆえに、他の氏族よりも収穫《しゅうかく》が少ないのだろう。勇猛なる北の一族であれば、それは惰弱《だじゃく》なる行いと感じられるはずだ」

「ふん。ラヴィッツの行いを決めるのは、本家の家長たる俺の仕事だ。たとえ族長筋といえども、そこに口出しはさせん」

「わかっている。私自身は、それが間違った行いだとは思っていない。狩人は、一日でも長く生きのびて、一日でも長く仕事を果たし続けるべきだろうと思うしな」

アイ＝ファは威厳を保ちつつ、それでもやっぱり目もとだけで微笑《ほほえ》んでいるようだった。

「私自身、家人がない頃《ころ》は危険をかえりみずにギバ狩りの仕事を果たしていた。今よりも『贄《にえ》狩《が》り』を頻繁《ひんぱん》に行っていたし、それで森に朽《く》ちるなら本望《ほんもう》だとさえ思っていた。……それはやっぱり、家に待つ家人を持たないゆえの無謀《むぼう》さであったのだろうと思う」

「愚《おろ》かなことだ。そのように若い身で死んでしまったら、何のために生まれてきたかもわからんだろうに。……望まずとも若くして魂《たましい》を召《め》される人間は多いのだから、そうでない人間は少しでも長く生きられるように力を尽くすべきなのだ」

「うむ。お前がそのように考えていることが、ここ数日でようやくわかってきた。だから私は、お前を嫌いにはなれぬのだ。……そしてこれは、数日にわたってともに森に入っていたからこそ、感じ取れたことなのだろうと思う」

「……………」

「正直に言って、最初の頃はお前のことを疎《うと》ましいと思っていた。ギバ狩りの仕事に不熱心であるように思えたし、頑迷《がんめい》で狭量《きょうりょう》な人間であるようにも感じられた。そうでないと思えるようになったのは、やはり長きの時間をともに過ごせたからだ。その機会を、このアスタにも与《あた》えてはもらえないだろうか？　ファの家長として、私からもそれをお前に申し入れしたい」

デイ＝ラヴィッツは溜息をつきながら、つるつるの禿頭を撫《な》でさすった。

「面倒だ。こんなことなら、お前たちを家に招くべきではなかった」

「食い意地に負けたのはお前なのだから、今さらそれを悔《く》いても詮無きことであろうな。そして、そういう面倒に弱いのはお前の欠点なのであろうと思う。だからあのように、お前は仕事が雑なのだ」

「人の家で、ずいぶん好き勝手を言ってくれるな」

「好き勝手を言っているのは、お互《たが》い様だ」

たぶんアイ＝ファは、好意や善意を向けてくる相手よりも、そうでない相手と言葉を交《か》わすほうが得意なのだろう。普段よりも弁舌《べんぜつ》がなめらかであるようにすら感じられる。

「デイ＝ラヴィッツ、どうかご一考くださいませんか？　あなたが血の縁を重んじているのは理解しているつもりです。でも俺《おれ》は、その習わしを重んじた上で、血の縁を持たない氏族同士でももっとしっかり縁を結ぶべきだと考えています。そうすれば、森辺の民は今よりも強い力を持つことができるのではないでしょうか？」

「だから、森の子ですらないお前にそんな賢《さか》しげなことを言われても――」

「アスタは、森辺の民だ。私が家人と認めたし、族長たちからもそれをとがめられることはなかった。その一点において、私は譲《ゆず》らぬぞ」

いくぶん強い口調で言ってから、アイ＝ファはふっと表情をやわらげる。

「デイ＝ラヴィッツよ、人間とは、魂の有り様によって存在を定められるべきではないだろうか？　たとえ森辺に生まれついても、かつてのザッツ＝スンのように道を踏《ふ》み外《はず》してしまったら森は許さぬだろうし、たとえ異国の生まれであろうとも、森辺の行く末を何よりも重んじていれば、大事な同胞たりうると思うのだ」

「ふん。その異国人たるアスタという人間が、森辺の民に相応《ふさわ》しい魂を持っている、と？」

「持っている。この言葉に偽りがあったなら、私は今すぐにでも母なる森に魂を返そう」

デイ＝ラヴィッツはもう一度溜息をつき、今度は黄昏《たそが》れる空を仰《あお》いだ。

「……ああ、心底から面倒だ」

「面倒がるな。数十人の家人を束ねる家長として、正しき道を選べ」

デイ＝ラヴィッツは首を振り、少しふてくされたような目つきで俺たちを見比べてきた。

「このように大事なことを、俺一人で決めることはできん。明日にでも、ナハムとヴィンの家長らと話し合う。だから今日は、もう帰れ」

「本当ですか？　ありがとうございます！」

「勘違《かんちが》いをするな。話し合うのは、女衆を貸すかどうかだ。どのように言葉を重ねようとも、俺は女狩人や男衆のかまど番などは好きになれん」

そうしてデイ＝ラヴィッツはきびすを返し、別れの挨拶《あいさつ》もなく立ち去ってしまった。アイ＝ファは苦笑をこらえているような表情で、その背中を見送っている。

「まったく、おかしな男衆であったな。森辺の民で、あのようにつかみどころのない人間は初めて見た気がする」

「確かにな。でも俺も、あの人は何となく嫌いになれないよ。だから余計に、自分のことやファの家の行いについて、もっときっちり知ってほしいと思うんだ」

そのように答えてから、俺はあらためてアイ＝ファの横顔を見つめた。

「えーと、アイ＝ファ、ありがとうな」

「うむ？　何の話だ？」

「いや、俺が森辺の民に相応しい人間だって、魂まで懸《か》けて誓《ちか》ってくれたじゃないか」

するとアイ＝ファは、いくぶん機嫌《きげん》を損《そこ》ねてしまった目つきで俺をにらみつけてきた。

「それはそのように、礼の言葉が必要な話か？　私は当たり前のことを口にしたにすぎん」

「わかってるけどさ、あらためて言葉にされると嬉しいものじゃないか。そんなに怒《おこ》らないでくれよ」

「……別に怒ってなどはいない」

「それなら、すねないでくれ」

「すねてもおらん！　難癖《なんくせ》をつけるな！」

そうしてアイ＝ファは唇《くちびる》をとがらせかけたが、途中で思いなおしたようにそれを引っ込めた。

「何にせよ、デイ＝ラヴィッツが我らの行いに反対していることは変わらん。今後もいっそう力を尽くして、すべての民の賛同が得られるように邁進《まいしん》するべきなのであろう」

「ああ、俺もそう思うよ」

やはりアイ＝ファも、多数決の勝負で勝てばよし、などとは考えていないのだ。残り半年で、俺たちはどれだけ明るい行く末を同胞に示すことができるのか。今後もたゆまず、力を振り絞《しぼ》るしかなかった。

（そして、シュミラルも――）

シュミラルもまた、自分の思いを遂《と》げるつもりであるならば、森辺の民に認められなければならないのだ。それがどれほど難しいことであるか、俺は今さらながらに思い知らされた心地《ここち》であった。

（だけどシュミラルなら、きっと大丈夫《だいじょうぶ》なはずだ。シュミラルは俺なんかよりよっぽどしっかりしてるんだし、この世界の道理もわきまえているはずなんだから）

だから早く、元気な姿をみんなの前に見せてほしい。――俺がそんな風に考えていると、アイ＝ファがずいっと顔を近づけてきた。

「アスタ、何をそのように不安げな顔をしているのだ？」

「え？　いや、別に。……ただ、シュミラルの帰りが遅いから心配してただけさ」

「シュミラルとは、あの東の民か。あやつはミケルらと違《ちが》って身を守る力があるという話であったのだから、心配はあるまい」

そう言って、アイ＝ファは少しすねたような目つきをした。

「……そのようなことで、道に迷った幼子のような顔をするな。こちらのほうこそ心配になってしまうであろうが」

「ああ、ごめん。……アイ＝ファは過保護だな」

足を蹴《け》られた。

「いや、違う。アイ＝ファは優《やさ》しいなって言おうとしたんだけど、照れくさいから別の言葉に置き換《か》えたんだよ」

さらに、二度ほど足を蹴られた。

そんなことをしている間に、広場のほうからトゥール＝ディンたちが戻ってくる。彼女《かのじょ》たちがこちらに到着《とうちゃく》する前に、俺は早口でアイ＝ファに囁《ささや》きかけた。

「……明日はアイ＝ファたちも、手ほどきの仕事を休むんだよな？」

「うむ。手ほどきができる期間も残りわずかだが、休むべきときには休むべきであろう」

その言葉に、俺は安堵《あんど》の息をついた。

「明日は宿場町の商売も休業日だから、今度こそ朝から晩まで全員が休めるな。まあ、夕方にはちょろっと明後日の下準備を手伝ってもらうことになっちゃうけど」

「うむ」

「……ひさしぶりにアイ＝ファとのんびり過ごすことができて、俺は嬉しいよ」

また足を蹴られるかな、と思ったが、俺はそんな胸中の思いを口にせずにはいられなかった。

しかしアイ＝ファは、予想以上に穏《おだ》やかな視線を俺のほうに向けてきて、「うむ」とうなずくばかりであった。

そうしていよいよ日は暮れて、休息の期間も残りはわずか数日と相成ったのだった。

第二章★★★　大いなる変革

1

金の月の十六日――ラヴィッツ家における調理の手ほどきの仕事を終えた後、休業日を一日はさんで、俺たちはまた宿場町の商売に取り組んでいた。

休息の期間に入ってからは、十四日目のことである。この世界でもひと月はだいたい三十日ほどであるので、明日でおよそ半月が経過することになる。よって、休息の期間はこれにて終了となり、狩人《かりうど》たちによる血抜きと解体の手ほどきも明日をもって終了する予定になっていた。

もっとも、休息の期間が半月というのはあくまで目安であり、ただちに狩人としての仕事が本格的に再開されるわけではない。荒《あ》らされに荒らされた森の恵《めぐ》みが半月ほどで回復することはないので、まだまだしばらくギバが押《お》し寄せてくることはないのだ。

しかしまた、恵みが実らなくても、ときおりはギバが迷い込んでくることはある。そういった気まぐれなギバに実りかけの恵みをまた食い尽くされてしまわないように、罠《わな》を仕掛《しか》けたり森を巡回《じゅんかい》する必要が出てくるのだ。これから半月か二十日ぐらいはそういう時期が続くので、狩人たちの生活にもまだゆとりがある。その期間こそ、身体を休めながらぞんぶんに家族たちとの時間を大事にしてほしいと願ってやまない俺であった。

いっぽうかまど番のほうは、今日からスン家への手ほどきが始まることになる。こちらは休息の期間と関《かか》わりなく継続《けいぞく》することができるので、五日から七日ぐらいを目処《めど》に仕事を完了させるつもりでいた。

だけどその前に、まずは宿場町での商売だ。本日からは、ラヴィッツの家人も仕事を手伝ってくれることになっていた。あのファの家を嫌ってやまないデイ＝ラヴィッツも、ナハムやヴィンの家長たちとの協議の末、女衆を貸し出すことを了承《りょうしょう》してくれたのだ。俺にしてみれば、ありがたい限りの話である。ただ意外であったのは、その手伝いに選ばれたのがラヴィッツの女衆の束ね役であるはずのリリ＝ラヴィッツであるということであった。

「至らぬ点も多々ありましょうが、どうぞよろしくお願いいたします」

約束の刻限にファの家までやってきたリリ＝ラヴィッツは、そのように述べながら頭を下げていた。このように年配の女衆を商売の手伝いに迎《むか》えるのは、実は初めてのことであった。ファの家における下ごしらえの仕事の際は老若《ろうにゃく》を問わずさまざまな立場の女衆が集まるが、こと宿場町に関する仕事においては、どの家も申し合わせたように若い娘《むすめ》を選出していたのである。リィ＝スドラとアマ・ミン＝ルティムが退いてしまったために、現時点では全員が未婚《みこん》の女衆となっており、一番の年長者はおそらく二十一歳《さい》のヤミル＝レイ、それに続くのは十九歳のフェイ＝ベイムであったかもしれない。それぐらい、平均年齢《ねんれい》は低かったのだ。

年配の女衆には家の仕事を取り仕切るという大事な役割があり、また、若い女衆のほうが思考が柔軟《じゅうなん》で町の人間に対する偏見《へんけん》や忌避《きひ》の気持ちが少ないという面がある。それらの二つの理由から、どの家も若い女衆を選ぶことになったのだろう。そんな中に突如《とつじょ》として現れた、リリ＝ラヴィッツなのだった。

「……だけど、とりたてて問題はないようですね」

仕事の合間にそのように囁きかけてきたのは、フェイ＝ベイムであった。確かにリリ＝ラヴィッツは、仕事の手際にも不備はなかったし、働き者であった。そしてその風貌《ふうぼう》も、ぱっと見には柔和《にゅうわ》であり礼儀正しくもあったので、客商売をするには非常に適しているように感じられた。背が小さいので、リミ＝ルウやツヴァイのように足場を準備しなくてはならなかったが、そんなものもご愛嬌《あいきょう》であった。

現在はもちろん銅貨のやりとりをしてもらったり、あとはせいぜいふかした『ギバまん』を渡してもらったり、というぐらいの仕事しかまかせてはいないが、なかなか堂に入っているように見えてしまう。特に年配の女性や幼い子供のお客さんなんかは、リリ＝ラヴィッツの柔和な表情に触発《しょくはつ》されてか、笑顔《えがお》でやりとりをしている人が多いように見受けられた。

そんなリリ＝ラヴィッツの姿を横目で見やりながら、フェイ＝ベイムはまたこそこそと囁きかけてくる。

「問題があるどころか、以前の自分がどれほど不手際《ふてぎわ》ばかりの役立たずであったかを思い知らされるような心地です。わたしなど、最初の数日はひどい有り様でしたものね」

「そんなことはありませんってば。でも本当に、リリ＝ラヴィッツは手際がいいですね」

これならば、数日ていどの研修で次のステップに進めそうだ。あとはじっくりと、料理の盛りつけや簡単な調理などを覚えてもらえれば完璧《かんぺき》であった。

「……それで他の女衆と変わらぬぐらい働けるようになったら、他の誰《だれ》かをひとり外すことになるのよね？」

と、隣《となり》の屋台からヤミル＝レイも声をかけてきたので、俺は「そうですね」と答えてみせた。

現状では、ベイム、ダゴラ、ガズ、ラッツから、毎日三名ずつの女衆を借りている。そこにラヴィッツも組み込まれれば、四交代から五交代のローテーションに変更《へんこう》されるわけだ。

「いっそのこと、わたしを外してしまったらいいのじゃない？　そうしたら、他の女衆はこれまで以上に働くことができるでしょう？」

「いえ、ヤミル＝レイに関しては、ラウ＝レイから是非《ぜひ》にと言われて協力してもらっているわけですし――それにやっぱり、ヤミル＝レイがいると心強いのですよね。特に復活祭を迎えてからは、ずっと屋台の責任者を受け持ってもらっていましたから」

「………………」

「ヤミル＝レイは、俺のほうではなくルウ家のほうの屋台で働きたいですか？」

「別に、そういうわけではないけれど」

アイ＝ファであれば昏のひとつでもとがらせそうな場面であるが、もちろんヤミル＝レイは普段通りのクールな面持《おもも》ちで肩《かた》をすくめるばかりであった。

「それに、毎日七名のかまど番を小さき氏族から出すとなると、毎日ファの家から二台の荷車を出すことになってしまうのですよ。やっぱりこれぐらい大荷物だと、運転者をあわせて六名が限界のようなので……まあ、そういう業務的なことを抜きにしても、俺はヤミル＝レイと一緒に働きたいと願っています」

「わかったってば。他の女衆に不満がなければ、それでいいわよ」

きっとヤミル＝レイは、自分だけがルウの眷族であることに引け目を感じてしまっているのだろう。それでもやっぱり、俺は今の編成――手練の四名が固定で、それを手伝う三名が交代制、という編成がベストであると考えていた。

現在は青空食堂のほうがメインになっているユン＝スドラならば、ヤミル＝レイの代わりをつとめることもできるだろう。しかし逆に言うと、トゥール＝ディンやヤミル＝レイは、あまり青空食堂の仕事に適性がない。その代わりに、屋台をまるまる任せられるスキルが身についている。それに俺を加えた四名がしっかり土台を支えているからこそ、残りのメンバーがどのように入れ替《か》わっても過不足なく店を回すことができているように思うのだ。

（本当は、休息の期間にフォウやランの人たちにこっちの商売を体験してほしかったんだけどな。そいつは次の機会までお預けだ）

なおかつ、ガズやラッツのほうでも眷族の女衆を働かせてみたい、という声があがっているらしい。もちろん俺だって一人でも多くの人たちに町の人々との交流を体感してほしいと願っていたが、そうした要望に応《こた》えるためにも、やはり固定メンバーのほうはむやみに人員を動かすべきではないように思われた。

そのように考えながら、俺が仕事に励《はげ》んでいると、数日ぶりに貴族のトトス車が屋台に近づいてきた。またポルアースかなと思ったが、そこから登場したのは彼《かれ》の侍女《じじょ》である。

「アスタ様、おひさしぶりです」

「おひさしぶりです、シェイラ。今日はヤンのお手伝いではなかったのですね。……それに、ポルアースはご一緒じゃないんですか？」

「はい。ポルアース様は城下町で外せぬお仕事があったため、わたしだけが遣《つか》わされました」

そのように述べてから、彼女は深々と頭を下げてきた。

「あの、先日はわたしの言葉が足りなかったばかりに、大変なご迷惑《めいわく》をおかけしてしまいまして……」

「はい？　ああ、舞踏会《ぶとうかい》の一件ですか。いやあ、あれは不幸な行き違いですよ」

「でも、アイ＝ファ様もさぞかしご立腹なのではないでしょうか……？」

シェイラは、ものすごく心配そうな顔になってしまっていた。何故《なぜ》かしら、彼女はひどくアイ＝ファの存在を気にかけているようなのである。

「アイ＝ファがシェイラに対して腹を立てるようなことはありませんよ。案外すんなりと、舞踏会への参加を決断していましたしね」

その件に関しては、もう族長たちとポルアースの間で話がついていた。期日は、金の月の二十六日。今日からちょうど十日後となる。俺はルウ家や宿屋のご主人たちとの話し合いの末、屋台の休業日を十日ごとから六日ごとに変更したところであったので、次の次の休業日の前日にあたる日取りとなっていた。

ちなみに休業日の間隔《かんかく》を縮めたのは、復活祭を機に一日の売上が激増し、下ごしらえをこなすだけでもハードワーク気味になってきたので、いったんペースを緩和《かんわ》させようと思いたったためであった。体力的には問題もないのだが、このように朝から晩まで働《はたら》き詰《づ》めであると、それに参加している女衆は家族と過ごす時間がずいぶん削られてしまう。そういったメンタル面を考慮《こうりょ》しての決断であった。

ともあれ、舞踏会は十日後だ。宿場町での商売を終えた後、みんなを森辺の集落に送り届けてからアイ＝ファと合流し、俺は城下町に向かう段取りになっていた。

「それで、今日はどういったご用件でしょう？　何か予定されている内容に変更でも生じたのでしょうか？」

「いえ、今日は仕立て屋を連れて参った次第《しだい》です」

「仕立て屋？」

聞き覚えのない言葉を耳にして、俺は思わずきょとんとしてしまう。

「はい。舞踏会で必要となる宴衣装を仕立てるために、アスタ様のお身体を採寸させていただきたく思います」

それはまた、とびきり予想外の申し出であった。

「えーと、宴衣装をそちらで準備していただけるという話は、いちおう族長から聞いています。でも、それを一から仕立ててあげる、ということなのでしょうか？」

「はい。狩人の皆様《みなさま》は町まで下りる機会もないとのことでしたが、それならばせめてアスタ様だけでも採寸を、と――申し訳ありません。伯爵《はくしゃく》夫人様は、そうして宴衣装をお贈《おく》りすることを何よりの喜びとしているのです」

例の、エウリフィアとたいそう気の合うというポルアースの母君のことである。俺は「あはは」と乾《かわ》き気味の笑い声をあげることになった。

「何だかものすごく気が引けてしまうのですけれど、その申し出をお断りするのは、きっとずいぶんな非礼になってしまうのでしょうね」

シェイラはちょっともじもじしながら、にこりと微笑んだ。きっとこの申し出を断ると、彼女がポルアースの母君に叱責《しっせき》されることになるのだろう。

「了解《りょうかい》いたしました。えーと、中天には戻りたいのですが、大丈夫でしょうか？」

「はい。車の中で、肩の幅《はば》や足の長さなどを採寸させていただくだけですので、四半刻もかからないはずです」

この世界における四半刻というのは半刻の半分であるから、十五分から二十分ぐらいのことだ。俺は溜息《ためいき》を噛《か》み殺しつつ、屋台を離《はな》れることになった。

「すみません、少しの間、屋台をお願いします」

「はい。今日の献立であれば問題はありません」

今日の日替《ひが》わりメニューは『ロースト・ギバ』である。つけあわせの野菜を炒めるぐらいなら、フェイ＝ベイムは俺抜《おれぬ》きでこなせるようになっていた。

ちなみにリリ＝ラヴィッツは、お地蔵様のような眼差《まなざ》しで俺の挙動を見守っている。舞踏会については連絡網《れんらくもう》が回っているはずであるが、それがこの状況《じょうきょう》とどう繋《つな》がるかは、のちほど補足説明が必要であるようだった。

（まあ、これが貴族流のもてなしなんだもんな。ポルアースにはお世話になってるんだし、俺も素直《すなお》に感謝するべきなんだろう）

そのように考えながら、シェイラの先導でトトス車に向かう。そうして青空食堂のかたわらを通り抜ける際に、俺はピンと閃《ひらめ》いた。

「あの、舞踏会に参席する女性がこちらにお一人いるのですが、その方に関してはいかがしましょう？」

「ああ、そうなのですか？　それでしたら、是非とも採寸させていただきたく思います。参席する皆様の大体の背格好はうかがっているのですが、やはり採寸させていただいたほうが、より素晴《すば》らしい宴衣装に仕立てることができますので」

それは重畳《ちょうじょう》、と俺は食堂のほうに呼びかけた。

「シーラ＝ルウ、申し訳ありませんが、少しこちらに来ていただけますか？」

「はい、何でしょう」

その手の食器をレイの女衆に託《たく》してから、シーラ＝ルウがこちらに近づいてくる。けっきょくルウ家からは、彼女が参席することになったのだ。しかも、ダルム＝ルウをパートナーにして、である。ルウ家でどのような話し合いが為《な》されたのかは聞いていないが、それが決定された日の翌日、彼女は頬《ほお》を赤く染めながら、なおかつ決然とした表情で、俺にそれを伝えてくれたのだった。

「採寸……ですか。承知いたしました。わたしなどには理解の及《およ》ばないお話ですが、それが城下町の習わしであるのでしたら、お引き受けいたします」

ということで、町の入り口に停車しているトトス車のもとへと、シェイラの案内で突《つ》き進《すす》む。城下町のトトス車というのは、木造りで箱形の立派な車だ。その内部には、シェイラと同じようなお仕着せを着た品のいい娘さんたちが手ぐすねを引いて待ちかまえていた。シーラ＝ルウが奥《おく》のほうに導かれると、間に織物の帳《とばり》が引かれて、おたがいの姿が見えなくなった。

「それでは、失礼いたします」

娘さんが、巻尺のようなもので俺の身体のサイズを計測し始める。服を脱《ぬ》ぐように言われなかったのは幸いだ。肩の幅に腕の長さ、首から腰《こし》、腰から足首、首回り、胴回《どうまわ》り、太もも回りなど、あちこちを計測してその結果を帳面に書き留めていく。

「あの、俺にだけ豪奢《ごうしゃ》な衣装が準備されるということはないですよね？」

「はい。それでは他《ほか》の皆様に対して礼を失してしまいますので」

俺には身を飾《かざ》りたてる習慣というものがない。森辺の住人になる前から、学校の制服か調理着か部屋着かで二十四時間のほとんどを過ごしていたため、よそゆきの私服など数えるぐらいしか持ち合わせていなかったのだ。そんな俺がパーティ用の衣装をオーダーメイドされるだなんて、面映《おもは》ゆい限りであった。

（これじゃあ、宴衣装に文句を言うアイ＝ファのことをどうこう言えないよな。……でも、アイ＝ファはどんな衣装だって見事に着こなせるからなあ）

それにシン＝ルウも、かつてのお茶会で武官の白装束を見事に着こなしていた。俺があのような格好をさせられたら、さぞかし滑稽《こっけい》な姿になることだろう。俺とシン＝ルウはだいたい同じぐらいの背丈《せたけ》であるが、森辺の狩人というのは手足が長くて腰がしまっていて、とにかくスタイルが抜群《ばつぐん》なのである。それにシン＝ルウは東の民のようにすっきりとした面立《おもだ》ちをしており、日を重ねるごとに凛々《りり》しさを増していっているように感じられた。

（まあ、人様と外見で張り合う気はないけどさ）

そのようなことを考えている間に、今度は採寸用の上着を着させられることになった。かなり大きめに作られた生成《きな》りの装束で、腕や腰の太さに合わせて、針で仮止めがされていく。服を一着仕立てるのに、なかなかの手間である。貴族たちは、毎回こうした手間をかけて身に纏《まと》うものをあつらえているのだろうか。

「お疲れ様でございました。これで終了《しゅうりょう》となります」

「はい、ありがとうございました」

俺が表に出てシェイラとともに待っていると、二、三分ていどの遅《おく》れでシーラ＝ルウも姿を現した。

「お忙《いそが》しい中、申し訳ありませんでした。仕立て屋が腕によりをかけて皆様の宴衣装を準備しますので、どうぞ楽しみにしていてください」

「はい、よろしくお願いします」

シェイラは最後にもう一度頭を下げてから車に乗り込み、護衛役の騎兵《きへい》とともに立ち去っていった。軽く息をつきながら、俺はシーラ＝ルウと向かい合う。

「かまど番の俺たちが完全な客人として城下町に招かれるのは初めてのことですよね。俺なんて族長筋の人間でもないのですから、なんだか気が引けてしまいます」

「ですが、アスタがいなければ貴族たちと正しい縁《えにし》を紡ぐこともかなわなかったでしょう。アスタが招かれるのは当然のことと思えます」

「俺が楽しみなのは、料理ぐらいですけどね。料理長のヤンはもちろん、余所《よそ》からも料理人を招くという話であったので、いっそう楽しみです」

「ええ、わたしもそれは楽しみにしています」

シーラ＝ルウは、はにかむように微笑んだ。ダルム＝ルウとともに出向くということに関しても、今日のところは心を揺《ゆ》らさずに済んでいる様子である。ならばこれ以上は、余計な口を叩《たた》くべきではないだろう。そのように思いながら、俺もシーラ＝ルウに笑い返してみせた。

「それでは、仕事に戻《もど》りましょうか」

「はい。まもなく中天のはずですね」

そうして俺たちが人通りの増えてきた街道《かいどう》を南に進んでいくと、青空食堂の横合いにまで差し掛《か》かったところで、素っ頓狂な声をかけられることになった。

「あ、やっと戻ってきた！　アスタ、こっちこっち！」

リミ＝ルウが飛び上がり、俺たちのほうに手を振《ふ》ってきている。今日の当番は、シーラ＝ルウとリミ＝ルウであったのだ。

「どうしたんだい？　何か問題でも起きたのかな？」

「いいから、早く早く！」

いつも元気なリミ＝ルウであるが、ちょっと尋常《じんじょう》でない取り乱しようである。俺はいくぶん心配になりながら、シーラ＝ルウとともに小走りで屋根の下に向かおうとした。

その眼前に、人影《ひとかげ》が立ちはだかる。革の長マントを纏った、背の高い人影だ。

さらに、席を立った男たちがわらわらと左右から取り囲んでくる。俺はシーラ＝ルウをかばいながら、「な、何ですか？」と後ずさることになった。

するとその中から、一人の人物が進み出てきた。やっぱり背が高い。全員が百八十センチ以上の長身である。それは――全員が、東の民であったのだ。

「おひさしぶりです、アスタ」

懐《なつ》かしい声が、静かに響《ひび》く。それでようやく、俺は理解することができた。

「ああ……おひさしぶりです。ようやく戻ってこられたのですね」

心ならずも、俺の声は震《ふる》えてしまった。

だけど、それを責めるような人間はいなかっただろう。いたとしても、別にかまわない。誰にどのような文句をつけられようとも、俺は心を乱さずにはいられなかった。

「予定、遅《おそ》くなり、申し訳ありませんでした」

その人物がフードを背中にはねのけると、白銀の長い髪《かみ》が明るい日差しにきらめいた。

「アスタ、再び会えて、嬉《うれ》しいです」

そのように言いながら、その人物はふわりと微笑《びしょう》した。最後の別《わか》れ際《ぎわ》に見せた、あの、包み込むような微笑みである。切れ長の黒い目には、とても優しい光が宿されている。

高い鼻梁《びりょう》も、薄《うす》い唇も、やや面長《おもなが》で引き締《し》まった顔も、すらりとした長身も、いくぶんくたびれた革のマントも——何もかもが、以前に見たままの姿だ。

俺はついに、異国生まれの友人と——商団《銀《ぎん》の壺《つぼ》》の団長たるシュミラルと、六ヶ月半ぶりに再会を果たすことがかなったのだった。

2

「シュミラル……ああ、シュミラル、よくぞご無事で！」

俺は情動のおもむくままに、シュミラルの手を握《にぎ》りしめてしまった。指が長くて、細いのに力強い、たくさんの指輪で飾られた温かい手だ。シュミラルは同じ微笑みをたたえたまま、俺の手を握り返してくれた。

「アスタも、無事、何よりでした。元気な姿、とても嬉しいです」

すると、他のメンバーも左右から近づいてきて、一人ずつ挨拶をしてくれた。ひときわ長身である副団長のラダジッドや、占星を得意とする年配の人物、それに、団員の中で真っ先に俺の屋台を訪《おとず》れてくれた若い人物――その数は、きっちり十人がそろっていた。《銀の壺》は誰ひとり欠けることなく、ジェノスへと戻ってきたのだ。俺はもう、涙《なみだ》ぐんでしまうぐらい心を揺さぶられてしまっていた。

「本当にお待ちしていました。半年が過ぎてもなかなか戻ってこられないので、心配していたのですよ？　もちろん、ご無事であると信じていましたが……」

「申し訳ありません。事情、あったのです」

俺に手を握られながら、シュミラルはまだ微笑んでいた。シムの民は表情を動かすことを恥《はじ》と考えているのに、シュミラルはずっと微笑み続けている。それこそが、シュミラルは森辺の民になりたいという願いを捨てていない何よりの証であった。

「話したいこと、たくさんです。仕事の後、時間、いただけますか？」

「もちろんです！　ルウの集落にも、向かうのでしょう？」

「はい。……ルウの集落、向かうこと、許されますか？」

シュミラルの黒い瞳《ひとみ》が、俺のかたわらに向けられる。そちらでは、シーラ＝ルウが同じように微笑んでいた。

「ええ。あなたを客人として家の中に迎え入れるかは、家長たるドンダ＝ルウの決めることですが、集落まではわたしたちがご案内いたします」

シーラ＝ルウも、《銀の壺》との別れの際に立ち合っていた一人であるのだ。ちなみにリミ＝ルウは初対面であるはずであったが、もちろんシュミラルの存在については兄や姉たちから聞いているのだろう。青空食堂で元気に働きながら、こちらを見つめる目がきらきらと輝《かがや》いている。そんな中、シュミラルは「ありがとうございます」とシーラ＝ルウに目礼をした。

「引き止めてしまい、申し訳ありません。アスタ、どうぞ、仕事、戻ってください」

「はい。ですが、仕事が手につくかどうか心配です」

「それは、いけません。アスタ、仕事、果たしてください。……アスタ、料理、とても美味です」

シュミラルたちはすでに屋台の軽食を購入《こうにゅう》して、それを青空食堂で口にしている最中であったのだ。俺はシュミラルから手を離し、手の甲《こう》で目もとをぬぐってから、照れ隠《かく》しに笑ってみせた。

「お買い上げありがとうございます。仕事は下りの二の刻までですので、その後にまた」

「下りの二の刻、了解しました。楽しみ、しています」

そうして俺は、その場の十名全員に頭を下げてから、自分の仕事場へと舞《ま》い戻った。すでに太陽は中天に差しかかり、屋台には大勢のお客が詰《つ》めかけようとしているところであった。

「私たち、今日の朝、ジェノス、着いたのです」

営業終了後、ギルルの荷車に揺られながら、シュミラルはそのように説明してくれた。

「宿場町の宿屋、荷車、預けました。その後、城下町、用事を済ませて、宿場町、戻ってきたのです。アスタ、屋台から離れて、すぐだったようです」

「今回も、宿は《玄翁亭《げんおうてい》》ですよね？　でも、今日はルウ家が《玄翁亭》に料理を届ける当番だったので、シュミラルたちが戻ってきていることを聞くことはできませんでした」

《玄翁亭》の主人であるネイルは、シュミラルが俺以外の森辺の民とどのような縁を紡《つむ》いでいるのかを知らない。それにどの道、シュミラルはすぐに俺たちの屋台を訪れることになるのだから、わざわざ口を出すまでもないと考えたのだろう。おかげで俺たちは、非常な驚《おどろ》きと感動をもって再会を果たすことがかなったわけであった。

「さまざまな変化、驚きました。でも、アスタたち、無事であったので、何よりです」

城下町まで出向いたシュミラルは、すでにサイクレウスの失脚《しっきゃく》を知っていた。シュミラルがジェノスを離れた頃、俺たちは本格的にサイクレウスらと対立する直前であったのだ。その一点がもっとも気にかかっていたのだと、シュミラルはそのように語ってくれた。

しかしシュミラルも、たいそう驚かされたことだろう。森辺の民と対立していたサイクレウスが、実弟《じってい》のシルエルともども旧悪を暴《あば》かれて、罪人として捕《と》らえられてしまったのである。ジェノスの領主マルスタインに次ぐ力を持っていたトゥラン伯爵が、森辺の民との対立の末に没落《ぼつらく》するなどとは、なかなか想像できるはずもなかった。

「そして、宿場町、さまざまな食材、あふれていました。それも、とても驚かされました」

「ええ。この半年ほどで、本当に色々なことがありましたからね……」

宿場町からルウの集落に至る十五分ていどでは、とうてい語り尽《つ》くせるようなものではなかった。しかし、荷車の運転はユン＝スドラが引き受けてくれたので、俺はその十五分間、シュミラルを独占《どくせん》することができた。シュミラルはシュミラルで荷車を一台準備していたが、その運転は副団長のラダジッドが受け持っていた。

「そういえば、あちらの荷車には何が積まれているのですか?」

「あちら、旅の成果です。私、ギバ狩《が》りの手段、探していました。そのため、ジェノスに戻る、遅れてしまったのです」

「ああ、なるほど……」

狩人ならぬ人間に、ドンダ=ルウが婿入《むこい》りを許すことはない――というヴィナ=ルウの言葉を受けて、シュミラルは自分なりの狩猟《しゅりょう》方法を構築してみせる、と約束していたのだ。

一年の内の数ヶ月は商団の人間として世界を駆《か》け巡《めぐ》り、それ以外の時間は森辺の民として生きる。それが、シュミラルの願いなのだった。しかし、狩人ならぬシュミラルにギバ狩りの仕事を果たすことなど、本当に可能なのだろうか。俺には、それが一番の気がかりであった。

「シュミラル。これは最近、知ったことなのですが……森辺の民は、ギバを狩《か》るのに毒物を使うことを禁忌《きんき》としているそうですよ?」

俺がそのように言ってみせると、シュミラルは不思議そうに小首を傾《かし》げた。

「シムの民、毒草の扱《あつか》い、長《た》けています。ですが、狩りの仕事、毒草を使うこと、ありません。毒草、身を守るため、使います」

「ああ、それではシュミラルも、何か他の獣《けもの》を狩った経験はおありなのですか?」

「いえ。私、商人です。狩人、経験、ありません。襲《おそ》ってくる獣、退治するぐらいです」

では、狩猟に有効な罠の類《たぐ》いでも発掘《はっくつ》してきたのだろうか。世界を駆け巡って得られる知識こそが自分の力である、とシュミラルはかつてそのように述べていたのである。

「王都、狩りの手段、見つけました。きっと、ギバ狩り、有効なはずです」

「そうですか。でも、あまり無茶《むちゃ》はなさらないでくださいね？　俺だって狩人ではありませんが、家人として認められることはできましたので」

「アスタ、料理の力、偉大《いだい》です。認められる、当然と思います」

そう言って、シュミラルはまた静かに微笑んだ。そんな俺たちを、トゥール＝ディンらは言葉もなく見守ってくれている。この中ではもっとも古株であるトゥール＝ディンですら、シュミラルとは完全に初対面なのだった。

「屋台の料理、とても美味でした。シャスカ、似た料理、不思議でした」

「ああ、あれは俺の故郷の料理で、パスタとかスパゲッティとか呼ばれている料理なのですよ」

「パスタ・トカ・スパゲッティ……？」

「あ、いえ、パスタです。俺はパスタと呼んでいます」

「パスタ、了解いたしました。それに、臓物の料理、美味でした」

「ああ、そちらはルウ家のみんながあみだした『ギバのモツ鍋《なべ》』ですね。そもそもギバの臓物に関しては、こちらのトゥール＝ディンが手ほどきをしてくれまして――」

と、その後はトゥール＝ディンたちも巻き込んで、至極《しごく》なごやかな時間を過ごすことができた。相手が見知らぬ東の民でも、俺の友人であれば悪い人間ではあるまいと、みんなそんな風に考えてくれているようだ。

ただ一人、リリ＝ラヴィッツだけは本物のお地蔵様と化してしまったかのように、黙《だま》りこくって俺《おれ》たちの様子をうかがっている。そういえば、ルウ家を除く氏族には、シュミラルの存在も伝わっていないのだろうか。ライエルファム＝スドラの提案で、森辺の広大なる集落で人力による連絡網が敷《し》かれるようになったのは、ちょうどシュミラルが森辺を来訪した当日からであったのだ。

その日を境に、森辺における重大事は家から家へと伝言で伝えていく習わしが確立された。しかし、その頃《ころ》はやはりサイクレウスとの問題を抱《かか》えていた時期であったので、「東の民がルウ家を訪れた」などという瑣末《さまつ》な話は伝えられていないように思われた。

（それでもって、シュミラルがヴィナ＝ルウに婿入りを願った、なんていう話は、それこそルウの血族とファの家にしか伝わってないはずだよな）

ヴィナ＝ルウやドンダ＝ルウは、いったいどのような態度でシュミラルを迎えるのか。考えると、否応《いやおう》なく胸が騒《さわ》いでしまった。

そうしてあっという間に十五分ていどの時間は過ぎ去って、俺たちはルウの集落に到着した。

すると、集落の前で荷車を停車させたユン＝スドラが「アスタ」と俺を振り返ってくる。

「今日のスン家における手ほどきは、わたしたちだけで十分なのではないでしょうか？」

「え？　だけど――」

「不十分であった場合は、明日以降にアスタが力を添《そ》えてくだされば問題はないでしょう。一日ぐらいは、アスタも自由に振る舞うべきだと思います」

俺はほとんど事情を話していないのに、表情や言動から何かしらを察してくれたらしい。俺は大いに悩《なや》んだが、ここはユン＝スドラの提案に甘《あま》えることにした。

「ごめん。それじゃあ、お願いするよ。スン家の人たちにも、明日お会いできることを楽しみにしていると伝えてもらえるかな？」

「了解いたしました。では、わたしたちはファファの荷車を使わせていただきますね」

集落の入り口で、俺たちはいったん全員が荷車を降りることになった。フェイ＝ベイムが手《た》綱《づな》を握ったファファの荷車のほうに、ユン＝スドラたちが向かっていく。その中で、リリ＝ラヴィッツだけが俺とシュミラルのもとに居残っていた。

「アスタ、わたしもこの場に留《とど》まらせていただきたく思うのですが、いかがでしょう？」

「え？　何故ですか？」

「わたしはスン家に向かうわけでもありませんので、何か変事が生じたならば、それを見届けるべきと考えたのですが」

ラヴィッツは、どちらかというと古い習わしを重んじる氏族である。というか、俺やアイ＝ファなどははっきりとデイ＝ラヴィッツに「気に食わぬ」と言われてしまっている。そんな彼らにとって、ヴィナ＝ルウへの婿入りを願うシュミラルの存在は、俺やアイ＝ファに劣《おと》らず気に食わない存在なのかもしれないが――ここで隠しだてすることに、あまり意味はないだろう。

森辺における一大事は、すべての氏族が知るべきなのである。

「わかりました。ルウの集落における振る舞いについては族長ドンダ＝ルウにゆだねられることになりますが、それでかまいませんね？」

「はい、もちろんです」

ということで、その場には俺とシュミラルとリリ＝ラヴィッツが居残ることになった。フェイ＝ベイムたちを乗せた荷車は、「それでは、また」と立ち去っていく。

俺たちのかたわらには、リミ＝ルウが手綱を握ったルウルウの荷車と、ラダジッドが手綱を握った二頭引きの荷車、そしてここまでファファの荷車に送られてきたヤミル＝レイとツヴァイの姿がある。そうしてルウルウの荷車からは、シーラ＝ルウとモルン＝ルティム、ミンとレイの女衆、それにマイムが降りてきた。

「それでは、参りましょう」

広場では、幼い子供たちが駆け回っている。その内の何名かが笑顔でこちらに駆け寄ってこようとしたが、シュミラルたちの姿に気づき、足を止めた。半年前と、同じ情景だ。宿場町に下りることのない幼子たちにとって、町の人間というのは文字通り異分子なのである。ドーラの親父《おやじ》さんたちを招いたときのように事前の通達があればまだしも、いきなり見知らぬ人間が訪れた際は、このような反応になってしまうのも否《いな》めなかった。

「それではわたしは、これで失礼いたします」

途中《とちゅう》でマイムが離脱《りだつ》して、ミケルの待つ家へと戻っていく。そうして広場を突っ切っていくと、本家の前に人影が見えた。ひときわ立派な体格をした男衆と、それよりは細身ですらりとした体格の男衆――ドンダ＝ルウとリャダ＝ルウである。狩人の仕事に参加していないその両名が、本家の前で鍛錬《たんれん》に励んでいた。

その手にグリギの長い棒を持って、それを至近距離《きょり》から打ち合っている。立ち位置は変えぬまま、リャダ＝ルウが繰《く》り出す攻撃《こうげき》をドンダ＝ルウが弾《はじ》き返している、という格好であるようだ。足を負傷して狩人の仕事から退いたリャダ＝ルウであるが、その攻撃の鋭《するど》さには微塵《みじん》の衰《おとろ》えも感じられなかった。

いっぽうドンダ＝ルウは、左手一本で棒をふるっている。右肩《みぎかた》を負傷しているために、左腕《ひだりうで》だけで鍛錬を重ねているのだろう。リャダ＝ルウの鋭い攻撃を、それ以上に鋭い動きで防御《ぼうぎょ》している。頑丈《がんじょう》なグリギの棒がへし折れてしまうのではないか、というぐらいの激しい攻防《こうぼう》であった。

「ドンダ父さん、戻ったよー！　それでね、お客人を連れてきたの！」

リミ＝ルウの元気いっぱいの声によって、両者の動きが止められる。息も乱さずにこちらを振り返ったドンダ＝ルウは、シュミラルの姿を認めるなりすっと目を細めた。

「貴様は……あのときの東の民か？」

「はい、シュミラルです。おひさしぶりです、族長ドンダ＝ルウ」

シュミラルが、悠揚《ゆうよう》せまらずマントのフードをはねのける。ドンダ＝ルウは、無言でグリギの棒を放《ほう》り捨てた。

「あのねー、ドンダ父さんとヴィナ姉にお話があるんだって！　ヴィナ姉を呼んできてもいい？」

「……ついでにミーア・レイも呼んでこい。全員、かまどの間にいるはずだ」

「りょうかーい！」

ガラゴロと荷車を引きながら、リミ＝ルウが家の裏手へと向かっていく。

「では、わたしたちも」と言いながら、シーラ＝ルウが俺のほうに手を差しのべてきた。

「アスタ、トトスと荷車をお預かりしましょうか？」

「あ、ありがとうございます。……あの、ドンダ＝ルウ、俺とリリ＝ラヴィッツもご一緒《いっしょ》させていただいてもよろしいでしょうか？」

「……ラヴィッツだと？　あまり聞き覚えのない氏族だな」

「本日から、アスタと行動をともにすることになりました。ラヴィッツは、スンの集落の南側に家をかまえる氏族となります」

リリ＝ラヴィッツが、普段《ふだん》通りの柔和な面持ちでぺこりと頭を下げる。

「町の人間、しかも異国の民たるシム人が森辺の集落を訪れるというのは、いささかならず変事でありましょう。のちのち詳細《しょうさい》は伝えられるのでしょうが、どうせならば自分の目で見届けたいと思ったのです」

「……勝手にしろ」と、ドンダ＝ルウは興味なげに言い捨てた。

ラダジッドの引いていた手綱も受け取って、シーラ＝ルウたちは家の裏手へと消えていく。

ヤミル＝レイらもそれに従ったので、その場には俺とシュミラルとリリ＝ラヴィッツ、それにラダジッドだけが取り残された。

やがてシーラ＝ルウたちと入れ替えで、ミーア・レイ母さんとヴィナ＝ルウがやってくる。

ヴィナ＝ルウはほんの一瞬《いっしゅん》だけシュミラルのほうを見て、すぐに目を伏《ふ》せてしまった。

「おやおや、ひさしぶりだねえ。あたしのことを覚えているかい？」

ミーア・レイ母さんが陽気な声でその場の空気を緩和させると、シュミラルは「はい」とうなずいた。

「家長ドンダ＝ルウの伴侶《はんりょ》、ヴィナ＝ルウの母、ミーア・レイ＝ルウ、おひさしぶりです」

「うん、あんたはシュミラルだったよね。そちらさんは、お仲間かい？」

「はい。《銀の壺》、ラダジッド＝ギ＝ナファシアールです。シュミラル、ともに働く、同胞《どうほう》です」

「ラダジッドね。ようこそ、ルウの家に。……それじゃあ、あがってもらおうか。それでかまわないんだよね、家長？」

ドンダ＝ルウは答えずに、さっさと家の中に引っ込んでしまった。その大きな背中を見送ってから、リャダ＝ルウが俺たちを振り返る。

「鍛錬は終わったようなので、俺は家に戻らせてもらおう。アスタ、息災にな」

「はい、リャダ＝ルウも」

俺たちは、ミーア・レイ母さんの案内でルウの本家へと足を踏《ふ》み入れた。シュミラルとラダジッドは腰の短剣《たんけん》と革《かわ》のマントをミーア・レイ母さんに預け、下座で膝《ひざ》を折る。ルウ家の三名と客人の四名は、そうして広間であらためて向かい合うことになった。

「あんたとヴィナの話は、いちおう聞いてるよ。ただし、あんたが戻るのは半年の後って聞いていたから、それまでは取《と》り沙汰《ざた》したって意味はないだろうと思い、そのまんまにしてきたのさ」

と、まずはミーア・レイ母さんがにこやかに口火を切る。

「だからまあ、こっちもまっさらな気持ちで聞かせてほしいんだけどさ。今日のあんたは何のためにルウの家を訪れたんだい、お客人のシュミラル？」

シュミラルは真《ま》っ直《す》ぐに背筋をのばしたまま、「はい」と答えた。

「私、ヴィナ＝ルウ、婚儀《こんぎ》、願っています。ルウ本家、婿入りです。それが許されるか、聞くために、やってきました」

俺はもう、一人で勝手に手に汗《あせ》を握ってしまっていた。ミーア・レイ母さんの隣で横座《よこずわ》りをしたヴィナ＝ルウはやはり目を伏せたままで、ドンダ＝ルウはひたすら青い瞳を燃やしている。

「なるほどねえ。あんたはアスタの友で、森辺の民についても色々なことをわきまえているんだよね？」

「はい」

「それでもやっぱり、ルウ家への婿入りを願うってのかい？」

「はい」

「そうかい。それじゃあ、まずはヴィナの気持ちを聞いてみるべきだろうね」

ヴィナ＝ルウは、ぴくりと肩を震わせた。

そのうつむいた横顔を、ミーア・レイ母さんは笑顔で覗《のぞ》き込む。

「ヴィナ、あんたの気持ちはどうなんだい？　あんたがその申し入れを断るなら、これ以上は言葉を重ねる意味もないだろう。森辺の習わしとかそういうもんをいったん脇《わき》に置いておいて、あんたはこのシュミラルを婿に迎《むか》えようって気持ちはあるのかい？」

「わたしは……」と、ヴィナ＝ルウはかすれた声をあげた。

「……わたしは……性根《しょうね》のわからない人間を伴侶にすることはできない……と考えているわぁ……」

「ふむ。つまり、どんな性根をしているのかが知れるまでは、この申し入れを受け入れることも断ることもできないってことかねぇ？」

「…………」

「ヴィナ、難しく考えることはないよ。あんたの素直な気持ちを聞かせてくれれば、それでいいのさ」

「……ミーア・レイ母さんの言った通りだと思う……」

と、ヴィナ＝ルウはますますうつむいてしまった。栗色《くりいろ》の長い髪がこぼれ落ちて、もはやどんな表情をしているのかもわからない。放っておいたら、そのままくにゃくにゃと崩《くず》れ落ちてしまいそうである。そんな娘《むすめ》の姿を見ながら、ミーア・レイ母さんは「そうかい」と微笑《ほほえ》んだ。

「それなら、あんたがこの御方《おかた》を受け入れることもありうるってことで、色々とややこしい話をしなくっちゃならないだろうね。……森辺の民が余所者《よそもの》を伴侶として迎えることは許されるのか、そこんところはどうなってるんだろうね、家長？」

「……森辺の民が外の人間を伴侶として迎えたことは、一度としてない。それは以前にも伝えたはずだな」

ドンダ＝ルウの底ごもる声音《こわね》に、シュミラルは「はい」とうなずく。

「しかもこのヴィナは、族長筋たるルウの本家の長姉《ちょうし》だ。そのヴィナが異国の民を伴侶として迎えるってのがどれほどの大ごとであるか、貴様にはわかっているのか？」

「正しく理解、できているか、わかりません。でも、正しく理解、したいと願っています」

ドンダ＝ルウは、食い入るようにシュミラルをねめつけている。それと相対するシュミラルは、自然体の無表情だ。俺はもう、尋常でないぐらい心臓が暴れてしまっていた。

「それじゃあ、色々と聞かせてもらおうかねえ。……あんたはアスタみたいに森辺の家人になる覚悟《かくご》ができているのかい、シュミラル？」

「はい」

「森を神として、森辺の集落に住み、森に魂《たましい》を返すことができるのかい？」

「いえ」と、初めてシュミラルが首を横に振った。

「森を神とする、覚悟できています。森辺の集落、住みたい、願っています。森に魂、返すべき、思っています。……ただし、私、商団の仕事、続けたい、願っています」

「うん。ヴィナたちからも、そういう風に聞いてたんだよね。そこのところを、もうちょっと詳《くわ》しく聞かせてもらえるかい？」

「はい。《銀の壺》、西の王国、巡ります。その期間、半年です。それ以外、故郷で暮らします。その故郷、森辺の集落にしたい、思っています」

これには、補足が必要であろう。なおかつ、シュミラルは西の言葉があまり流暢《りゅうちょう》ではなかったため、数字に強い俺が話をまとめることになった。

「えーとですね、《銀の壺》は本来、一年をかけて西の王国を巡り、半年間を故郷で休んで、また旅に出る、という生活に身を置いているのです。でも、シュミラルが森辺の民に婿入りできた場合は、他の団員がシムとジェノスを往復する間も、森辺で過ごすことができるようになるわけですね」

シムとジェノスを行き来するには、片道で二ヶ月近くもかかってしまう。往復ならば、四ヶ月だ。で、西の王国を巡る一年間の中には、その四ヶ月間も含《ふく》まれているのである。

なおかつ《銀の壺》は、このジェノスでも長きの時間を過ごしている。シムから来訪した際に一ヶ月、西の王国を半年かけて行商したのちに、また一ヶ月。合計二ヶ月を、このジェノスで過ごすのだ。ならば、この二ヶ月も一年の中から差し引くことができるので、シュミラルがジェノスを離れるのは半年で済む、ということである。

いっぽうラダジッドたちはこれまで通りのスケジュールで動くので、ジェノスでの商売が終わればシムに帰ることになる、それでシュミラルとはいったん離別《りべつ》して、二ヶ月をかけて故郷に帰り、半年を休んで、また二ヶ月をかけてジェノスまで出てきて、シュミラルと合流する、という形になる。

要約すると、ラダジッドたちの「一年をかけて行商して、半年を故郷で過ごす」という生活スタイルに対して、シュミラルは「半年をかけて行商して、一年を森辺の集落で過ごす」という生活スタイルに落ち着くわけだ。

「なるほどねえ。それじゃあ、自分の生きる時間の三分の一を、森辺の外で過ごすことになるってわけだ」

「はい」

「うーん、そんなに長い時間を外で暮らす人間を、森辺の同胞と認めていいもんかねえ」

ミーア・レイ母さんが穏《おだ》やかな声で疑念を呈《てい》すると、シュミラルは変わらぬ姿勢と変わらぬ表情で「はい」とうなずいた。

「認められるよう、力を尽くす、考えています。半年、故郷、離れる分、懸命《けんめい》に生きたい、思っています」

「懸命にっていうのは、どういう形でなのかねえ。森辺の男衆は、みんな狩人として働いているんだよ？　さっきのリャダ＝ルウみたいに怪我《けが》を負った人間や、アスタみたいに立派なかまど番を除けば、だけどさ」

「はい。私、商人ですので、努力の形、数字にすること、許していただきたい、思います」

「数字？」とミーア・レイ母さんが目を丸くする。

シュミラルは、また「はい」とうなずいた。

「たとえば、森辺の狩人、一年と半年で、百頭のギバ、狩るとします。私、一年で、百頭のギバ、狩ることができれば、半年、森辺を離れること、許されるのではないでしょうか？」

この言葉に、ドンダ＝ルウの双眸《そうぼう》がとてつもない勢いで燃えあがった。

「東の民よ、貴様は狩人なのか？」

「いえ、私、商人です」

「その貴様が、俺たちよりも強い力でギバを狩ってみせると、そのようにほざいているわけか？」

「はい」とシュミラルが応じたので、ドンダ＝ルウはいよいよ凄《すさ》まじく両目を燃やした。

「……東の民は、毒を扱うと聞いた覚えがある。しかし、ギバを狩るのに毒を使うことは許されていない」

「はい。毒草、使いません」

「それで、どのようにギバを狩る？」

「王都、その方法、見つけました。おそらく、有効、思います。実際、試《ため》さねば、わかりませんが」

ドンダ＝ルウが、いきなりにやりと口もとをねじ曲げた。難敵を前にしたときの、あの猛獣《もうじゆう》のごとき笑《え》みである。

「面白《おもしろ》い……それがどのような手管であるのか、俺たちに見せてみろ。後の話は、それからだ」

「はい」と、シュミラルは立ち上がった。

「ギバ、狩るための手段、荷車、積んでいます。お目にかけるため、運んできました」

「そいつは準備のいいことだな」

ドンダ＝ルウも、のそりと身を起こす。それで俺たちは、再び屋外に向かうことになった。

荷車は家の裏手に保管されているので、全員でそちらに向かう。すると、屋外のかまどでポイタンを煮詰《につ》めていたリミ＝ルウが「あれー？」と大きな声をあげた。

「もうお話は終わったの？　ずいぶん早かったね」

「いや、ちょっと荷車に用事があってね」

ドンダ＝ルウが無言であったので、俺が代わりに答えてみせた。その間に、シュミラルはもう荷車にまで到着《とうちゃく》している。二頭引きなのでとても巨大《きょだい》な、二台の荷台が連結された荷車だ。四角い箱形なので、何を搭載《とうさい》しているのか外からはわからない。

その荷車の後ろ側の荷台へと、シュミラルは手をかけていた。その黒い指先が、無造作に木製の戸を引き開ける。

「これが、ギバを狩る、手段です」

真っ先にその中身を覗き込んだドンダ＝ルウが、激しい驚きの表情を浮《う》かべた。

「おい、これは――？」

「王都、見つけました。私、ギバを狩る、力です」

ミーア・レイ母さんも驚きの声をあげ、自閉モードのヴィナ＝ルウさえもが口もとを押《お》さえている。俺も急いでそちらに駆け寄り、みんなの隙間《すきま》から荷台の中を覗き込むと――俺もまた、心から驚愕《きょうがく》することになった。

「うわー、何これ！　どうしたの⁉」

と、俺の後ろにひっついてきていたリミ＝ルウは、歓喜《かんき》の声をほとばしらせる。

そこにひっそりとうずくまっていたのは、いずれも立派な体躯《たいく》と茶色い毛並みを持つ、六頭ばかりの猟犬《りょうけん》であったのだった。

3

「これらの獣、ジャガルの犬です。狩りの仕事、果たすため、鍛《きた》えられた、猟犬です。ジャガルやセルヴァの狩人、猟犬を使って、狩りをします」

俺たちの驚きなどどこ吹く風で、シュミラルはそのように述べたてた。

「これらの扱い、覚えるため、ジェノスに戻る、遅れてしまいました。半月ほど、修練、積んでいたのです」

「ふん……貴様はこの犬とかいう獣を使って、ギバを狩ろうというのか？」

「はい。ジャガルの犬、人間のように賢《かしこ》いです。さまざまな獣、狩ること、可能です。きっと、ギバを狩ること、可能だと思います」

ドンダ＝ルウは険しい面《おも》持ちで、髭《ひげ》に覆《おお》われた下顎《したあご》を掻《か》いていた。

「復活祭でジェノスを訪れた旅芸人どもは、獣を手足のように扱っていた。たった半月ほど修練を積んだだけで、貴様にもそのような真似《まね》が可能になったというわけか？」

「手足のように、難しいです。しかし、心を通いあわせること、かないました」

シュミラルは荷車のほうに向きなおり、「ドゥーイ」という言葉を発した。その声に導かれて、猟犬の一頭がひらりと地面に降り立つと、リミ＝ルウが「うわあ」と瞳を輝かせた。

「猟犬、束ね役、ドゥーイ、名づけました。……ドゥーイ、伏せよ」

猟犬は、地面の上でぺたりと伏せる。茶色の短い毛並みをした、体高七十センチ、体長百三十センチほどの立派な大型犬である。体格はがっしりとしており、頭部はやや大きめで、大きな耳が左右に垂れている。俺が知る種類としては、ブラッドハウンドあたりが一番似ているように感じられた。

「よし」とシュミラルが再び声をあげると、ぴょこりと身を起こす。その黒い瞳は、とても穏やかな眼差《まなざ》しで俺たちを観察していた。

「どうでしょう？　狩りで、猟犬を使う、許されるでしょうか？」

「……貴様は知らんだろうが、先日には旅芸人どもの獣を森に入れることが許された。貴族や他の族長たちも、今さら駄目《だめ》だとは抜《ぬ》かさねえだろうな」

感情の読めない声で言い、ドンダ＝ルウは鋭い眼光をシュミラルに向けなおす。

「しかし、あの旅芸人どもが連れていたのは、ギバにも負けない大きさと力を持つ獣どもだった。こんなムントぐらいの大きさしかない獣で、ギバに打ち勝つことができるのか？」

シュミラルが小首を傾げていたので、俺が説明をする。

「その旅芸人たちが連れていたのは、アルグラの銀獅子《じし》、ガージェの豹《ひょう》、ヴァムダの黒猿《ざる》という獣たちでした」

「それらの獣が、モルガの森、入ったのですか？　私、驚きました」

と、シュミラルはほんの少しだけ目を見開いた。まだなかなか感情をあらわにするのが難しいようだが、俺には十分に伝わってくる。

「……ですが、それらの獣、狩るのにも、猟犬、使われています。もっと大きい、ムフルの大《おお》熊《くま》、狩るのにも、使われています」

「では、あの獅子や黒猿といった獣どもよりも、こんな小さな獣のほうが強い力を持っているというのか？」

「いえ。一対一、戦えば、負けるでしょう。そうではなく、猟犬、狩人に、強い力をもたらすのです。すぐれた目、耳、鼻を使い、獲物《えもの》、罠《わな》に追い込みます」

ドンダ＝ルウはいっそう難しげな面持ちになり、歓喜の表情を浮かべている末妹に「おい」と呼びかけた。

「遊んでいるなら、バルシャを呼んでこい。あいつに質《ただ》したいことがある」

「えー？　リミが戻るまで、その子をしまっちゃ嫌《いや》だよ？　……あ、その前にポイタンを片付けておかないと！」

ということで、ミーア・レイ母さんの手を借りてポイタンの鍋を地面に下ろしたリミ＝ルウは、軽《かろ》やかな足取りで建物の向こうに消えていった。その間に、ドンダ＝ルウは鋭い検分の目を猟犬ドゥーイに向けている。

「ふん……それにしても、大人しい獣だな。こんな呑気《のんき》そうな面をした獣に、ギバの相手がつとまるのか？」

「猟犬、人間を襲わないよう、しつけられています。人間、仲間、思っていますので、番犬、役に立ちません」

そこで俺も、自分しか持ち得ていないであろう知識を披露《ひろう》した。

「あの、かつてトゥラン伯爵邸《はくしゃくてい》であった屋敷《やしき》でも、夜間は番犬に守られているのだと聞いています。案外、このセルヴァでも犬という獣は普及《ふきゅう》しているのではないでしょうか」

「はい。セルヴァの貴族、裕福《ゆうふく》な人間、ジャガルの犬、シムの猫《ねこ》、所有しています。番犬、猟犬、ばかりでなく、家の中、ともに過ごす、多いようです」

やはりこの世界でも、少なくとも獅子や豹といったものよりはありふれた獣であるのだろう。

シュミラルは地面に膝を折り、ドゥーイの頭を愛《いと》おしげに撫《な》でる。

「私、ジャガルの犬、扱う、初めてでした。ですが、猟犬、トトスのように、賢く、従順です。森辺の民、トトス、扱えるなら、猟犬、扱えると思います」

「……貴様ばかりでなく、俺たちにもその獣を扱ってみよ、と抜かすつもりか？」

「はい。一人の狩人、六頭の猟犬、多すぎます。私、二頭、十分です。残り、四頭、ルウ家の狩人、使ってほしい、願っています。……それを含め、私の力、思っています」

ドンダ＝ルウは無言のまま、分厚い胸板《むないた》の前で腕《うで》を組んだ。そこに、バルシャを連れたリミ

＝ルウが戻《もど》ってくる。

「おや！　こいつは立派な猟犬だねえ。ついに森辺でも猟犬を扱うことになったのかい？」

ドゥーイをひと目見るなり、バルシャはそのように言いたてた。

「……貴様もこの獣を扱ったことがあるのか、バルシャよ？」

「いんや。こいつを手に入れるには、トトスよりもたくさんの銅貨が必要だからねえ。でも、マサラの山でも猟犬を扱ってる狩人は何人かいたよ」

「……マサラという山には、ガージェの豹という獣も巣食っているという話だったな？」

「ああ。猟犬さえ持ってれば、ガージェの豹も怖《こわ》くはないからね。ギバを狩るのにも、たいそうお役に立つだろうさ」

バルシャなど、シュミラルについては何ひとつ知らないことだろう。だからそれは、完全無欠に客観的な意見であるはずだ。ドンダ＝ルウは厳しい面持ちで「ふん……」と鼻を鳴らした。

「わかった。手間をかけたな。ミケルの面倒《めんどう》に戻るがいい」

「あっちはマイムが帰ってきたんで、しばらくは大丈夫《だいじょうぶ》さ。……ドンダ＝ルウ、猟犬を買うか買わないかで迷ってるんなら、あたしは大賛成だよ。確かに値の張るものではあるけど、人の生命にはかえられないからね」

「……人の生命？」

「ああ、そうさ。土台、森辺の狩人は身体を張りすぎなんだよ。ギバなんていう凶悪《きょうあく》な獣を狩るのに、刀と弓ぐらいしか使おうとしないんだからさ。猟犬をうまく扱えば、今までよりもうんと安全に仕事を果たせるはずだよ。一頭の猟犬を買うごとに何名もの生命が救われるって言っても言いすぎではないんじゃないかねえ」

そう言って、バルシャはちょっと彼女《かのじょ》には珍《めずら》しい感じで目を細めた。

「あたしもジーダを、あんたがたに預けている身だからさ。これでジーダの身が今までよりも安全になるなら、嬉しく思えてならないのさ」

ドンダ＝ルウはいったん目を閉ざしてから、あらためてシュミラルのほうを見た。

「……貴様の持ちかけてきた話に一考の価値があるということは理解できた。それじゃあ、次の話だな」

「次の話？」

「ああ。貴様は東の民で、俺たちは西の民だ。森を神にするのと同時に、俺たちは西方神セルヴァを神としている。貴様が森辺の民になるには、神を乗り換《か》える必要があるってことだ」

「森辺の民になる？」と目を丸くしたのはバルシャである。が、とうてい口をはさめる雰囲気《ふんいき》ではないと見て取って、それ以上の言葉は呑《の》み込んでいる。そんな中、シュミラルは「はい」とうなずいた。

「神を乗り換える、覚悟、できています。問題、ありません」

「ずいぶん気安い返事だな。町に住まう人間にとって、神を乗り換えるというのは大ごとなのだろうが？」

「はい。ですが、その覚悟なければ、婿入り、願えません」

すると、無言でこのやりとりを見守っていたミーア・レイ母さんがひさびさに声をあげた。

「シュミラル、あたしからもいいかい？　あんたも知ってるとは思うけど、あたしらは八十年前にジャガルからセルヴァに神を乗り換えた一族なんだ。あたしらは森を神としているから、あんまり四大神ってもんのありがたみがわかってないんだけどさ。あたしらの気持ちとは関係なく、周りの人間には裏切りの一族だって思われちまうもんなんだよね」

「はい、わかります。ラダジッドたち、私の行い、許してくれましたが、他《ほか》のシムの民、決して許さないでしょう」

「そんな覚悟も固まってるってのかい？　あんたは故郷に家族もいないんだっけ？」

「はい。遠縁《とおえん》の血族、いますが、ともに暮らしたこと、ありません。私、大事な家族、すべて、魂を返しています」

「そう、その魂だよ。あんたの家族は、東の神に魂を返した。だけどあんたは、森と西の神に魂を返すことになる。それで、本当にかまわないのかい？」

言葉を重ねるミーア・レイ母さんに、シュミラルはやはり同じ調子で「はい」とうなずく。

「その覚悟、固めてから、ヴィナ＝ルウ、婿入り、願いました。私の覚悟、半年前、固まっています」

「ふん。それで婿入りがかなわなかったら、固めた覚悟も無駄《むだ》になるというわけか。東方神とやらも、雲の上で苦笑《くしょう》をしているだろうな」

ドンダ＝ルウがいくぶん挑発《ちょうはつ》するように言い捨てたが、シュミラルは何も答えなかった。その態度が気に食わなかったのか、ドンダ＝ルウの眉間《みけん》に深い皺《しわ》が寄せられる。

「ミーア・レイの言う通り、俺たちには四大神の道理というものが、今ひとつわかってはいない。貴様たちにとって、神とは何なのだ？」

「神とは、魂、捧《ささ》げるべき存在です」

「ほう。しかし貴様は、その神を捨てようとしている。いや、二つの神を天秤《てんびん》にかけているのだ。婿入りが許されればセルヴァの子となり、許されなければシムの子のままでいる。そいつは、ずいぶん都合のいい話なんじゃねえか？」

「…………」

「貴様が四大神をどのように扱おうが、貴様の勝手だ。しかし、そのように浮《うわ》ついた気持ちで、森を神と呼ぶことは許さねえ。これは俺だけじゃなく、森辺の民ならば誰《だれ》でもそのように思うだろうさ」

「はい。信頼《しんらい》、得られるよう、励《はげ》みます」

いくぶん重苦しい静寂《せいじゃく》が落ちると、そこでラダジッドが声をあげた。

「シュミラル、言葉、足りないのではないでしょうか？」

ラダジッドが口をきいたのは、挨拶《あいさつ》以外ではこれが初めてのことだ。身長だけならばドンダ＝ルウをも上回るラダジッドが、無表情にシュミラルを見つめている。

「私、シュミラル、誠実であること、知っています。しかし、森辺の族長、知らないでしょう。ならば、きちんと語るべき、思います」

「いや、ですが――」

「シュミラル、すでに、西の民です」

シュミラルの言葉をさえぎって、ラダジッドはそう言った。

「西の王都、大聖堂、セルヴァの祝福、受けました。シュミラル、シムを捨て、セルヴァの子、なったのです。ジ＝サドゥムティーノの氏、捨てました。今の彼《かれ》、東の民、シュミラル＝ジ＝サドゥムティーノでなく、西の民、シュミラルなのです」

「本当なのですか、シュミラル？」

思わず俺が問うてしまうと、シュミラルは「はい」と目を伏せた。

「王都、一番立派な猟犬を売る、ジャガルの民の店でした。ジャガルの商人、シムの民と、商売しない、言っていました。ならば、この地でセルヴァの子になろう、思いました」

「ああ、そうだったのですか……」

「はい。婿入り、かなうまで、言う必要ない、思いました。……でも、言うべきだったのですね」

俺がシュミラルの立場であったら、どう考えただろう。やっぱりシュミラルと同じように、口をつぐんでいたかもしれない。いきすぎた覚悟は、ときとして相手を圧迫《あっぱく》することになるかもしれない、と思えてしまうからだ。

「婿入り、かなわなくとも、シュミラル、西の民です。一度、捨てた神、取り戻すこと、許されません。それでも、シュミラル、後悔《こうかい》しない、述べていました。……また、婿入り、かなわなくとも、森辺の民、恨《うら》むこと、ないでしょう。シュミラル、そういう人間です。だからこそ、私たち、シュミラル、西の民なっても、ともに《銀の壺》、あり続けたい、思えたのです」

それだけ述べると、ラダジッドは身を引いた。

「差し出口、申し訳ありませんでした。でも、シュミラル、誠実な人間、それだけは、信じてほしい、思います」

「うん、あたしは信じたよ」

やわらかく微笑みながら、ミーア・レイ母さんはそう言った。

「それで、そんなに誠実な人間が自分の可愛《かわい》い娘を目にかけてくれたことを、とても誇《ほこ》りに思ってるよ。……それじゃあ、あとは家長の判断を待つばかりだね」

みんなの視線を一身に集めながら、いつしかドンダ＝ルウはまぶたを閉ざして沈思《ちんし》している。さきほど以上の、重苦しい沈黙《ちんもく》が落ちた。その沈黙が三十秒ぐらいを突破《とっぱ》したあたりで、俺の我慢《がまん》は決壊《けっかい》してしまった。

「あの、ドンダ＝ルウ、俺もなるべく差し出口をきかないように気をつけていましたが、一言だけいいですか？」

「…………」

「俺もシュミラルのことは、誠実で心正しい人間だと信じています。そのように思う理由のひとつを、告げさせてもらいたいのです」

「…………」

ドンダ＝ルウは険しい面持ちのまま、目も口も開こうとしない。俺はどくどくと脈打つ心臓のあたりを押さえながら、言葉を重ねた。

「ドンダ＝ルウに直接語ったことはありませんが、他の誰かから聞いているでしょうか。今、ルウの集落で客人となっているミケルは、このシュミラルが最初に引き合わせてくれたのです」

「…………」

「当時、サイクレウスは危険なので近づくべきではない、とシュミラルは言っていました。シュミラルもまたシムの食材や調理刀などをサイクレウスに売っていた一人であったので、サイクレウスが危険な人間であることには薄々《うすうす》気づいていたのです。そうして俺たちにはそのような忠告を与《あた》えながら、シュミラルは自身がサイクレウスの罪の証を探し求め、ミケルの存在を突《つ》き止《と》めることになったのです」

また俺の脳裏《のうり》に、別《わか》れ際《ぎわ》の情景が浮かびあがる。青の月の最終日、森と町の狭間《はざま》の空間で、シュミラルは静かにその言葉を語っていたのだった。

「城下町で商売をするシュミラルにとって、当時のサイクレウスは決して敵に回してはいけない存在であったでしょう。それでもシュミラルは、森辺の民の一助になりたいと願い、そのような真似に及《およ》んでくれたのです。また、当時のミケルはサイクレウスのせいで人生に絶望し、酒に溺《おぼ》れているようでした。それがシュミラルの導きで森辺の民と出会い──今のような縁《えにし》を紡《つむ》ぐことになったのです」

「…………」

「俺は今まで、たくさんの人たちに救われてきました。シュミラルも、そのうちのかけがえのない一人です。シュミラルほど心正しい人間であれば、きっと森辺の行く末にも――」

「貴様の一言は、どこまで長いのだ？」

重い鉈《なた》のような声音で、ドンダ＝ルウが俺の言葉を断《た》ち切った。そのまぶたがようやく持ち上げられ、強い光を宿した双眸があらためてシュミラルをにらみすえる。

「……先にも言ったが、ルウの本家の娘の婿《むこ》を、軽々しく決めることはできん」

「はい」

「また、余所《よそ》の人間を軽々しく家人として迎えることもできん。ファの家長は実に軽々しくそれを為《な》してくれたが、森辺の族長筋たるルウ家は、森辺の民の規範《きはん》たらねばならんのだ」

「はい」

「ただし、貴様が正しい心を持ち、森辺の民に大きな力をもたらす存在だと認められれば……森辺の民も、貴様を同胞と認めるだろう。このファの家のアスタのようにな」

俺は、思わぬところで衝撃《しょうげき》を受けることになった。ドンダ＝ルウが、俺は正しい心を持っていると、俺の目の前で述べてくれたのである。他のみんなは平然としているが、俺にとっては衝撃的《しょうげきてき》すぎる発言であった。

「貴様にその機会を与えるべきかどうかは、他の族長たちと協議する。ついでに、城下町の貴族たちともな。それで族長や貴族たちからの許しが得られれば……まずは、ルウ家の狩人たちとともに、ギバ狩《が》りの仕事を果たしてもらおう。それで貴様に狩人としての力があると示されたら、どこかの氏族の家人となることを許す。婿入りなんざを考えるのは、その後だ」

「はい、ありがとうございます」

「礼を言うには、まだ早い。森辺には、俺よりも古い習わしを重んじる人間が山ほどいるからな」

そのように言い捨ててから、ドンダ＝ルウはリミ＝ルウのほうに視線を落とした。こっそりドゥーイの頭を撫でていたリミ＝ルウは、慌《あわ》てた様子で手を引っ込める。

「リミ、手の空いている女衆を、サウティに向かわせろ。北の集落は……女衆では心もとないな。リャダにでも向かわせるか」

「わかったー。ダリ＝サウティを晩餐《ばんさん》にお招きすればいいの？」

「ああ。そしてその行きがけに、レイかルティムに声をかけろ。男衆がいれば、そいつにトトスに乗ってルウの集落まで来い、と伝えておけ。そいつを、城下町まで走らせる」

「りょうかーい！　でも、男衆がいなかったら、どうする？」

「そのときは、誰でもかまわねえからトトスを運ばせてこい。俺が自ら、出向いてやろう」

そうして指示を出し終えると、ドンダ＝ルウはまたシュミラルをにらみすえた。

「明日の中天より前、再びルウの集落を訪《おとず》れろ。そこで、協議の結果を伝える。明日から森に入る覚悟があれば、その猟犬とやらも連れてくることだ」

「はい。それでは、上りの五の刻に」

シュミラルが頭を下げ、ドンダ＝ルウはずかずかと家のほうに戻っていった。リミ＝ルウはかまどの間へと駆《か》けていき、バルシャはミーア・レイ母さんに説明を求めている。

ということで——ひっそりとたたずんでいたヴィナ＝ルウの周囲から、初めて人影《ひとかげ》がいなくなった。しばし逡巡《しゅんじゅん》する様子を見せてから、シュミラルがそちらに歩み寄っていく。

「ヴィナ＝ルウ、おひさしぶりです」

ヴィナ＝ルウは答えず、またうつむいてしまっている。

シュミラルは、そんなヴィナ＝ルウに微笑みを投げかけた。

「元気な姿、目にすることできて、嬉《うれ》しく思っています。ジェノスに戻る、遅《おそ》くなってしまい、申し訳ありません」

「…………」

「そして……婿入り、断られず、嬉しく思っています」

「わ、わたしはまだ……あなたのこと、何も知らないから……」

「はい。すべてを知ってほしい、思っています」

そうしてシュミラルは、すみやかに身を引いた。

「許し、得られれば、私、力を示します。ヴィナ＝ルウの伴侶、相応《ふさわ》しいか、見届けてください」

「あ、ちょっと……！」と、ヴィナ＝ルウが面を上げかけたが、やっぱりシュミラルのことを直視はできず、手首の飾《かざ》り物《もの》をもじもじといじくった。

「……あなたが無事に戻ってきたのだから、これはお返しするべきなのかしらぁ……？」

それは別れ際にシュミラルが贈《おく》った、桜色の石の腕飾《うでかざ》りであった。

シュミラルは微笑みをたたえたまま、「いえ」と応じる。

「ヴィナ＝ルウへの災厄《さいやく》、遠ざけるための、守護の石です。返す必要、ありません。私、ヴィナ＝ルウ、健《すこ》やかな生、願っています」

「そう……」と、ヴィナ＝ルウは自分の手を胸《むな》もとに抱《かか》え込んだ。どうしてもシュミラルのほうを見ることができず、あらぬ方向に視線を飛ばしている。

「それじゃあ、お預かりしておくわぁ……あの、わたし、今日はかまどの当番だから……」

「はい。明日、また会えること、楽しみにしています」

ヴィナ＝ルウは、逃《に》げるように立ち去っていった。そのなよやかな背中を見送ってから、シュミラルが力なく荷車にもたれかかる。

「ど、どうしました、シュミラル？　大丈夫ですか？」

「大丈夫です。緊張《きんちょう》の糸、切れてしまいました」

「緊張していたのですか？　まったくそのようには見えませんでしたが」

「緊張、ひどかったです。ムフルの大熊、囲まれても、ここまで緊張、しなかったでしょう」

荷車の車体に背中をつけたまま、シュミラルは大きく息をつく。

「そして、ヴィナ＝ルウ、拒《こば》まれなかったこと、とても嬉しく思っています。西方神、モルガの森、感謝の念、捧げたい、思います。……心の底から、そう思います」

そうしてシュミラルは白銀の髪《かみ》をかきあげながら、俺《おれ》に微笑みかけてきた。

「ヴィナ＝ルウ、ひさびさに会えて、心、喜び、打ち震《ふる》えています。……心だけでなく、指、膝、震えています。どうしましょう？」

「いや、それはどうしようもないかと思いますが……せっかくなら、そういう言葉もヴィナ＝ルウに届けるべきだったのではないでしょうか？」

「それは、あまりに恥《は》ずかしいです。子供のよう、思われてしまいます」

いや、こんなに沈着《ちんちゃく》そうなシュミラルにそのような言葉を告げられたら、それはなかなかの破壊力《はかいりょく》なのではないだろうか。そのような思いを込めながら、俺はシュミラルに笑いかけてみせた。

「シュミラル、ひとつお願いというか、提案があるのですが」

「はい。何でしょう？」

「《玄翁亭》では現在、『ギバ・カレー』という料理が出されています。俺の屋台でも、二日置きに売りに出しています。それはシムの民に大人気の献立《こんだて》なのですが……シュミラルは、まだしばらく口にしないでほしいのです」

「……私だけ、ですか？　他の同胞、よろしいのですか？」

「はい。ラダジッドたちは、どうぞご存分に。……一人だけそれを口にしないというのは解せない話かもしれませんが、どうか俺を信用して我慢してほしいのです」

「アスタ、いつでも信用しています。理由、わかりませんが、その約束、守ります」

「ありがとうございます。時が来たら、必ず理由をお話ししますので」

今の俺にできるのは、これぐらいのことしかなかった。あとはシュミラルが、自分でその力を示すのだ。

俺はちょこんとお座《すわ》りをしているドゥーイのほうに、「頼《たの》んだぞ」と小声で呼びかけた。賢いドゥーイは目をぱちくりとさせながら、無言で俺とシュミラルの姿を見比べているばかりであった。

4

翌朝である。

定刻通りに俺がルウの集落へと向かうと、そこではちょっとした騒《さわ》ぎが巻き起こっていた。シュミラルが来訪を約束した上りの五の刻というのは、ちょうど俺がルウの集落に向かう時刻であったのである。シュミラルはすでにルウの集落に到着しており、みんなに取り囲まれていた。しかもそこには、ルウばかりでなく眷族《けんぞく》の狩人たちもたくさん寄り集まっていた。

「おお、アスタではないか！　ひさしいな！」

入り口のところに荷車をとめて俺が近づいていくと、その人垣《ひとがき》からラウ＝レイが声をかけてきた。確かに、ラウ＝レイと顔をあわせるのはひさびさだ。下手をしたら、ドーラの親父《おやじ》さんたちを招いた歓迎会《かんげいかい》ぶりかもしれない。

「ひさしぶりだね。今日はどうしたの？」

「ドンダ＝ルウに招かれたのだ！　酔狂《すいきょう》な東の民と、それが連れてくる猟犬というものを見定めよ、と言われてな！」

　ラウ＝レイは俺と同い年の若者であったが、レイ本家の若き家長であるのだ。アイ＝ファと同じ金褐色《きんかっしょく》の髪をしており、女性のように繊細《せんさい》な顔立ちをしているが、内面はきわめて豪放《ごうほう》かつやんちゃである。その水色をした瞳《ひとみ》は、初めて見る猟犬の姿に昂揚《こうよう》して、子供のようにきらきらと輝《かがや》いていた。

　そんなラウ＝レイの背後から、灰褐色《はいかっしょく》の髪と口髭《くちひげ》をした年配の男衆が笑顔《えがお》を覗かせる。そちらもひさびさの対面となる、リリンの家長ギラン＝リリンであった。

「ああ、ギラン＝リリンも……ひょっとしたら、眷族の家長が全員招かれているのですか？」

「うむ。家長でない人間もいくらかまじっているようだが」

　そんなギラン＝リリンの言葉に、ガハハという高笑いがかぶさってくる。確かにこれは家長ならぬ、先代家長の笑い声であった。

「ちょっと失礼いたします。……ああ、ダン＝ルティム、どうもご無沙汰《ぶさた》であります」

「おお、アスタ！　見よ、このものどもを！　実に愉快《ゆかい》な連中ではないか！」

　ダン＝ルティムは地べたに座り込み、二頭の猟犬とたわむれまくっていた。なんというか、巨大なぬいぐるみを抱えた巨大な赤ん坊《あかんぼう》のごとき様相である。

「うむ、実に愉快だ！　こやつらは、どこかヴァルブの狼《おおかみ》に似ているな！　そういえば、山から下りた狼は犬という獣《けもの》に変ずる、という伝承があったのではなかったかな？」

「ああ、俺もアイ＝ファから聞いたことがありますね。きっと犬と狼には、少なからず血の縁が存在するのでしょう」

ただしこれらの猟犬は、いずれも西洋風の姿をしていた。耳が垂れていて、顔が四角くて、とても力強いのに愛嬌《あいきょう》も備え持っている。

「やはりそうか！　ヴァルブの狼もこやつらも、実に賢そうな眼差しをしている！　いや、実に愉快だぞ！」

リッドの家長たるラッド＝リッドはダン＝ルティムに似ているなと思っていた俺であるが、やはり本家本元の豪快《ごうかい》さは格が違《ちが》っているようだった。猟犬たちも、よく怯《おび》えもせずに大人しくしているものである。

そうしてもっとも大はしゃぎしているのはダン＝ルティムであったが、それ以外の人々もおおかたは笑顔であった。旅芸人によって獣使いの芸を見物させられた人々は、きっと見知らぬ獣というものに免疫《めんえき》ができたのであろう。

で、肝心《かんじん》のシュミラルはどこにいるのかな、と視線を巡《めぐ》らせると、彼はジザ＝ルウやガズラン＝ルティムらと真剣《しんけん》な面持ちで語らっていた。ジザ＝ルウにしてみれば、大事な妹に婿入りを願っている相手なのである。そして誰よりも森辺の習わしを重んじる彼であれば、かつての俺と同じぐらい、シュミラルの存在は頭痛の種であるのかもしれなかった。

俺もちょっと心配になって、そちらのほうに足を向けようとしたのだが、その前に、仲良し兄妹《きょうだい》に呼び止められてしまった。

「よー、アスタ、お疲《つか》れさん」

「見て見てー！　リミ、この子と仲良くなったのー！」

言わずと知れた、ルド＝ルウとリミ＝ルウである。二人は左右から一頭の猟犬をはさみこみ、ダン＝ルティムに負けない勢いで可愛がっていた。

森辺の民はシムの血が流れているために、トトスと早々に心を通いあわせることがかなったのではないか、と俺は考えていた。そしてまた、森辺の民にはジャガルの血も流れているようである、とされている。こうして犬にも心をひかれてしまうのは、そちらの血の記憶《きおく》がそうさせるのであろうか。

「アスタ、お待たせしました。こちらは出発の準備も整っています」

と、今度は背後から呼びかけられる。振《ふ》り返ると、人垣の外からレイナ＝ルウが微笑《ほほえ》みかけてきていた。

「どうも、お疲れ様《さま》。……あのさ、シュミラルの件はどうなったのかな？」

「はい。とりあえず、森に入ることは許されました。家人になることが許されるか、族長筋に婿入りすることが許されるか、という話については、シュミラルの力を見定めた後にまた協議が為されるようです」

それは確かに、一夜の協議だけですべてを決めることは難しいだろう。なおかつ、シュミラルが自分の力を示すことができなければ、その段階で話は流れてしまうのだ。

「まずは数日、ルウやその眷族の狩人たちと、森に入ることになったようですね。その働きぶりで、今後のことを定めるようですよ」

「そっか。それなら、何よりだ」

俺は安堵《あんど》の息をつきながら、シュミラルのほうに大きく手を振ってみせた。シュミラルと、それにガズラン＝ルティムが礼を返してくれる。

「それじゃあ、出発しようか。俺たちも、自分の仕事を果たさないとね」

人垣を離《はな》れると、すでにルウルウの荷車がスタンバイをしていた。リリ＝ラヴィッツの研修が終わるまではファの家から二台の荷車を出す取り決めになっていたので、こちらに同乗する女衆もそのかたわらにずらりと立ち並んでいる。そしてその中には、本日の当番であるヴィナ＝ルウも含まれていた。

「おはようございます、ヴィナ＝ルウ。調子のほうはいかがですか？」

「調子……？　別に、いつも通りだけどぉ……？」

昨日のしおらしい様子はどこへやら、何だか一昨日以前のご機嫌《きげん》ななめな様子に戻ってしまっている。俺が首を傾《かし》げていると、レイナ＝ルウがそっと口を寄せてきた。

「今日はシュミラルが訪れるなり、あのような騒ぎになってしまったため、言葉を交《か》わすこともかなわなかったのです。特に、ジザ兄がシュミラルのそばを離れようとしませんしね」

「ああ、ジザ＝ルウにしてみれば、これも由々《ゆゆ》しき事態なのだろうしね」

「そうですね。……ですが、わたしが思っていたよりは、ジザ兄も心を揺《ゆ》らしていないように思います。とても厳しい目でシュミラルのことを見ていますが、彼がきちんと狩人としての力を示せば、不服を申したてたりはしないかもしれません」

そのように言ってから、レイナ＝ルウは大人っぽい表情で微笑んだ。

「きっとジザ兄も、変わりつつあるのでしょう。アスタと初めて顔をあわせた頃《ころ》に比べれば、まったく心持ちが変わっているように思います」

俺が森辺に現れてから、まもなく九ヶ月——人の気持ちが変わるのに、それは十分な時間であっただろう。俺はもう一度ジザ＝ルウやシュミラルたちのほうを見やってから、自分の仕事を果たすために荷車へと向かった。


宿場町における商売は、本日も順調であった。マイムの屋台も、それは同様だ。マイムは午前中だけルウ家の女衆に仕込みの手伝いを頼み、百食分の料理を準備するようになっていた。百食分の料理を売れば、得られる赤銅貨は二百枚である。食材の費用を差し引いても、純利益は赤銅貨百二十枚ぐらいには及ぶだろう。それでマイムは、ファの家が立て替《か》えた薬の代金を義理固く返済してくれていた。

「おかげで父の傷もずいぶん癒《い》えてきたようです。足の骨が繋《つな》がるにはまだ長い時間が必要になるでしょうが、すっかり元気を取り戻すことができました」

そのように述べるマイムも、八割がたは明るい笑顔を取り戻すことができていた。残りの二割は、将来に対する不安から来ているのだろう。

マイムとミケルがルウの集落に逗留《とうりゅう》して、本日で六日目となる。バルシャやジーダとも問題なく共同生活を営めているようであるし、将来の話を除けばどこにも不安はないはずであった。

「わたしも森辺の集落は大好きです。このまま父さんやバルシャたちと暮らしていけるだけで、十二分に幸福です。……でも、そんな簡単な話ではないのでしょうね」

マイムもまた、バルシャからシュミラルの話を聞くことになったのだ。余所者《よそもの》が森辺の民として認められるには、どれほどの厳しい審査《しんさ》が必要となるか。それを思い知ることになったのだろう。

「でも、シュミラルはルウ家に婿入りを願っているから、あれほど厳しく審査されることになったんだよ。俺なんて、何の審査もなくファの家の家人として生きていくことが許されたんだからさ」

とはいえ、俺ものんべんだらりと過ごしているだけであったら、先の家長会議で森辺の集落から追放されていた可能性もある。あの頃は、ジザ＝ルウさえもが俺は町で生きるべき、と強く思っていたのだ。

しかしまた、客人の身分であれば、そうそう厳しい目で見られることもないだろう。バルシャたちなどは、もう何ヶ月も客人として逗留しているのだ。マイムも今は何も思《おも》い悩《なや》まずに、心安らかに過ごしてほしかった。

そんな裏事情を抱えながらも、商売は順調だ。それに、ポイタンの取り置きの契約《けいやく》に関しても、着々と話が詰《つ》められていた。現在は、最低個数分の銀貨十八枚だけをドーラの親父さんに支払《しはら》い、追加でどれぐらいの量が必要かを確認《かくにん》しているさなかであった。

なおかつ、前払《まえばら》いの代金に関しては、ルウ家も半分を肩代《かたが》わりすると申し出てくれていた。そもそもはファの家に責任のある話であるが、それも森辺の民に喜びを与えたいと願った末の行いであったし、族長筋たるルウ家が民の窮地《きゅうち》を見過ごすことは許されぬであろう、ということで、そういう顛末《てんまつ》になったのだ。何にせよ、これで森辺の民がポイタンを買えずに飢《う》えてしまうことは避《さ》けられるはずであった。

そして本日も、シュミラルを除く《銀の壺》のメンバーは俺たちの屋台を訪れてくれていた。午前に五名、午後に四名と交代で現れて、それぞれがたくさんの料理を購入《こうにゅう》してくれた。その中で、ラダジッドがあらたまった感じで俺に声をかけてきた。

「シュミラル、今頃《いまごろ》、森ですね。無事、戻ること、私たち、祈《いの》っています」

「きっとシュミラルなら大丈夫ですよ。屈強《くっきょう》なるルウ家の狩人たちが行動をともにするわけですしね」

「はい。……トトス、乗れれば、心配ないのですが、モルガの森、トトス、入れないぐらい、緑、深いのですよね？」

「そうですね。トトスに乗っていたら、あちこち首を引っ掛《か》けてしまうでしょう。何せトトスは、あれだけの大きさですからね」

「残念です。トトス、乗れれば、猟犬すら、無用であったと思います」

よくわからないので聞いてみると、シュミラルはトトスを操《あやつ》るのが非常に巧《たく》みであり、その気になればムフルの大熊やアルグラの銀獅子といった猛獣《もうじゅう》をも退けることができるのだ、とのことであった。

「すごいですね。それなら、なおさら安心ですよ。シュミラルを信じましょう」

「はい」とうなずいてから、ラダジッドは何かを思い出したように俺を見つめてきた。

「もうひとつ、大事な話、ありました。……私たち、王都から、たくさんの食材、運んできました。トゥラン伯《はく》、失脚《しっきゃく》したのなら、アスタ、売りたい、思ったのですが、他の貴族、受け渡《わた》さねばならないようです」

「ああ、サイクレウスが扱《あつか》っていた商売の話に関しては、ジェノス侯爵《こうしゃく》とトゥラン伯爵家《はくしゃくけ》の後見人とで色々と始末をつけているのですよ。そちらに断りなく宿場町で売りさばいてしまうと、ちょっと混乱のもとになってしまうかもしれませんね」

「残念です。アスタ、直接、売れれば、多少、安くなっていたはずです」

「お気遣《きづか》いありがとうございます。でも、海草や海魚を干したものなどはだいぶ数が心細くなっていたようなので、とてもありがたいですよ」

そんな業務的な話をも終えて、ラダジッドは城下町に戻っていった。

すでにシュミラルが西方神へと神を乗り換えてしまったため、団長の座はラダジッドに引き継《つ》がれていたのである。昨日、真っ先に城下町へと向かったのも、そういった事情を商売相手に伝えるためであったらしい。ちなみに副団長の座は、星読みを得意とする年配の団員が受け持つのだそうだ。

（シュミラルは、体面的には外部からの協力者みたいな形になるんだろうな。自分の父親が作

った商団をラダジッドたちに任せることになるんだから、それは相当な覚悟《かくご》だったはずだ）

これだけの覚悟が報《むく》われればいい、と強く思う。しかしまずは、猟犬《りょうけん》というものがギバ狩りの役に立つかどうかだ。

そんなことを考えている間に、宿場町での商売は終わりを迎《むか》えた。この後は、いよいよスン家における調理の手ほどきである。ルウの集落でレイナ＝ルウたちに別れを告げて、道を北上し、途中《とちゅう》でリリ＝ラヴィッツを降ろしてから、スンの集落を目指す。

俺にしてみれば半年以上ぶりの、スンの集落である。長きの時間をかけてそこまで辿《たど》り着き、荷車を集落にまで乗り入れると、えもいわれぬ懐《なつ》かしさが俺の背筋を走り抜けていった。

広場の真ん中に、巨大《きょだい》な祭祀《さいし》堂が鎮座《ちんざ》ましましている。干した草などで屋根の覆われた、ドーム状の巨大な建物である。この場所で、俺たちは家長会議を執《と》り行ったのだ。グラフ＝ザザを始めとする北の一族とも初めて顔をあわせ、みんなに血抜《ちぬ》きをしたギバ肉の料理を味わってもらい、ファの家の行いについて弁明をし――そして夜には、ディガやドッドに襲《おそ》われることになった。

頭から血を流しつつテイ＝スンと対峙《たいじ》していたルド＝ルウや、ツヴァイを小脇《こわき》に抱えたダン＝ルティム、獅子のごとき形相でズーロ＝スンを追い詰めていたドンダ＝ルウ――それに、手足を縛《しば》られて眠《ねむ》らされていたアイ＝ファの姿などが、次々と脳裏に蘇《よみがえ》る。

そして、スン家の人々だ。すべての罪が暴《あば》かれた後、分家の人々は全員が声をあげて泣いていた。トゥール＝ディンも、その内の一人であった。これで自分たちは、頭の皮を剥《は》がされてしまうのだ――だけどもう、ザッツ＝スンの呪縛《じゅばく》からも解放されるのだ――と、そんな思いが嘆《なげ》きの声とともに夜気を震わせていたのを、今でもはっきりと覚えている。

　この場所が、俺たちにとっては大きなターニングポイントのひとつであった。森の中でアイ＝ファと巡りあい、ルウの集落に招かれて、宿場町ではカミュア＝ヨシュと出会い――そうして俺たちは、このスンの集落を訪れることになった。そういった積み重ねの果てに、現在があるのだ。そんな感慨《かんがい》を胸に、俺はギルルの手綱《たづな》を引き絞《しぼ》った。

「えーと、どの家に向かえばいいのかな？」

「あちらの、左の端《はし》にある家です。あれが現在の、スン家を束ねる者たちの家となります」

　本家を失ったスン家の人々は、いまだ新しい本家を打ち立てることは許されず、みんなが対等な立場から家の立て直しを行っているらしい。その中で、一番年配の人間が住む家が、いちおう束ね役として定められたのだという話であった。

　御者台《ぎょしゃだい》から降り、そちらに足を向けながら、俺は思わず「あっ」と声をあげてしまう。その家のすぐそばにあったはずの、かつての本家の家屋が消え失《う》せていたのである。

「……あの家は、ズーロ＝スンとザッツ＝スンを北の集落に移動させた際、グラフ＝ザザたちの手によって焼き払《はら》われたそうです。もう誰も戻ることはないのだから、と」

　荷台の上から、トゥール＝ディンが静かな声でそのように説明してくれた。何ともいえない感情に胸中をかき回されながら、俺は「そっか」と答えてみせる。

　確かにもう、ここに帰る人間はいないのだ。ヤミル＝レイはレイの家に、ミダはルウの家に、ツヴァイとオウラはルティムの家に、ディガとドッドはドムの家に――そうしてザッツ＝スンとテイ＝スンは魂《たましい》を天に返し、ズーロ＝スンはどことも知れぬ流刑地《るけいち》へと移送されていった。

そうしてようやく、彼らの罪は許されたのだ。血の縁を絶たれて、生まれ育った家を焼き払われて、それでヤミル＝レイたちはようやく新しい生を歩むことが許されたのである。

そこまで考えて、俺はドクリと奇妙《きみよう》な感じに心臓がバウンドするのを感じた。冷たい汗《あせ》が、つうっと頬《ほお》を垂れていく。血の縁を絶たれて、生まれ育った家を焼き払われて――新しい生を歩むことが許された。ただの偶然《ぐうぜん》に過ぎないのであろうが、それはまるで――

（それはまるで、俺自身の話みたいじゃないか）

俺は、ごくりと生唾《なまつば》を飲みくだす。すると、俺のかたわらを歩いていたユン＝スドラが心配そうに声をかけてきた。

「どうしたのですか、アスタ？　少し顔色が悪いように思えますが……」

「いや、何でもないよ」

こんなものは、偶然に過ぎない。俺は別に、誰かに罪を問われたわけでもないのだ。だけど俺は、これまでとは少し異なる気持ちでヤミル＝レイたちの今を思うことができた。

（ヤミル＝レイたちも、多くのものを失うことと引き換えに、幸福な生をつかみ取ることができたんだ。そういう意味では、俺と一緒《いっしょ》だ）

ザッツ＝スンとテイ＝スンだけは、生きている間に救われることがなかった。そんな彼らの分まで、残された家族は幸福になるべきなのだろう。そんな風に考えながら、俺は古びた家の前に立った。

「失礼いたします。かまど番の手ほどきをするためにうかがいました」

戸板が開かれて、そこから年老いた女衆が姿を現した。老女というほどの年齢《ねんれい》ではないのかもしれないが、ただ、髪はだいぶん白くなってしまっている。その女衆は、俺の姿を見るなり「ああ……」と涙《なみだ》をこぼし始めた。

「ファの家のアスタ……本当に来てくださったのですね……あなたはスン家に怒《いか》りを抱《いだ》いたままなのではないかと心配しておりました……」

「そ、そんなことは決してありませんよ。昨日はたまたま急用が入ってしまい、こちらにうかがうことができなかったのです」

俺は慌ててその女衆をなだめながら、ユン＝スドラのほうをうかがった。ユン＝スドラは、少し困った感じで微笑んでいる。

「きちんと説明はしたはずなのですが、なかなかわたしの言葉だけでは不安をぬぐいきれなかったようです」

「そっか。……あの、泣かないでください。俺はスン家に怒りなどありませんよ。スン家を許そうと決めたのは、森辺の民みんなの判断だったではありませんか？」

それでもその女衆はぽろぽろと涙をこぼしながら、俺の顔を見つめていた。かつての腐《くさ》った魚のような目ではない。涙でいっそうきらきらと光る、茶色の瞳だ。家長会議の際にはすべての分家の女衆が駆り出されていたはずなので、この女衆もひとたびは顔をあわせたことのある相手であるはずだった。

「皆《みな》は、かまど小屋に集まっております……どうぞ手ほどきをよろしくお願いいたします」

「承知いたしました。それでは、またのちほど」

俺たちはその女衆に見送られながら、家の裏手へと回ることになった。そうしてかまどの間に足を踏《ふ》み入れると、思いも寄らぬほどの大勢の人々が待ちかまえていた。

「ああ、アスタ、お待ちしておりました」

「アスタ、再びお目見えすることができて、嬉しく思います」

それは、十名ばかりの女衆と、それに何名かの幼い子供たちであった。すでにスンの集落には、二十名足らずの家人しか残されていないと聞いている。その言葉が正しいのなら、これは狩人を除くすべての家人なのではないかと思われた。

五歳《さい》に満たない幼子たちは、きょとんとした目で俺たちを見つめている。もうちょっと大きな子供たちは、はにかむように笑ったり、母親の陰《かげ》に隠《かく》れたりしながら、やっぱり俺たちを見つめていた。老若《ろうにゃく》の女衆は、笑顔であったり緊張気味の表情であったりと、さまざまだ。しかし、死んだ魚のような目をしていたり、泥人形《どろにんぎょう》のように無表情であったりする人間は皆無《かいむ》であった。

その中で、何人かは確かに見覚えのある顔である。みんな、ともに家長会議の料理を作りあげた人々なのだ。熱湯をはねさせて、トゥール＝ディンに火傷《やけど》を負わせそうになった女衆がいた。シーラ＝ルウに手ほどきをされながら、『ミャームー焼き』を焦《こ》がしてしまっていた女衆もいた。スンの集落にアリアやポイタンの備蓄《びちく》はない、と答えていた女衆もいた。そんな人々が、さまざまな感情をあふれさせながら、一心に俺の姿を見つめていたのだった。

「みなさん、おひさしぶりです。お元気そうで何よりです」

胸を詰まらせながら俺がそのように述べてみせると、また何名かの女衆が目頭《めがしら》を押《お》さえてしまった。彼女《かのじょ》たちにとって、俺はスン家の滅《ほろ》びの象徴《しょうちょう》みたいな存在なのだろう。ドンダ＝ルウを筆頭とする家長たちは全員でズーロ＝スンを追い詰めていたが、「食料庫をあらためさせてほしい」というとどめの一言を放ったのは、他ならぬこの俺なのだ。

あのときも、彼女たちは生ける屍《しかばね》のような様相で俺たちを取り囲んでいた。そうして食料庫の秘密が暴かれるなり、堰《せき》を切ったように泣き崩《くず》れたのである。

「申し訳ありません。全員がご挨拶をしたかったために、かまど番の仕事も果たせぬ者たちまで集まってしまいました。お仕事の邪魔《じゃま》にならぬよう、すぐに戻《もど》りますので」

「いえ、みなさんのお心づかいはとても嬉しいです。これから数日間、どうぞよろしくお願いいたします」

幼子を連れた女衆は、頭を下げながらその場から立ち去っていった。残されたのは、五名ばかりの女衆だ。

「こちらこそ、どうぞよろしくお願いいたします。アスタたちのおかげで、わたしたちはまた生きる喜びを増やすことがかないました」

「男衆のほうの手ほどきは、今日が最終日でしたね。もう血抜きをしたギバの肉を味わうことはできているでしょう？」

「ええ、もうピコの葉が足りなくなるぐらいの肉が集まってしまって――」

女衆の一人がそのように答えかけたとき、歓声《かんせい》めいた声が広場のほうから聞こえてきた。まだ日は高いが、男衆が森から帰ってきたらしい。

そちらに挨拶をしてから仕事を始めさせていただこうかな、と思っていると、ちょっと想定外の巨大な人影が現れて俺を驚《おどろ》かせた。それは頭つきの毛皮をかぶった、北の集落の狩人であった。

「ファの家のかまど番か。今日はお前も出向いてきていたのだな」

その男衆の後からも、同じいでたちをした屈強なる狩人たちがぞろぞろと現れる。その人数は六名ほどで、彼らは三頭ものギバを抱えていた。

「俺たちは、ジーンの狩人だ。今日はスン家の男衆に狩りの手ほどきをするために訪れていた」

「ああ、そうだったのですね。どうもお疲れ様です」

彼らはギバ狩りの技術の失われたスン家の男衆をフォローするために、いまだに数日に一度、こうして集落を訪れていたのだった。またそれは、彼らが正しく生きているか――再び森の恵《めぐ》みに手を出したりはしていないか、それを確認するという意味合いも存在するらしい。彼らは誰《だれ》よりもスン家の行いに怒り、かつ責任を感じてもいたのである。

そうして彼らの後からは、見覚えのある一団と見覚えのない一団も姿を現した。スドラの狩人たち、およびスンの狩人たちである。スドラは四名で、スンは七名だ。そしてそちらには、全部で五頭ものギバが担《かつ》がれていた。

「ライエルファム＝スドラ、お疲れ様です。まだこんなに日は高いのに、すごい収穫《しゅうかく》ですね」

「うむ。血抜きに成功したのは、この内の半分だけだがな。毛皮を剥がねばならないので、すべてを持ち帰ってきた」

小猿《こざる》を思わせるスドラの家長は、そのように述べながら額に深い皺《しわ》を寄せた。

「しかし確かに、八頭ものギバを仕留められるとは思わなかった。このようにギバの多い狩場《かりば》を見たのは初めてだ」

「そうであるからこそ、この地はスン家の集落に選ばれたのだ。かつてのスン家は、どの氏族よりも強い力を持っていたのだからな」

最初に声をあげたジーンの狩人が、そのように口をはさんでくる。

「この半年あまりで森の恵みは完全に蘇ったので、ギバの数も増えるいっぽうだ。ときおり俺たちがやってこなくては、スンの男衆の身が危《あや》うかろう」

「うむ。お前たちは優《すぐ》れた狩人だな。北の一族の力をまざまざと思い知らされた。……しかしお前たちは、狩りに弓を使わぬのか？」

「使わないことはないが、今日は弓を得意とする狩人を連れてきていなかった」

「ジーンとて、狩人の数は十名ていどであろう？　その内の六名までもが、弓を使わぬのか」

ライエルファム＝スドラは、難しい面持《おもも》ちで短い腕《うで》を組む。その間に、スンの男衆が一人ずつ俺に挨拶《あいさつ》をしてくれていた。

こちらは直接面識のない相手ばかりであるが、それでもやっぱり全員があの滅びの瞬間《しゅんかん》には立ちあっていたのだ。女衆のように涙を浮《う》かべたりはしていなかったものの、その眼差《まなざ》しにはいずれも万感《ばんかん》の思いが込められていた。

そうして彼《かれ》らが八頭もの獲物《えもの》を木に吊《つ》り下げ始めたところで、再びライエルファム＝スドラが口を開く。

「ジーンの狩人よ、ひとつ提案があるのだが……お前たちがスンの狩場で仕事を果たす際は、また俺たちを同行させてくれぬか？」

「なに？　俺たちがこの場所を訪れるのは、せいぜい五日に一度のことだ。次に出向いてくる頃には、血抜きの手ほどきなど終わっているだろう」

「血抜きの手ほどきと関係なく、ともにギバ狩りの仕事を果たしたいのだ。正直に言って、スドラでは狩人の手が余り始めてしまっているのでな」

「ほう。わずか四名の狩人しかいないくせに、手が余るだと？」

「うむ。ファの家の近在に住まう氏族は、ここ数ヶ月で強い力を得た。おそらくどの氏族も、この数ヶ月でこれまで以上の収穫をあげられるようになったのであろう。それゆえに、狩場が手狭《てぜま》に感じられてしまうのだ。あの場所から狩場を広げるには、さらに森の奥《おく》へと進まなくてはならないので、自《おの》ずと限界も知れているしな」

そうしてライエルファム＝スドラは、頭ひとつ分以上も高いところにあるジーンの男衆の顔を見上げた。

「俺たちは狩場を手狭に感じており、スン家ではギバの多さに困らされている。ならばこうして時おりスン家を訪れるのが、たがいにとっての益であるように思えるし——そこで北の一族の力を借りることができれば、なおのこと有意であるように思える。弓の得意な俺たちと刀の得意なお前たちは、仕事をともにすることでさらなる成果が望めるように思うのだ」

「……確かにまあ、このようにわずかな時間で八頭ものギバを狩れたのは、ジーンとスドラとスンの狩人がそろっていたからなのであろうな」

ジーンの男衆もまた、考え深げに首をひねった。

「俺たちは、一頭でも多くのギバを狩るのが仕事だ。そういう意味では……俺たちの家長も、一考に値する話だと考えるかもしれん。どのみち、まだしばらくはスンの集落を訪れるつもりでいたことだしな」

「そうか。では、その日取りを教えてもらえれば、俺たちのほうからもスンの集落に出向こう。俺たちはファの家に肉を売れば銅貨を得られるので、角も牙《きば》も毛皮もそちらにすべて預けてもかまわない」

「それでは、俺たちが施《ほどこ》しを受けているようで気分が悪い。収穫は、均等に分けるべきだ」

と、最後には北の一族らしい頑《かたく》なさを見せつつも、大枠《おおわく》においてはライエルファム＝スドラの提案が受け入れられた様子であった。ライエルファム＝スドラの弁舌《べんぜつ》は北の一族が相手でもこのように効力を発揮するのかと、俺はひそかに感心させられてしまう。そうしてライエルファム＝スドラは、ちらりと俺のほうを盗《ぬす》み見てから、また言った。

「ところで、スン家の人間がファの家に肉を売ることは許されているのか？　かつてスン家はファの家の行いに賛同していなかったが、本家の人間がいなくなったのだから、今では考えも変わっているはずだ」

「それは……族長に聞くべき話であろうな。スン家が分不相応な富を得ることは危険であるようにも思える」

「ならば、食料や薬といった必要なものだけをそろえさせて、余った銅貨はザザの家で預かればいいのではないだろうか。スンの集落には幼い子供も多いようだし、今のままでは富が足りていないように思える」

「……決めるのは族長だ。お前の言葉は、グラフ＝ザザに伝えておく」

「そうか。よろしく頼む」

ライエルファム＝スドラは大きくうなずいてから、今度ははっきりと俺のほうを振り返ってきた。

「ところで、アスタたちはいつまで俺たちのことを見物しているのだ？　ずいぶん太陽も下がってきてしまっているようだぞ」

「あ、そうですね。それでは、失礼いたします」

俺たちは、ぞろぞろと連れ立ってかまどの間に引っ込むことになった。その途上《とじょう》で、トゥール＝ディンが囁《ささや》きかけてくる。

「あの、ライエルファム＝スドラというのは、なんていうか……とても不思議な男衆ですね。

何か、わたしたちには見えていないものが見えているように感じられてしまいます」

「うん、あの人はすごい人だと思うよ。森辺の生活を一変させた立役者の一人なんじゃないかな」

そうしてユン＝スドラのほうをうかがってみると、彼女はとても誇《ほこ》らしげな面持ちで微笑んでいた。

「わたしは何だか、胸がいっぱいになってしまいました。スドラの家人であることを誇りに思います」

「うん、それは正しい気持ちだと思うよ。……もう家長のことを聡明《そうめい》でないだなんて思ってないよね？」

「聡明でない？　どうしてわたしがそのようなことを？」

「ずいぶん昔の話だけど、そんな風に言ってたじゃないか。ほら、ユン＝スドラがダバッグに行くことをライエルファム＝スドラに反対されたときさ」

「あ、あれはだって、わたしもアスタたちとご一緒したかったですし……何も本気で、家長を貶《おとし》めていたわけではありません！」

ユン＝スドラの大声に、スン家の女衆がきょとんとした顔で振り返る。ユン＝スドラは顔を赤くしながら、恨《うら》めしげに俺を見つめてきた。

「……そんな昔の話を引っ張りだすなんて、アスタはひどいです」

「あはは。ごめんごめん」

森辺は今でも、変革のさなかにある。

その中で、シュミラルという存在がうまい形で組み込まれることを心から願いながら、俺は本日の仕事に取りかかることにした。

5

そうして、着々と日は過ぎていった。

一番の気がかりであったシュミラルも、その数日で小さからぬ力を示すことができていた。

猟犬の本領を発揮させるには、まずシュミラル自身が狩人としての作法を学ばねばならない。シュミラルはシュミラルでシム生まれならではの身体能力を有しており、それは大いに狩人たちを驚かせたようであるが、それでもやっぱり商人として生きてきた身であるのだ。狩人のように気配を殺せるわけではないし、ギバの性質も学んでいる最中である。トトスや毒草の使えない森の中で、シュミラルが狩人としての仕事を果たすには、それ相応の労苦が背負わされるはずであった。

しかしまた、この段階でも猟犬の存在というのは、シュミラルを支える大きな力になりえた。まず最大の関門である「気配を殺せない」という点についても、ギバがシュミラルの存在に気づく前に、猟犬たちがギバの存在に気づくことによって、帳消しにしてくれたのだった。

猟犬がギバの存在を察知したら、シュミラルは狩人たちとともに風下へと回り込む。そうして猟犬を放ち、ギバを罠《わな》まで追い込むというのが、基本的な戦略であった。

「あいつら、普段《ふだん》は大人しいのに、追い込むときはすげー声だすんだよ！　あれならギバもびっくりして、思わず逃げ出しちまうんだろーな」

ルド＝ルウは、そんな風に評していた。

ルウ家ではあまり使われていないようだが、サウティなどでは金属の鳴り物を鳴らしてギバを追い立てる、という手段が取られていた。基本的にギバは騒がしさを嫌《きら》うので、その性質を利用しているのだ。成獣《せいじゅう》のギバであれば猟犬と牙を交えてもなかなか負けることはないのだろうが、その反面、ギバはよほど飢えて凶暴《きょうぼう》になっていない限りは、一番に逃走《とうそう》を考える。そんなギバに対して、猟犬の存在は非常に有効であったのだった。

「しかもあやつらは俺よりも鼻がきくようで、俺よりも早くギバを見つけることができるのだ！　あやつらと行動をともにしていれば、ギバに不意打ちをくらう恐《おそ》れもまずなかろう！」

ダン＝ルティムなどは、そのように述べていたという。斯様《かよう》にして、狩人たちは猟犬の存在を好意的にとらえていた。それだけジャガルの猟犬は、すぐれた力を有していたのだ。

参考になるかわからなかったので俺は発言を控《ひか》えていたが、イノシシ猟《りょう》においても猟犬というのは甚大《じんだい》なる力を発揮するはずだった。キャンプファームで知り合った猟師《りょうし》さんには、「一犬、二足、三鉄砲《てっぽう》」という格言を聞いた覚えもある。イノシシ猟において一番大事なのは猟犬で、二番目がイノシシを追跡《ついせき》する足、三番目が鉄砲、という意味だ。猟師さんによっては「一足、二犬、三鉄砲」をポリシーにする人も多いと聞くが、何にせよ、猟犬はイノシシ狩《が》りにおいてそれだけ重要なポジションを占《し》めている、ということである。

よって、シュミラルはわずか数日で、猟犬の有効性を示すことができていた。何よりそれは、バルシャが宣言した通り「狩人の生命を守る」という点において有効だと実証されたのが大きかった。手習いの狩人であるシュミラルがどれほど奮闘《ふんとう》したところで、いきなり収穫の量が跳《は》ね上がるはずもないが、猟犬さえ連れていれば飢えたギバに不意打ちをくらう危険性がきわめて少なくなる、ということは証《あか》しだてることができた。

それだけでも、猟犬の存在は有用であっただろう。人の生命は、銅貨では買えないのだ。なおかつ、猟犬を連れていて役に立つことはあれど、邪魔になることはないというのも立証された。ならば、猟犬を拒絶《きょぜつ》する理由はどこにもないはずであった。

そして、それらに比べれば瑣末《さまつ》なことであるが、猟犬たちは仕事以外の部分でも森辺の民を魅了《みりょう》してやまなかったのである。猟犬たちは忠実で、賢《かしこ》かった。《ギャムレイの一座》が連れていたヒューイたちのように芸をすることはなかったが、「伏《ふ》せ」や「待て」ぐらいの簡単な命令なら造作もなくこなすことができたし、投げた薪《まき》を空中でキャッチしたり拾って戻ってきたりするだけでも、森辺の民には立派な芸であると思えるのかもしれなかった。

とにかく猟犬たちは、それぐらいの範囲《はんい》でなら意思の疎通《そつう》をはかることができたのだ。森辺の民にとって、それはもはや獣ではなく人間に近い存在であると感じられるようであった。

しかも彼らは、狩りの際に見せる勇猛《ゆうもう》さを人間に向けることが、絶対にない。狩場で他《ほか》の人間と出くわしたときに襲いかかってしまわないように、そこは徹底《てってい》してしつけられていたのだ。

それゆえに、彼らは家を守る番犬にはなりえないのだという話であった。

そういった、教えを固く守る彼らの姿が、森辺の民にはとりわけ魅力的《みりょくてき》であったのだろうと思う。幼子や若い女衆はトトスを迎えたとき以上にはしゃいでいたし、ダン＝ルティムやルド＝ルウなどはそれ以上にはしゃいでいるようだった。

「なあ、もしも森辺で猟犬を扱うことが許されたら、ファの家でも購入を考えてみないか？」

ある夜、俺《おれ》はアイ＝ファにそのように提案してみた。ラヴィッツ家における手ほどきを終え、狩人としての仕事を再開させたアイ＝ファは、けげんそうに眉《まゆ》をひそめていた。

「それはあまりに気の急《せ》いた話だな。わずか数日でそのようなことを考えるべきではなかろう」

「うん。だけど猟犬ってのは、狩人の身を守るのにとても役に立つみたいだからさ。俺としては、是非《ぜひ》ともアイ＝ファに猟犬を扱ってほしいところなんだよ」

「そうだとしても、早急《さっきゅう》に過ぎる。それに、ファの家にはもうギルルがいるのだぞ？」

なんだかペットを飼うことを親にたしなめられているかのようだ。それはそれで楽しい心地《ここち》であったのだが、俺としてもそう簡単に引き下がることはできなかった。

「きちんとしつければ、ギルルが危険な目にあうこともないはずさ。とにかくアイ＝ファもいっぺんルウの集落に立ち寄って、猟犬ってものと触《ふ》れ合ってみてくれないか？」

狩人の仕事を再開させたといっても、まだまだ予備期間である。翌日、自分の仕事を早々に果たしたアイ＝ファは修練がてらルウの集落までランニングをして、俺の提案に従ってくれた。で、その夜には「……掟《おきて》で許されるならば、やぶさかではない」と手の平を返してくれていた。アイ＝ファもぞんぶんに猟犬の愛くるしさに魅了されたのだろう。その夜のアイ＝ファは妙《みょう》にそわそわとしていて落ち着きがないように感じられた。

そうして訪《おとず》れた、金の月の二十一日である。

その日、宿場町における商売は休業であった。日取りとしては、シュミラルがジェノスに戻ってきて六日目のことだ。俺は中天から二時間だけ近在の女衆に集まってもらい、翌日分の下ごしらえを早めに完了《かんりょう》させていた。その後は、トゥール＝ディンにだけ少し残ってもらい、菓《か》子《し》作りの手ほどきに取り組んでいた。

実は、五日後に迫《せま》った舞踏会《ぶとうかい》において、レイナ＝ルウとリミ＝ルウ、そしてトゥール＝ディンの三名は、かまど番として招かれていたのである。俺や他の族長筋の人々は純然たる招待客であるが、ここはやっぱりダレイム伯爵家の人々にも森辺のかまど番の手並みを知ってもらうべきだというポルアースの提案を受け入れ、彼女たちだけが別枠《べつわく》で招かれることになったのだった。

どうしてそこにトゥール＝ディンまでもが選ばれたかというと、舞踏会にはメルフリードの一家も賓客《ひんかく》として招かれていたためであった。それでもって、メルフリードの息女たる幼きオディフィア姫《ひめ》がまたトゥール＝ディンの菓子を食べたい食べたいと騒《さわ》いでいるようなので、今回も白羽の矢が立てられたわけである。

それに当たって、俺はトゥール＝ディンに新たなアイディアを伝授していた。菓子作りに関してはもうトゥール＝ディンのほうが巧みであるぐらいなのだが、俺には故郷でつちかった知識がある。それをトゥール＝ディンに活《い》かしてもらいたいと願い、休日の時間を少し割《さ》いていただいたのだった。

「だけど、完全にアスタ抜《ぬ》きで城下町の仕事に取り組むなんて……本当にわたしなどで大丈夫《だいじょうぶ》なのでしょうか？」

「大丈夫だよ。トゥール＝ディンは北の集落なんかでも、立派に仕事を果たしているじゃないか。レイナ＝ルウたちもいるんだし、何も心配はいらないよ」

そしてこの頃《ころ》には、外来の料理人についても情報が届いていた。舞踏会の厨《くりや》には、ヴァルカスの弟子《でし》たち――シリィ＝ロウ、ボズル、そしてロイの三名が招かれたとのことであった。

「ポルアース様はヴァルカス殿《どの》にお声をかけたようですが、最近はのきなみ仕事を断って、厨にこもっておられるそうです。どうやら、シムから届いたシャスカという食材について研究を進めているようですよ」

そのように教えてくれたのは、ダレイム伯爵家の料理長たるヤンであった。

「しかし、あのお弟子らもきわめてすぐれた腕前《うでまえ》を持っておられますし、そこにトゥール＝ディン殿らも加わるとあっては、わたしも身が引き締《し》まる思いです」

そのように語るヤンは、穏《おだ》やかな中に確かな熱意をみなぎらせている。俺としても、本当は賓客などではなく料理人として招かれたいところであったのだが、今回ばかりは自分を抑《おさ》えるしかないだろう。ダレイム伯爵家から名指しで親睦《しんぼく》を深めたいと言われているのだから、大人しくみんなの料理を楽しませていただくしかなかった。

ともあれ、そういった事情で、俺はトゥール＝ディンと菓子作りに励《はげ》んでいたのだ。場所は、トゥール＝ディンの父親たちが新設してくれたかまど小屋である。その作業台にポイタン粉やカロン乳の土瓶《どびん》やギギの葉などを広げながら、俺たちは新しいアイディアを形にするべく奮闘していた。そこに飛んできてくれたのが、小さき友人リミ＝ルウであったのだった。

「あのね、シュミラルをどうするかが決まったみたいだよ！　さっき、ドンダ父さんが城下町から帰ってきて、そう言ってたの！」

「え、本当かい？」

シュミラルは、まだ狩人としての仕事に取り組んでから五日しか経《た》っていない。現在も森に入っているさなかであるのだろうから、実質的にはまだ四日だ。

「シュミラルをどうするかってのは、森辺の家人に迎えるかどうかって話だよね？　そんな重大な話に、もう結論が出たの？」

「うん、そうみたい！　昨日の夜も、ドンダ父さんはダリ＝サウティたちと話し合ってたでしょ？　それで父さんは、今日の昼に城下町の貴族たちとも話し合ってきたんだって！」

再び族長たちの間で協議が為《な》されたという話は、もちろん俺も連絡網《れんらくもう》で聞いている。シュミラルをルウの血族に家人として迎えるかどうかは、ルウ本家の家長にして三族長の一人たるドンダ＝ルウの責任と判断で決めるべし――と、そこまで話は進んでいたのだが、まさかドンダ＝ルウがこれほど迅速《じんそく》に結論を出そうなどとは、思いもよらぬことであった。

「そ、それで、ドンダ＝ルウはシュミラルをどうするって？」

「わかんない！　本人が帰ってきたら伝えるから、それまで待てとか言ってるの！」

俺はもう、居ても立ってもいられなくなってしまった。

「それじゃあ俺も、狩人たちが戻ってくる頃にお邪魔するよ。いちおうドンダ＝ルウにも、そう伝えておいてもらえるかい？」

「うん、わかったー！」

リミ＝ルウはそのように答えると、外に待たせていたルウルウにまたがって颯爽《さっそう》と駆《か》け去っていった。もはや大人にも負けない手綱さばきである。

「もう結論が出てしまうのですね。あの東の民――いえ、シュミラルでしたか。シュミラルは、森辺の家人として受け入れられるのでしょうか？」

「うん、猟犬については好意的に受け止められているはずだけど……どうなんだろうね」

俺はこの四日間、シュミラルとほとんど口をきいていなかった。シュミラルは毎日、上りの五の刻にルウの集落を訪れて、ルド＝ルウたちに狩人としての手ほどきを受けていたが、いつも忙《いそが》しそうだったので挨拶ぐらいしか交わすことができなかったのだ。

「わたしはあのシュミラルという男衆のことを、ほとんど知りません。でも、アスタにとっては大事な友なのですよね？」

「うん。順番はつけられないけど、とても大事な相手だよ」

「ならば、森辺の家人になりたいという願いがかなえられるといいですね」

その願いがかなえられて、初めてシュミラルはスタートラインに立てるのだ。もしもこの段階で拒絶されてしまったら、ルウ家に婿入《むこい》りするという願いは永遠にかなえられないことになる。そうしたら、一人の西の民として孤独《こどく》に生きる道を探すしかなくなるのだ。

商団の仕事は続けられるとしても、かつての故郷にはもう帰れない。六頭の猟犬も、使い道はなくなってしまう。そんな結末を想像するだけで、俺は胃の縮む思いであった。

「それでは、こちらは片付けましょうか。あとは自分の家で修練を重ねたいと思います」

「うん、そっちもそろそろ父さんが帰ってくる頃だもんね」

そうして俺はトゥール＝ディンにも別れを告げて、あとは一人で落ち着かない時間を過ごすことになった。休息の期間が明けて間もないアイ＝ファたちはそろそろ戻る頃合《ころあ》いかもしれないが、シュミラルやルウ家の狩人たちは日没《にちぼつ》近くまで戻ることはないだろう。とりあえず俺はルウ家から戻ってすぐに晩餐《ばんさん》を始められるように、そちらの下準備も済ませておくことにした。

そんな中、再び外から戸を叩《たた》かれる。出てみると、そこには意想外の人物がちょこんと立ち尽《つ》くしていた。

「リリ＝ラヴィッツ、いったいどうされたのですか？」

「はい。ルウの集落に向かう途上であったのですが、ふと思いたって立ち寄ってみたのです」

「ルウの集落に？　どうしてまた？」

しかもリリ＝ラヴィッツは、徒歩である。このファの家に来るだけでも、二時間ぐらいはかかっているはずであった。ルウの集落は、さらにここから徒歩で一時間だ。

「あのシュミラルという男衆の去就は、族長ドンダ＝ルウにゆだねられたのでしょう？　朝方、フォウの女衆がやってきてそのように述べていました。それでわたしは、族長ドンダ＝ルウの真意を問うてくるべしと家長に命じられたのです」

「デイ＝ラヴィッツが？　それはまた、ずいぶん性急なお話ですね」

しかし現に、ドンダ＝ルウはすでに心を定めたという話であるから、まんざら性急すぎたわけでもないことになる。俺がリミ＝ルウから伝えられた言葉をそのまま伝えると、リリ＝ラヴィッツは「なるほど」と静かにうなずいた。

「それではドンダ＝ルウも、シュミラルという男衆を家人に迎える気持ちを固め、その了承《りょうしょう》を貴族たちから取りつけてきた、ということになるのでしょうか」

「ええ、協議の翌日にわざわざ城下町までトトスを走らせたのですから、そのように考えるのが一番妥当《だとう》なのですが……」

というか、そうであってほしいと願ってやまない俺である。

すると、リリ＝ラヴィッツがくりんと横合いに向きなおり、そちらに深々と頭を下げ始めた。

「家長の留守に失礼いたしました。ファの家の家人アスタに話があったため、お邪魔させていただいています」

「うむ」という言葉とともに、アイ＝ファの姿も現れた。背には、巨大なギバを背負っている。まだ予備期間であるというのに、収穫をあげてしまったらしい。

「お疲《つか》れ様《さま》、アイ＝ファ。実はさっき、リミ＝ルウが来て――」

俺の説明を聞き終えると、アイ＝ファもまた「なるほど」とうなずいた。

「では、このギバの始末を終えたら、荷車でルウの集落に向かうか。ラヴィッツの女衆よ、よければお前も乗っていくがいい。帰りもそのまま荷車で送ってやろう」

「よろしいのですか？　ファの家とラヴィッツの家は――」

「どの氏族であれ、森辺の同胞《どうほう》だ。何も遠慮《えんりょ》をする必要はない」

威厳《いげん》たっぷりに言い置いて、アイ＝ファは解体部屋へと消えていく。それを見送ってから、リリ＝ラヴィッツが俺に向きなおってきた。

「ファの家長は、たった一人であのように巨大なギバを狩ることができるのですか」

「ええ。家人の俺が言うのも何ですが、相当な手練であるようですので」

「素晴《すば》らしき力ですね。そうだからこそ、女衆の身で狩人を志すことになってしまったのでしょうが」

デイ＝ラヴィッツはそれを非難する立場であったが、伴侶《はんりょ》たるリリ＝ラヴィッツの心情は謎《なぞ》である。

「あの……そういえば、デイ＝ラヴィッツはどうしてそこまでドンダ＝ルウの決定を気にかけているのでしょう？　やはり、シュミラルの去就にそれだけの関心がある、ということなのでしょうか？」

お地蔵様のように目を細めたまま、リリ＝ラヴィッツは小首を傾《かし》げた。

「あのシュミラルという男衆に対して、家長はそれほどの関心は持っていないように思います。それはもちろん異国の民ですので、苦々しげな様子ではありましたが……狩人として働ける人間であれば好きにすればいい、男衆のかまど番や女衆の狩人に比べれば数段ましだ、とそのように申しておりました」

「ああ、そうなのですか。それなら、よかったです」

ほっと安堵《あんど》の息をつく俺を、リリ＝ラヴィッツは静かに見つめ返している。

「よろしいのですか？　それだけ家長はファの家を認めていない、ということになるのですが……」

「ああ、はい、そこのところは時間をかけて理解し合うしかないと考えていますし、シュミラルがそれほどひどい反感を買っていないということのほうが嬉《うれ》しく思えてしまいます。彼は、俺にとって大事な友人ですので」

そのように答えてから、俺はあらためて首を傾げる。

「でもそうなると、余計にリリ＝ラヴィッツをルウの集落にまで出向かせる理由がわかりませんね。シュミラルの去就に大きな関心がないのなら、何のためにそのようなことを？」

「……家長は、猟犬というものに強い関心を抱いています。あのシュミラルという男衆が退けられた場合、猟犬というものも一緒に退けられてしまうのか、それを確認《かくにん》してくるべしと申しつけられております」

俺は、少なからず驚かされることになった。それはもしかして、ラヴィッツの家でも猟犬を扱《あつか》いたい、という意味なのだろうか。

「はい。それで狩人の身が守られるならば、無下に退けることはない、というのが家長の考えです。……しかし、猟犬というものを手に入れるには、さぞかしたくさんの銅貨が必要となってしまうのでしょうね」

「ええ、トトスよりも値が張るという話でしたね。でも、森辺の民は領主から報償金《ほうしょうきん》を得ています。その銅貨で購入《こうにゅう》した猟犬ならば、どの氏族にも扱う権利が生じるのではないでしょうか？」

報償金は、サウティ家がいくばくかの援助《えんじょ》を願い出て以来、他の氏族でもわずかながらにつかわれるようになった。が、そこは清貧にして謙虚《けんきょ》たる森辺の民であるので、本当に必要な薬や刀の買い替《か》えぐらいでしかつかわれていない様子であった。

「何にせよ、まずはあのシュミラルという男衆が森辺の家人と認められるかどうかでしょうね」

リリ＝ラヴィッツがそのように述べたとき、アイ＝ファがかまどの間に戻ってきた。その手に抱《かか》えた鉄鍋《てつなべ》には、ギバの臓物がどっさりと詰《つ》められている。まだ時間には余裕《よゆう》があったので、俺はそれを使ってリリ＝ラヴィッツに臓物の洗い方の手ほどきをすることにした。ラヴィッツでは一日しかその手ほどきをする時間がなかったので、おさらいが必要であろうと思ったのだ。

水場で臓物を洗浄《せんじょう》し、傷《いた》みやすい部位は晩餐用の鍋《なべ》に投じてしまう。どの部位でも数日は保存が可能であることは知れていたが、貯肉室はもう余所《よそ》の氏族から買いつけた肉と今日の収穫だけでほぼ満杯《まんぱい》になってしまっていたのだ。アイ＝ファがこのような時期にあんな大物を仕留めてこようなどとは、嬉しい誤算としか言い様がなかった。

そうして晩餐の下準備を終えた頃《ころ》には、いい感じに日も傾《かたむ》いている。ギルルに荷車をセットして、アイ＝ファの運転でいざルウの集落を目指すと、リリ＝ラヴィッツがその道中でぽつりとつぶやいた。

「このトトスというのも、森辺の生活を一変させる存在ですね。しかし、これを手にするためには、宿場町で肉や食事を売るという行いが欠かせないのでしょう」

「そうですね。トトスの値段は、どんなに安くても赤銅貨五百枚ていどですから――ギバの角と牙と毛皮で換算《かんさん》すると、だいたい二十頭分ぐらいになると思います」

なおかつ、荷車の値段はその倍以上もする。手綱や腹帯といった備品まで含《ふく》めると、トトスと荷車の価格はトータルで赤銅貨千七百七十枚にも及《およ》ぶのだ。毛皮まで綺麗《きれい》になめしても、それはギバ七十三、四頭分の価格になるはずであった。

「トトスも、猟犬《りょうけん》も、森辺の民には非常に重要な存在になりえます。……そのことは、家長デイも痛感していると思います」

それだけ言って、リリ＝ラヴィッツは口を閉ざした。俺もこのような場で、それ以上の言葉を追及《ついきゅう》する気持ちにはなれなかった。

そうしてギルルの荷車は、ルウの集落に到着《とうちゃく》した。集落は、人で賑《にぎ》わっている。すでにシュミラルたちが帰還《きかん》しているのかと思い、俺は大急ぎで広場の中心に向かったが、そこに集まっていたのは眷族《けんぞく》の狩人たちであった。

「おお、アスタとアイ＝ファもやってきたのか！　ルウの狩人たちは、まだ森の中であるらしいぞ！」

「ああ、お疲れ様です、ダン＝ルティム。……ダン＝ルティムたちは、ドンダ＝ルウに呼ばれてやってきたのですか？」

「うむ！　狩りから戻ったらルウの集落に集まるべしという言葉が届けられていた！　まあ、呼ばれていたのは家長のガズランなのだがな！」

ダン＝ルティムはガハハと笑い、その声に呼ばれたようにガズラン＝ルティムもやってくる。

「ドンダ＝ルウが、城下町の貴族たちと何かの話をつけてきたようですね。ついにシュミラルが家人として迎《むか》えられるのでしょうか」

「ええ、どうなんでしょう。俺はさっきから胸騒《むなさわ》ぎが止まらないのですよ」

俺の情けない発言に、ガズラン＝ルティムは優《やさ》しく微笑《ほほえ》みかけてくれた。

「私は、大丈夫だと思っています。少なくとも、あの猟犬というものの力は誰もが認めることでしょう」

「でも、今のルウ家なら自力で猟犬を買いそろえることも容易《たやす》いですからね。猟犬ほしさにシュミラルを迎え入れることにはならないと思います」

「それで、猟犬の存在を我々に知らしめたシュミラルは追い出して、自分たちの猟犬を新たに買い求める、ということですか？　それはあまりに、ドンダ＝ルウらしからぬ行いです。……当人が耳にしたら、烈火《れっか》のごとく怒りだすのではないでしょうか」

「あ、いや、俺も最悪の事態を想定しているだけで、決してドンダ＝ルウをそんな不義理な人間と思っているわけでは……あの、どうか今の話は内密に願います」

どうも俺は、自分で思っている以上に錯乱《さくらん》してしまっているようである。それぐらい、シュミラルの行く末が心配でならないのだ。そんな俺をいたわるように、ガズラン＝ルティムは優しく微笑んでくれていた。

「私も何度かシュミラルとは言葉を交《か》わしましたが、とても清らかで正しい心を持つ人間なのだと信ずることができました。また、町の人間とは思えぬほど勇敢《ゆうかん》な人間であるようだ、とルド＝ルウから聞いています。彼がただ森辺の家人になりたいと願っているだけであったのなら、それはすみやかに認められたのではないでしょうか」

「ということは、やっぱりルウ家への婿入りを願っているということで、それ以上に厳しい審《しん》査《さ》が必要ということでしょうか？」

「はい。それも、ドンダ＝ルウにとっては一番大事な我が子への婿入りですからね。以前のドンダ＝ルウであれば、狩人の力比べで自分に勝たない限り、そのような話は認めない、などと言っていたかもしれません」

そのような話になってしまえば、万が一にもシュミラルの思いが成就《じょうじゅ》されることはなくなってしまうだろう。俺はよっぽど情けない顔になってしまっていたのか、「大丈夫ですよ」とガズラン＝ルティムに励まされてしまった。

「いまやドンダ＝ルウは、森辺の族長です。族長として、ドンダ＝ルウは公正な判断をくだすことでしょう。私はルティムの家長として、ドンダ＝ルウの公正さを疑ってはいません」

そのとき、周囲の人々がざわめき始めた。ついにルウ家の狩人たちが帰還してきたのだ。俺はこっそりと拳《こぶし》を握《にぎ》り込み、運命の時が訪れるのを待ち受けた。

6

ルウ家の狩人たちが、ひたひたと広場の中央に歩を進めてくる。総勢二十名近くにも及ぶ男衆に、客分のジーダ、そしてシュミラルと六頭の猟犬たちである。

彼らは、全部で七頭ものギバを抱えていた。その内の一頭を一人で担いでいたミダが、俺たちの姿に気づいて、どすどすと歩み寄ってくる。

「アイ＝ファ、ひさしぶりなんだよ……？　アスタもまた会えて、嬉しいんだよ……？」

「うむ。しっかりと狩人としての仕事を果たせているようだな」

「うん……ギバを片付けてくるから、まだ帰っちゃいやなんだよ……？」

そんな風に言いながらも、ミダは他の男衆に急かされる前にどすどすと立ち去っていった。

それと入れ替わりで、ジザ＝ルウとシュミラルが俺たちの前に立つ。

「眷族の家長たちが集まっているということは、城下町の貴族たちと話はついたようだな。家長ドンダを呼んでくるので、貴方《あなた》もここで待っているといい、シュミラルよ」

「はい」

そうしてシュミラルと猟犬だけを残し、ジザ＝ルウたちは去っていく。ダン＝ルティムとラウ＝レイは、目を輝《かがや》かせながら猟犬たちとたわむれ始めた。

「シュミラル、ご無事で何よりでした。今日の仕事はいかがでしたか？」

「はい。ギバ狩りの作法、だいぶつかめてきた、思います。むろん、まだまだ、半人前、満たない力量ですが。……ルウの狩人、猟犬、扱う、とても巧《たく》みです」

「ああ、とうてい猟犬を使って五日目とは思えぬ手並みだったな。あれならすぐに、いっぱしの猟犬使いになれるだろう」

と、横合いから別の人影《ひとかげ》が近づいてきた。赤い髪《かみ》に黄色い瞳《ひとみ》をしたルウ家の客分狩人、ジーダである。

「俺も猟犬を扱ったことはなかったが、こいつは便利な代物《しろもの》だ。ルウ家で銅貨が余っているならば、もっとたくさんの猟犬を買い求めるべきだろう」

「そっか――」

ならば俺も、期待していいのだろうか。俺はこんなに動揺《どうよう》しまくっているというのに、当のシュミラルは普段通りの沈着《ちんちゃく》さでたたずんでいる。

それからいくばくもなく、本家からドンダ＝ルウが姿を現した。ジザ＝ルウ、ダルム＝ルウ、ルド＝ルウの三兄弟がそれに続き、さらにミーア・レイ母さんとヴィナ＝ルウも追従してくる。

「ご苦労だったな、眷族の家長たちよ。今日の昼、ジェノスの貴族メルフリードおよびポルアースと直接言葉を交わすことがかなったので、その結果をここで伝えようと思う」

何の前置きもなく、ドンダ＝ルウはよく響《ひび》く声でそのように語り始めた。猟犬たちとたわむれていたダン＝ルティムらも、名残惜《なごりお》しそうに彼らを解放して身を起こす。

「この数日間の行いを鑑《かんが》みて、俺はひとつの決断をした。これはすでに三族長たるグラフ＝ザザとダリ＝サウティ、およびジェノスの領主からも了承をもらえたことなので、そのように心して聞くがいい」

「まさか、こやつらを手放すわけではなかろうな？」

ダン＝ルティムの言葉は黙殺《もくさつ》し、ドンダ＝ルウは言った。

「西の民シュミラルを、森辺の家人として迎え入れる」

俺は、電撃《でんげき》に打たれたような心地であった。

それから肩《かた》に人間の体温を感じ、半ば呆《ほう》け気味《ぎみ》に振《ふ》り返る。するとそのすぐ鼻先に、アイ＝ファの仏頂面《ぶっちょうづら》が見えた。

「いきなり我を失うな。何事かと思ったではないか」

俺はどうやら無意識の内に倒《たお》れかかり、横合いのアイ＝ファにそれを支えられたようであった。それぐらい、俺は衝撃《しょうげき》を受けていたのだ。

「ごめん」と応じて体勢を整えつつ、俺は全身を耳にしてドンダ＝ルウの言葉の続きを待った。

「……ただし、氏を与《あた》えるかどうかは、今後の行いを見てからだ。そして今さら言うまでもないが、氏を持たぬ家人が伴侶を娶《めと》ることは許されていない。たとえば、そこのミダのようにな」

いつのまにか、ミダが俺たちの背後に立っていた。しかしそれよりも、ドンダ＝ルウの言葉だ。俺は心臓に胸郭《きょうかく》を乱打されながら、ひたすらドンダ＝ルウの言葉を待った。

「ミダは収穫祭《しゅうかくさい》の力比べにおいても、実際のギバ狩りの仕事においても、狩人としての並々ならぬ力量を見せてきた。しかし、その心はまだかつての家族たちにとらわれているとして、俺はルウの氏を与えてはいない。それはルティム家のオウラとツヴァイ、ドム家のディガとドッドにしても同じことだろう。ヤミル＝レイだけは、ラウ＝レイの判断ですでに氏を与えられているがな」

ラウ＝レイは、素知らぬ顔で肩をすくめている。彼はヤミル＝レイをレイ家に迎えたその日の内に、何のためらいもなくレイの氏を与えてしまったのだ。

「それだけ、血の縁《えにし》を持たぬ家人に氏を与えるというのは、森辺において大ごとであるということだ。その者が、血を分けた親兄弟と等しい存在であると認められない限り、氏を与えることは許されん。……理解できたか、シュミラルよ」

「はい。本当の家人、認められるよう、力の限り、尽くしたい、思います。そして、氏なき家人、なること、許していただき、とても光栄、思っています」

シュミラルは指先を組み合わせようとして、それをやめた。きっとシム流の、感謝の礼をしようとしてしまったのだろう。軽く首を振ってから、ドンダ＝ルウに向かって頭を垂れる。

「では、どの家の家人となるのだ？　やはり、ルウ家で引き受けるのか？」

またダン＝ルティムが問うと、ドンダ＝ルウは「いや」と応じた。

「ルウ家は森辺の族長筋だ。生半可なことで余所の人間を家人に迎えるべきではないだろう。かといって、他の氏族にこのような厄介事《やっかい》を押《お》しつけるわけにもいかんので、眷族の家人に迎えることとする」

「ほう、俺たちか！　ルティムであれば、いくらでも受け持つぞ！　……と、家長を差し置いて、そのような言葉を吐《は》くべきではなかったな！」

ダン＝ルティムはガハハと笑い、ドンダ＝ルウはその斜《なな》め後《うし》ろにたたずんでいる人物に視線を移した。

「俺はその役を、リリンの家に願おうと思っている。リリンの家長ギラン＝リリンよ、俺の願いを聞き入れる気はあるか？」

「なんと、俺の家だったか」

ギラン＝リリンが、とぼけた感じで目を丸くする。ルウの血族において、ひときわ柔和《にゅうわ》で優しげな壮年《そうねん》の男衆である。ただしその力量はルウの血族でも屈指《くっし》であり、俺にとってもそれなりにご縁のある相手であった。

「むろん、親筋たるルウ家の意向に逆らうつもりはないが、いちおう理由ぐらいは聞かせてもらえるだろうか？」

「レイとルティムは、不適当だと判断した。どちらの家長も、森辺では変わり者の部類であるからな。普通《ふつう》よりも甘《あま》い目で、やすやすと氏を与えるようでは道理が通らんのだ」

この際の家長は、もちろんダン＝ルティムではなくガズラン＝ルティムのことである。あまりに柔軟《じゅうなん》で進歩的な考えを持つガズラン＝ルティムは、確かに森辺の人間の平均像とはかけ離《はな》れてしまっているだろう。ヤミル＝レイにあっさりと氏を与えてしまったラウ＝レイも、また然《しか》りだ。

「残る四つの氏族、ミン、ムファ、マァム、リリンの中で、リリンはもっとも家人が少ない。しかし、家長であるギラン＝リリンは復活祭の折に護衛役を果たすことが多く、町の人間やあの旅芸人どもともいくばくかの縁を結ぶことができていた。町の人間を公正な目で見るのに、一番相応《ふさわ》しいのはリリンの家長であるように思う」

「それは光栄なことだな。確かに俺は、他の男衆よりも町の人間を好いているだろう」

「しかし、レイの家長のように容易く氏を与えることは許されん。俺は森辺の民の掟や習わしを説くことによって、ジェノスの貴族たちからこのたびの了承を取りつけることがかなったのだ。あやつらは、森辺の民を信用して、余所の人間を家人として迎えることを許した。それがどういうことか、貴様にもわかっているだろうな、ギラン＝リリンよ」

「うむ。俺がこのシュミラルという者を、親兄弟と同じぐらい大切な存在と思えるまでは――そして、シュミラルのほうでも俺たちのことを同じように思えるまでは、氏を与えてはならないということだな。了承した」

そうしてギラン＝リリンは、目もとの笑い皺《じわ》をさらに深くした。

「俺はこの中で、唯一《ゆいいつ》ドンダ＝ルウの代に眷族となることを許されたリリンの家長だ。ドンダ＝ルウが俺を認めてくれたのと同じように、俺がシュミラルを認めることができるか。つまりはそういう話なのだろう。決してドンダ＝ルウの信頼《しんらい》を裏切ったりはしないと、俺はこの場で母なる森に誓《ちか》わせてもらおう」

「うむ」とうなずき、ドンダ＝ルウはシュミラルを振り返った。

「以上が、俺からの言葉だ。俺の娘《むすめ》を嫁《よめ》にしたくば、まずはリリンの人間として生きよ。今日から貴様は森辺の民、リリンの家のシュミラルだ」

「森辺の民、リリンの家の、シュミラル」

同じ言葉を繰《く》り返し、シュミラルはまた深く頭《こうべ》を垂れた。

「その名、恥《は》じぬよう、振る舞《ま》います。族長ドンダ＝ルウ、温情、感謝します」

「温情ではない。俺は、情で動く人間ではない」

あくまでも重い声音《こわね》で言い、ドンダ＝ルウはその場にいる全員を見回した。

「猟犬については、ルウ家の狩人たちがその扱いを学んできた。明日からは、その技を眷族に伝えていこうと思う。そして、これが我らの力となるならば——さらに数頭の猟犬を買い求めようと考えている」

「なんと！　ジェノスでもこやつらを手に入れることができるのか⁉」

「今は無理だ。しかし、ジェノスには南の民もひっきりなしに訪れるので、こちらから話を持ちかければ大喜びで運んでくるだろうという話だった。その際は、ポルアースという貴族を頼《たよ》ることになる」

ドンダ＝ルウは、すでにそこまでの話をポルアースらとも詰めていたのだ。俺はもう、さまざまな思いに翻弄《ほんろう》されて、立っているのがやっとなぐらいであった。

シュミラルは、とても静かな面《おも》持ちでたたずんでいる。その視線の先にあるのは、ヴィナ＝ルウだ。ヴィナ＝ルウは半分母親の陰《かげ》に隠《かく》れながら、小さな子供のようにうつむいてしまっている。その姿に気づいたのか、ドンダ＝ルウがいきなり「ふん！」と大きく鼻を鳴らした。

「シュミラルよ、貴様にも町の同胞に話をつける必要があるだろうから、リリンの家には明日から住まうがいい。今日のところは、宿場町に帰れ」

「はい。承知いたしました」

「……そしてこの夜だけは、ルウ家の客人になることを許す。晩餐をともにとってから、宿場町に帰るがいい」

そのように言い捨てて、ドンダ＝ルウは身をひるがえした。

その大きな背中を見送りつつ、ミーア・レイ母さんがにっこり微笑む。

「今日のかまど番はヴィナだったね。まだもうひと品ぐらい、つけ加える時間はあるんじゃないのかねえ？」

「ええ……？　でも、わたしは……」

「でももへったくれもないよ。シュミラルは眷族の家人になったけど、宴《うたげ》でもない限りはそう晩餐をともにすることもないんだよ？」

きっとその言葉を理解できるのは、本家の人々と俺ぐらいのものであっただろう。彼女《かのじょ》はひたすらこの日のためだけに、『ギバ・カレー』の作り方を修練し続けていたのである。

ヴィナ＝ルウはもう見ているのが気の毒になるぐらい全身でもじもじしていたが、最後にちらりとシュミラルのほうを見ると、挨拶《あいさつ》の言葉もなくかまどの間へと駆け去ってしまった。

「うむ！　ともあれこれで、シュミラルはルウの眷族となったのだな！　その名に恥じぬよう生きるがいい！」

ダン＝ルティムが豪快《ごうかい》にシュミラルの背中を叩き、それを合図として六名の家長たちがそれぞれ挨拶をし始めた。それを横目に、ルド＝ルウが俺たちのほうにひょこひょこと近づいてくる。

「よー、丸く収まってよかったなー」

「うん、本当にね。俺はもう緊張《きんちょう》しすぎて、頭や身体がどうにかなりそうだよ」

「大げさだなー。そんなに気を張るのは本人たちにまかせとけよ」

気安く笑いながら、ルド＝ルウはあらたまった目つきで俺とアイ＝ファの姿を見比べてきた。

「そういえばさ、俺も前から気になってたんだよ。アイ＝ファって、どうしてアスタにファの氏を与えねーんだ？」

「………………」

「アスタのことを認めてないわけはねーよな。ひょっとしたら、余所の氏族の女衆が嫁入《よめい》りできねーようにしてんのか？」

「そのようなわけがあるか！　私には、私なりの考えがあるのだ！」

「そんなに怒《おこ》ることねーじゃん。ま、今さら呼び方を変えるのはめんどくせーから、俺はアスタがファの氏をもらってもアスタって呼ばせてもらうけどなー」

そうしてファの家にささやかならぬ波紋《はもん》を投げかけてから、ルド＝ルウは猟犬のほうに戻《もど》っていった。いつのまにやらリミ＝ルウたち幼子が集まって、ダン＝ルティムとともに猟犬を愛《め》で始めている。

ミダは後ろで俺たちと話したそうにしているし、帰りはまたリリ＝ラヴィッツを送っていかなければならない。というわけで、俺は今の内に疑念を解かせていただくことにした。

「俺は別に、氏とかにこだわってはいなかったんだけど、アイ＝ファには何か考えがあったのか？」

俺はそのように囁《ささや》きかけてみせたが、アイ＝ファは究極的に不機嫌《ふきげん》そうな面持ちで口を開こうとしなかった。

「アイ＝ファのことだから、何も心配はしてないけどさ。俺のことを家族として認めてないってこともないだろうし」

「…………」

「あ、あれ？　ひょっとして、俺はまだアイ＝ファの信頼を完璧《かんぺき》には勝ち取っていなかったのか？」

「そのようなわけが──！」

と、思わず大きな声をあげかけてから、アイ＝ファはばりばりと頭をかきむしった。

「……ただ、私には私なりの考えがあった。お前が森辺の道理に従うようなら、こちらも道理に従って氏を与えようと考えていただけだ」

「森辺の道理？　俺は何か道理に反してしまっているのか？　心当たりがまったくないというか……ありすぎて困ってしまうというか……」

「ならば、気にかける必要はあるまい。今のままでも、不自由はないのであろうからな」

アイ＝ファはぷいっとそっぽを向いてしまう。これではますます放置できるわけがなかった。

「な、何なんだよ、いったい？　俺《おれ》が何か道理に反しているなら、それは改めるべきじゃないか？」

「……不自由がなければ、無理に改める必要はあるまい」

「いや、だけど、知らない内に道理に反してるってのは心配だよ。俺はいったい、何をやらかしてしまってるんだ？」

「……そこまで言うなら、こちらも言わせてもらうが……」

と、周りの人々に聞かれぬよう、アイ＝ファはさらに声を低くした。

「……お前もファの家人であるならば、同じ家人である私のことを氏とともに呼ぶのは、不相応であろうが？」

俺は、きょとんとしてしまった。

それから、ゆっくりと理解する。同じ家の人間が家族を氏つきで呼ぶのは、余人に紹介《しょうかい》するときなどの、あらたまった場においてのみなのだ。

本家と分家で分かれているならば、その限りではない。ルド＝ルウたちだって、シン＝ルウのことはシン＝ルウと呼ぶ。しかし同じ家に住む家族のことは、ドンダ父さんだとかジザ兄だとかリミだとか――とにかく、氏つきで呼んだりはしないのだった。

つまり、俺がアイ＝ファのことを氏つきで呼ぶのは、森辺の習わしにそぐわない行為《こうい》であり

――ファーストネームのみを呼ぶべきなのだろう。

俺は、生唾《なまつば》を飲みくだした。それから、「アイ」という言葉を口の中で転がして、たちまち惑乱《わくらん》してしまう。

「うわー、駄目《だめ》だ！　気恥《きはず》かしくて死にそうだ！　申し訳ないけど、もうしばらく時間をくれ！」

みんながびっくりしたように、こちらを振り返る。それと同時に、アイ＝ファが真っ赤な顔をして俺の足を蹴《け》りつけてきた。

「だから、不自由がないのなら無理に改める必要はないと言っておろうが！　お前は何を考えておるのだ⁉」

「ご、ごめん。自分の不明と未熟さを恥じるばかりでございます」

「……アスタにアイ＝ファ、喧嘩《けんか》は駄目なんだよ……？」

「喧嘩ではない！　うつけな家人をしつけているのだ！」

今回ばかりは、言い訳のしようもない俺であった。だけど何だか、取り乱さずにはいられない心境であったのである。

そんな時ならぬ騒乱《そうらん》に見舞《みま》われた俺たちのもとに、シュミラルが単身で近づいてくる。

「アスタ、ご心配かけました。私、最初の願い、かなえること、できました」

「はい、おめでとうございます。心から祝福の言葉をお伝えさせてください、シュミラル」

「ありがとうございます。すべての始まり、アスタ、出会えたことですね」

そう言って、シュミラルは静かに微笑んだ。

「アスタ、出会った、緑の月、終わりです。あの頃、私、自分の運命、ここまで変転すること、わかりませんでした。東方神シム、西方神セルヴァ、モルガの森――さまざまな神、もたらした、運命です」

「ええ。俺だって、まさかシュミラルを同胞と呼べる日が来るなんて、想像すらしていませんでしたよ」

言いながら、俺はぐんぐんと胸が詰まってくるのを感じた。俺たちは、今日から森辺の同胞なのである。それも森辺でただ二人の、血の縁を持たない異国生まれの家人同士だ。それがどれほどの喜びと驚《おどろ》きを俺たちにもたらしたか、なかなか余人には想像もつかなかっただろう。

最初に出会った頃は、屋台の主人とお客に過ぎなかった。顔をあわせていた期間は、せいぜいひと月ぐらいでしかない。だけどシュミラルは、俺にとってかけがえのない存在であった。俺は最初から、このシュミラルに心をひかれていたのだ。

シム人特有の無表情で、そうであるにも拘《かか》わらず、とても優しい眼差《まなざ》しをもっていて、ときおり子供っぽい部分を見せてくれて、西の言葉はつたないがおしゃべり好きで――そんなシュミラルのことが、俺はずっと大好きなのだった。

「次の願い、リリンの家長、認められることです」

シュミラルは、静かにそう言った。俺は、泣きそうな顔に笑《え》みを浮《う》かべてみせる。

「ギラン＝リリンは、楽しい人ですよ。きっとシュミラルとは話が合うと思います」

「はい。新しい家族、得られること、嬉しい、思います。アスタ、アイ＝ファ、同じように、私、ギラン＝リリン、おたがい慈《いつく》しむ、本当の家族、なれるよう、励みたい、思います」

まだいくぶん不機嫌そうな顔をしていたアイ＝ファは、家長としての厳粛《げんしゅく》な表情を取り戻しつつ、シュミラルに向きなおった。

「きっとお前もアスタに劣《おと》らず、苦労の多い生を歩むことになるのだろう。ギラン＝リリンは立派な家長であるので、その姿から森辺の民としての生を学ぶがいい」

「はい。ありがとうございます」

「シュミラルも、ルウの眷族になったんだね……？　血族が増えて、ミダも嬉しく思ってるんだよ……？」

「はい。ルウ家のミダ、これから、よろしくお願いします」

そんな何気ないやりとりにさえ、俺は心を乱さずにはいられなかった。

やがてはシュミラルも、狩人の衣《ころも》を纏《まと》い、牙《きば》と角の首飾《くびかざ》りをすることになるのだろう。そうして森辺で一年間を過ごしたら、狩人の衣を革《かわ》のマントに着替《きか》えて、行商のために旅立っていく。料理人として町を行き来している俺と同じかそれ以上に、それは突拍子《とっぴょうし》もない生き様であるはずだった。

そんな生き方を、森辺の族長たちやジェノスの貴族たちは許したのだ。これもまた、森辺の民が迎えた大きな変革のひとつであるに違《ちが》いない。

森辺の民、リリンの家のシュミラル。

それが家長たるギラン＝リリンに認められて、シュミラル＝リリンとなるか――そのまた果てに、シュミラル・リリン＝ルウとなることを許されるか――はたまた婿入りではなく嫁取《よめと》りが許されて、ヴィナ＝ルウがヴィナ・ルウ＝リリンとなるのか――そこまでは、まだまだ誰《だれ》にもわからない。

それでもシュミラルは、大きな一歩を踏《ふ》み出すことが許されたのだ。

今はその喜びを噛《か》み締めながら、ヴィナ＝ルウがこの数ヶ月で修練を重ねた『ギバ・カレー』を味わってほしいと思う。

そんな俺の思いとともに、金の月の二十一日はゆるゆると暮れていったのだった。

第三章★★★ダレイム伯爵家の舞踏会

1

金の月の二十六日――シュミラルが森辺の家人と認められてから、五日後。その日は、ダレイム伯爵家における舞踏会の当日であった。

昼下がりまでは普段《ふだん》通りに宿場町での仕事をこなし、みんなを集落に送り届けてから、あらためて出発の準備を整える。族長筋ならぬ氏族から城下町に向かうのは、俺とアイ＝ファとトゥール＝ディンの三名のみである。

なんならフォウとベイムも見届け役として参席すればよい、と言われていたのだが、そちらはつつしんで辞退をしていた。賓客《ひんかく》として招かれて、しかも城下町流の宴衣装に身を包まなくてはならないと聞き、さすがのバードゥ＝フォウらも物怖《ものお》じしてしまったようだった。

「申し訳ないが、今回ばかりはアスタたちが小さき氏族の代表として、宴のさまを見届けてきてほしい」

過ぎし日に、本当に申し訳なさそうな顔をしながら、バードゥ＝フォウはそのように述べていたものである。

ともあれ、のんびりしている時間はなかった。ファの家に荷車を乗りつけると、すでにアイ＝ファとトゥール＝ディンが大量の木箱とともに俺を待ち受けていた。本日ばかりはトゥール＝ディンも宿場町の商売を休み、城下町で出す料理と菓子《かし》の下準備に取り組んでいたのだ。

本来、トゥール＝ディンに任されていたのは菓子のみであったが、俺の提案で一品だけ軽食も準備させていただくことにしたのである。その手伝いには近在の女衆が手を貸してくれていたはずであるが、すでに彼女たちは帰った後であった。

「お疲れ様。無事に下準備は完了《かんりょう》できたみたいだね」

トゥール＝ディンは、達成感と緊張感のごちゃまぜになった顔で微笑んでいる。そんなトゥール＝ディンとアイ＝ファを乗せて、まずはルウの集落に向かうと、今度は俺がレイナ＝ルウに「お疲れ様です」と笑顔《えがお》で迎えられることになった。

「こちらも準備は万全です。さっそく城下町に向かいましょう」

俺とシーラ＝ルウが賓客と定められてしまったため、本日のかまど番の責任者はレイナ＝ルウなのである。しかし、レイナ＝ルウにはそういった重圧がいい方向に働いたらしい。その小さな面に強い誇《ほこ》りと喜びをみなぎらせつつ、レイナ＝ルウは朗《ほが》らかに微笑んでいた。

「あ、アスタ。よかったら、そちらにリミを乗せてもらえませんか？　リミがアイ＝ファと話したがっているもので」

「うん、もちろんかまわないよ。こっちは三人しかいないからね」

ルウルウの荷車には、リミ＝ルウを除いても五名の人間が乗り込むことになっている。賓客として参じるダルム＝ルウとシーラ＝ルウ、かまど番のレイナ＝ルウ、護衛役のルド＝ルウとシン＝ルウという顔ぶれだ。

「ザザとかサウティの連中は、城門前で落ち合うんだよな？　それじゃあ、とっとと出発しよーぜ」

ルド＝ルウが手綱《たづな》を握ったルウルウの荷車に先を譲《ゆず》り、俺たちも再び道へと繰り出した。アイ＝ファはリミ＝ルウにひっつかれていたので、ここでも俺が手綱を預かることにする。

「ひさしぶりだなー、城下町！　今日は頑張《がんば》ろうね、トゥール＝ディン！」

「あ、はい。よろしくお願いいたします」

「トゥール＝ディンは、また何か新しいお菓子を作ってくれるんでしょ？　うふふ、楽しみだなあ」

今日もリミ＝ルウの無邪気《むじゃき》さは絶好調であるようだ。

こちらからはレイナ＝ルウ、リミ＝ルウ、トゥール＝ディンが、城下町の側からはヤン、シリィ＝ロウ、ボズル、ロイが厨番《くりや》として参加する。かなうことなら、俺も厨でみんなと労苦を分かち合いたいところであった。

「リミ＝ルウよ、ミケルの容態はどうなのだ？」

道中、アイ＝ファがそのように問いかけると、リミ＝ルウはそれにも「うん！」と元気に応じていた。

「もう杖《つえ》をつけば一人で歩けるようになったよ！　無理をすると熱が出るからって、バルシャに叱《しか》られてたけどねー」

「そうか。それは何よりであったな」

「うん！　ミケルが元気になったから、マイムも元気になってきたんだよー」

俺は毎日マイムと顔をあわせているので、リミ＝ルウの言葉が真実であることをよく知っている。ただし、ポルアースから何名かのかまど番を招きたい、という話が届いたとき、マイムはとても不安げな様子を見せていた。それはどうやら、ミケルがその仕事にマイムを同行させてほしいと言い出すのではないか、と危惧《きぐ》していたためであったようだ。

マイムが貴族たちにその手腕《しゆわん》を見せつければ、それはいずれ城下町で働くための足がかりとなるだろう。また、その場にはヴァルカスの弟子《でし》たちも招かれている。ミケルやマイムに好意的であるヴァルカスならば、もっと直接的に仕事を斡旋《あつせん》してくれるかもしれない。しかしマイムは城下町に居を移すことを望んではおらず、それよりも何よりも父親と一緒《いつしよ》に暮らし続けることを一番の望みとしていたのだ。

遠い将来の話であれば、マイムも城下町で料理人として生きていきたいと願うようになるかもしれない。だけど、そのような願いは五年後や十年後でもまったく遅《おそ》くはないだろう。今の彼女に必要なのは、たった一人の家族である父親との平穏《へいおん》な暮らしであるのだ。そんな娘の気持ちを察したのか、ミケルは今回の一件について一切《いつさい》口を出そうとはせず、それでマイムもようやく心から笑えるようになったのだった。

（まあ、ミケルとしては宿泊費《しゆくはくひ》も払《はら》わずにルウ家に居座《いすわ》ることが心苦しいんだろうけど、レイ

ナ＝ルウたちのほうはいつまでも逗留《とうりゅう》してほしいと願っているだろうしな）

それに俺は、昔日《せきじつ》の予言の言葉を思い出していた。シュミラルの同胞《どうほう》たる《銀《ぎん》の壺《つぼ》》の一人が告げてくれた、あの星読みの言葉である。

（森辺の民は、ミケルに出会うことで大きな力を得る。そうすれば、森辺の民の道が開ける。……たしか、そんなような言葉であったはずだよな）

確かにミケルは、森辺の民に大きな力をもたらしてくれた。俺自身、ミケルの助言のおかげでトゥラン伯爵邸《はくしゃくてい》から救われた身であるし、干し肉の適切な作り方や、脳や目玉の調理方法、見慣れぬ食材の扱い方《かた》など、多岐《たき》にわたってミケルのお世話になっている。

しかし、思うのだ。ひょっとしたら、そんなものはほんの序章に過ぎず、ミケルが大きな力をもたらすのはこれからなのではないか、と。

ミケルの娘であるマイムと出会うことで、レイナ＝ルウたちは料理人としてさらなる高みを目指すようになった。今後もミケルたちがルウの集落に住み続ければ、その影響《えいきょう》は計り知れないだろう。現時点でも、レイナ＝ルウたちはマイムが商売用の料理を作る姿を目の当《ま》たりにして、いよいよ奮起しているさなかなのである。

（運命論者を気取るつもりはないけれど、ミケルたちがルウの集落に住み始めたことにすら、何か運命めいたものを感じちゃうんだよな）

しかしまた、運命がどのようなものであれ、それをつかみとるのは人間の意思だ。俺は、そのように信じている。運命というものは最初から定められていて、人間はただその上をてくてく歩いているにすぎない――などと考えるのは、あまりに空恐《そらおそ》ろしい話ではないか。だから人間は、自分にとって最善の道を選べるように、ひとりひとりが大いに悩《なや》んで決断するべきなのだろうと思うのだ。

などと、俺がそんな感傷的なことを考えている間に、荷車は城門に到着しようとしていた。サトゥラス伯爵家における和解の晩餐会《ばんさんかい》以来であるから、俺にとってはおよそひと月ぶりの城下町である。跳ね橋《はばし》の下りた城門の前には、すでに他《ほか》の族長筋の人々とそれを出迎《でむか》える武官たちとで人だかりができている。俺たちが荷車を近づけていくと、ひときわ大柄《おおがら》な人物がゆったりと手を振ってきた。

「待っていたぞ。これで全員、そろったな」

「お待たせしました。お元気そうで何よりです、ダリ＝サウティ」

「ああ。俺ももう少しで狩人《かりうど》としての仕事を始められると思う」

そう言って、ダリ＝サウティは穏《おだ》やかに笑っていた。その隣《となり》で頭を垂れているのは彼《かれ》の伴侶《はんりょ》であるミル・フェイ＝サウティであり、そちらとは実に三ヶ月ぶりの再会であった。ということは、ダリ＝サウティやドンダ＝ルウが狩人としての仕事から退いてからも、それだけの歳月《さいげつ》が過ぎたということだ。右腕《みぎうで》を骨折したダリ＝サウティも、もはや三角巾《さんかくきん》や添《そ》え木《ぎ》の世話にはなっておらず、外見上は健康そのものであった。

「……ようやくやってきたか。ずいぶん待たされたものだ」

と、ダリ＝サウティのかたわらにあった屋根なしの荷車から、大きな人影が身を起こした。

頭つきのギバの毛皮をかぶった北の集落の狩人、ゲオル＝ザザである。その隣に膝《ひざ》をそろえて座していたのは、双子《ふたご》の姉たるスフィラ＝ザザだ。これが、今回の舞踏会に参席する森辺の民のすべてであった。

「それでは、荷車をお預かりいたします。必要な荷物も、こちらでお運びいたしますので」

と、すでに何回かお世話になっている案内役の武官が、そのように述べながら俺たちを移送用のトトス車に案内してくれた。二頭引きの、箱形の立派なトトス車だ。俺などはもう何度となく城下町に招かれているが、いまだにこの足で街路を踏んだことはなかったのだった。

ともあれ、俺たちはダレイム伯爵邸を目指すことになったのだが——その間、ゲオル＝ザザはずっとアイ＝ファやシン＝ルウのことをにらみつけていた。トトス車は二台用意されていたので、俺たちは二手に分かれたのであるが、彼はわざわざこちらの車に同乗してきたのである。

「何だよ、おっかねー目つきだな。あんた、まだシン＝ルウに対抗心《たいこうしん》を燃やしてんのか？」

リミ＝ルウとおしゃべりをしていたルド＝ルウが、ふっとゲオル＝ザザのほうに向きなおる。

「にらんでたって、シン＝ルウより力がつくわけでもねーだろ？　強くなりてーなら、狩人として修練を積むしかないんじゃねーの？」

「……そのようなことは、言われずともわかっている」

ふてくされたような口調で言い、ゲオル＝ザザはぷいっとそっぽを向いてしまう。そういえば、ルド＝ルウは護衛役として闘技会《とうぎ》の祝宴《しゅくえん》にも同行していたので、その場でゲオル＝ザザと親交を結んでいるはずなのである。ルド＝ルウがいつもの調子で気安くゲオル＝ザザに喋《しゃべ》りか

けているのが、俺にはなかなか新鮮《しんせん》であった。

「北の集落にはグラフ＝ザザとかディック＝ドムとかすげー狩人がそろってるんだから、そいつらに稽古《けいこ》をつけてもらえば、力をつけることはできるだろ。シン＝ルウだって、俺やラウ＝レイやダルム兄が稽古をつけてやったから、ここまで力をつけることができたんだぜー？」

「……お前は本当に、シン＝ルウよりも腕《うで》の立つ狩人であるのか？」

「ああ。とりあえず、収穫祭の力比べでシン＝ルウに負けたことは、まだねーからな」

そのように言ってから、ルド＝ルウはかたわらのシン＝ルウににっと笑いかけた。

「ただし、次の力比べではどうなるかわかんねーな。ほんとに強くなったよ、シン＝ルウは」

シン＝ルウは「俺などまだまだだ」と静かに答えるばかりである。そんな彼らを横目に、俺はこっそりアイ＝ファへと囁きかけた。

「よく考えたら、賓客として参加する男衆はすごい顔ぶれだよな。ダリ＝サウティがいてくれて助かったよ」

ルド＝ルウたちは、あくまでかまど番の護衛役なのである。そうなると、俺たちのもとに残される男衆は、ダリ＝サウティ、ダルム＝ルウ、ゲオル＝ザザ、という顔ぶれになるのだ。平均年齢《ねんれい》はそれほど高くないはずなのに、なかなか物々しい顔ぶれと言えよう。しかしアイ＝ファは俺の感慨《かんがい》が理解できなかった様子で、「うむ？」と首を傾《かし》げている。

「すごいの意味合いはよくわからんが、ダリ＝サウティとて手負いでなければ、ザザの末弟《まってい》やダルム＝ルウに劣る狩人ではないように思うぞ」

「いや、狩人としての力量は置いておいて、外見的な迫力《はくりょく》の話さ」

それでもアイ＝ファの頭上からクエスチョンマークが消えることはなかったので、俺は早々に説明をあきらめることにした。どのような相手であれ、アイ＝ファは人の外見から威圧《いあつ》感を覚えるようなこともないのだろう。

（だいたい、アイ＝ファは力比べでダルム＝ルウを負かしているし、ゲオル＝ザザにだって負ける気はしないんだろうしな。それじゃあ威圧感なんて覚えるはずもないか）

俺がそのようなことを考えている間に、トトス車は目的の地に到着《とうちゃく》した。外から扉《とびら》を開けられて地面に降り立つなり、丸っこい人影がせかせかと近づいてくる。

「お待ちしていたよ、森辺の皆様方《みなさまがた》！　本日はダレイム伯爵家の招待に応じていただき、まずは僕《ぼく》から御礼《おれい》の言葉を述べさせていただきたい」

もちろんそれは、ポルアースであった。いまだ宴衣装ではなく、普段通りのゆったりとした長衣を纏っている。

「こちらこそ、このような大人数になってしまって申し訳ない限りだ。了承《りょうしょう》してもらえて、ありがたく思っている」

こちらからは、ダリ＝サウティが応じることになった。この場では、族長たるダリ＝サウティがすべての責任を担《にな》う立場となるのだろう。

「それでは、僕は他の賓客も迎《むか》えなくてはならないので、あとの案内は侍女《じじょ》たちが承《うけたまわ》るよ」

その侍女の一人は、シェイラであった。さりげなくアイ＝ファのほうに目をやってから、シエイラは恭《うやうや》しく頭を下げてくる。

「まずは浴堂にご案内いたします。こちらにどうぞ」

ダレイム伯爵邸は、かつてのトゥラン伯爵邸をひとまわり小さくしたような煉瓦《れんが》造《づく》りの屋敷《やしき》であった。屋根の色は黄色ではなく青色だが、様式として大きな違いはないようだ。守衛に見守られながら分厚い両開きの扉をくぐると、最初に足を清めるための絨毯《じゅうたん》が敷《し》かれており、その先は煉瓦《れんが》が剥《む》き出しになっている。トゥラン伯爵邸ほど大きくはなく、サトゥラス伯爵邸ほど飾《かざ》りたてられてはいないが、それでももちろん貴族らしい豪壮《ごうそう》さであり、どこもかしこも綺《き》麗《れい》に磨《みが》きあげられていた。

ジェノスにおける貴族の序列など詳細《しょうさい》はわからないが、とにかく伯爵家というのは侯爵《こうしゃく》家に次ぐ階位のはずである。その下には子爵《ししゃく》家というものも控《ひか》えているようであるが、それがどのようなものなのかはわからない。ともあれ、かつてのトゥラン伯爵家には劣るとはいえ、ジェノスに三家しか存在しない伯爵家の邸宅《ていたく》であるのだ。そんなダレイム伯爵家の邸宅が、みすぼらしいものであるはずはなかった。

「こちらが殿方《とのがた》のための浴堂となります。ご婦人方は、こちらにどうぞ」

アイ＝ファたちはシェイラの案内でさらに回廊《かいろう》の奥《おく》へと進んでいき、俺たちのもとには小姓《こしょう》の少年たちだけが残された。

浴堂の造りも、やはり見慣れたものである。まずは控えの間に全員が収まると、小姓の一人が手を前にそろえて頭を下げてきた。

「皆様方の身を清めるお手伝いはご不要と聞いておりますが、如何《いかが》なものでありましょうか?」

「うむ。勝手にやらせてもらうので、気づかいは不要だ。この中で、浴堂というものが初めての人間は――ダルム＝ルウぐらいであるのかな?」

「ああ。しかし、兄弟たちから様子は聞いているので、問題はない」

どうやらダリ＝サウティやゲオル＝ザザは、祝賀会の前に浴堂を使う羽目になったらしい。そういえば、この場にいるのは俺とダルム＝ルウを除くと、みんな祝賀会に参加した顔ぶれなのだった。

小姓の準備した草籠《くさかご》の中に、狩人たちがぽいぽいと衣服を放《ほう》り込んでいく。俺としては、シン＝ルウやルド＝ルウがいてくれたのが幸いであった。ダリ＝サウティもゲオル＝ザザもダルム＝ルウも、みんな身長は百八十センチ前後もあり、恐《おそ》ろしいほどに鍛《きた》え抜《ぬ》かれた肉体をしているのである。

とりわけ際立っていたのは、ダリ＝サウティであった。顔立ちが柔和であるので忘れそうになるが、体格の面においてはドンダ＝ルウに匹敵《ひってき》するほどなのである。身長も体重もこの中ではナンバーワンで、その肉体は筋肉の塊《かたまり》といっても言い過ぎではないぐらいであった。

「あー、ここには水浴びできる場所がねーんだな」

蒸気のたちこめた浴堂に足を踏み入れるなり、ルド＝ルウが小声でぼやいていた。確かに、掘《ほ》り下げ式の浴槽《よくそう》が見当たらない。トゥラン伯爵邸にもそれは存在しなかったので、すべての邸宅に常備されているものではないのだろう。

俺たちは、手早く身を清めて浴堂を出ることにする。すると舞踏会に出席する四名には、新品の下帯とガウンのごとき前合わせの長衣が準備されていた。

「宴衣装は別室に準備されておりますので、こちらをお召《め》しください。すぐにご案内いたします」

そんな俺たちを横目に、ルド＝ルウとシン＝ルウは自前の装束を身に纏っていた。ダルム＝ルウやゲオル＝ザザは、いくぶん苦々しげな面持ちで着なれぬ服に腕を通している。きっとそれぞれの父親たちから、貴族の流儀《りゅうぎ》に従うように厳命されているのだろう。

「なー、女衆はもう出たのかな？」

ルド＝ルウがそのように呼びかけると、小姓は折り目正しく「いえ」と答えた。

「ご婦人方は髪《かみ》の水気を取るのに、もういくばくかの時間がかかるかと思われますが」

「それじゃあ、俺とシン＝ルウは女衆が出てくるのを待ってるよ。俺たちの仕事は、かまど番の護衛役だからな」

ということで、ルド＝ルウたちとはそこで別行動となり、本日の賓客たる四名だけが二階の別室へ招かれることになった。案内されたのは、やたらと雑然とした大部屋である。貴族の邸宅で、これほどごちゃごちゃとした部屋を見たのは初めてのことであろう。察するところ、ここは衣装部屋を兼《か》ねた更衣室《こういしつ》であるようだった。他の賓客は自分の家で宴衣装を纏ってから訪《おとず》れてくるようで、俺たちの他に人影《ひとかげ》はない。

「それでは、こちらにどうぞ」

小姓の案内でさらに奥のほうへと招かれると、そこにはずいぶん年老いた仕立て屋と、その助手らしい二人の青年が待ち受けていた。青年たちは緊張の面持ちであるが、仕立て屋の老人はにこやかに微笑《ほほえ》んでいる。

「お待ちしておりました。伯爵《はくしゃく》夫人様よりご注文を賜《たまわ》りまして、四名様分の宴衣装を準備しております。お身体に合わせて手直しをせねばなりませんので、お一人様ずつ承りたく思います」

俺たちは、一人ずつご老人に身を任せることになった。俺以外の三名は採寸をしていないので、ちょっとした部分で丈《たけ》を詰《つ》めたり広げたりする必要があったのだ。それでも主人の手並みはなめらかで、一人の着付けをするのに十分もかかりはしなかった。

「いかがでございましょう？　ご満足いただけましたかな？」

「うむ。まあ、俺たちに宴衣装の善《よ》し悪《あ》しなどはわからないのだが……とりあえず、動くのに不自由はないように思える」

苦笑《くしょう》寸前の表情で、ダリ＝サウティがそのように答えていた。俺としては、あまり珍妙《ちんみょう》な格好ではなかったので、ほっとしていたところである。それに、少なくとも俺以外の三名に関しては、ちょっと目を見張るような有り様であった。

特に、ダルム＝ルウである。この中で、もっとも男前であると思えるのはダルム＝ルウであるし、それに彼は、すらりとした長身の持ち主でもあった。かつてシン＝ルウも武官のお仕着せを着させられて、ちょっとした貴公子のように見えたものであるが、それにも劣らぬ凛々《りり》しい立ち姿であった。

これは、どういう様式なのだろう。袖《そで》なしの胴衣《どうい》に、ゆったりとしたバルーンパンツのような脚衣《きゃくい》で、肩《かた》から腰《こし》のあたりにまで装飾《そうしょく》用のマントが掛《か》けられている。どれも素材は上等な絹か何かで、襟《えり》もとや裾《すそ》口には銀色に光る糸で刺繍《ししゅう》がほどこされていた。あとは腰にもカラフルな帯が巻かれており、余った部分は膝のあたりまで垂らされている。むきだしの上腕《じょうわん》や手首には金属の飾り物《もの》を装着され、胸《むね》もとには見覚えのない紋様《もんよう》が深いグリーンの糸で縫《ぬ》いつけられていた。

それに、髪である。他の二名は短髪《たんぱつ》であったので手の入れようがなかったが、後ろで結べるぐらい長くのばしたダルム＝ルウは、そこにも装飾をほどこされていた。普段は自然にしている前髪《まえがみ》には櫛《くし》が入れられ、後ろ髪は飾り紐《ひも》でゆったりと束ねられている。その鋭《するど》すぎる眼光と右頬《ほお》の大きな古傷さえなければ、貴公子どころかどこかの王子様といっても通用しそうな凛々しさであった。

そんなダルム＝ルウの姿を満足そうに見やっていた仕立て屋の主人が、くりんとこちらに向きなおる。その筋張った指先が、非常な優《やさ》しさをこめて、俺の頭を撫《な》でつけてきた。

「失礼ですが、あなた様の髪はとてもやわらかいのに、どうしても先のほうがはねてしまうのですな。ご所望《しょもう》でしたら、油をお持ちしましょうか」

「あ、いえ、けっこうです。頭に油を塗《ぬ》り込むのは、自分の流儀ではありませんので」

元来、俺は猫《ねこ》っ毛《け》なのである。扱《あつか》いにくい髪であることは重々承知しているが、ルイドロスやリーハイムのように油を塗りたくっても、腹話術の人形みたいに愉快《ゆかい》な有り様になるだけであろう。

　ちなみに俺たちが着させられているのも、基本的にはダルム＝ルウと同じ様式の装束であった。ちょっとした生地《きじ》の色合いや装飾の具合が異なっているだけで、それほど大きな違いはない。ただ、共通しているのは胸もとの紋様であった。これは形も、刺繍に使われている糸の色も、全員が同一である。俺と同じことに気づいたのか、ダリ＝サウティが胸もとをまさぐりながら発言した。

「これは、町で使われている文字というものなのだろう？　これには、どのような意味が込められているのだろうか？」

「それは、元来の文字に装飾を加えた紋章《もんしょう》というものでございます。元の文字の意味は『森』でございますな。その意味にあわせて、緑色の糸で刺繍をさせていただきました」

「なるほど、『森』か。……この文字は、貴方《あなた》が選んだものなのか？」

「いいえ。伯爵夫人様からのご要望でございます」

「そうか」とダリ＝サウティは微笑んだ。苦笑ではなく、普段のやわらかい笑い方である。

「俺たちのような無粋《ぶすい》者に立派な装束をこしらえてもらい、感謝している。あとでご本人にも告げさせてもらうが、実際にこしらえた貴方にも礼の言葉を述べさせていただきたい」

「過分なお言葉でございます」

　仕立て屋のご老人は、同じようにやわらかく微笑み返した。森辺の民に対する差別意識などは、まったく持ち合わせていないようだ。そうであるからこそ、この人物が俺たちの担当に選ばれたのかもしれない。

「それでは、控えの間にご案内いたします。こちらにどうぞ」

ずっと端《はし》っこで待ちかまえていた小姓の少年が、俺たちを部屋の外へと導いた。その途上《とじょう》で、ゲオル＝ザザがこらえかねたようにダリ＝サウティへと囁きかける。

「なんとも面倒《めんどう》な役回りだな。闘技会の宴でも、これほどの面倒は負わされなかったぞ」

「これが貴族の流儀であるならば、従う他あるまい。どうしても我慢《がまん》がならなければ、次からは申し出を断るだけだ」

「ふん。是非《ぜひ》ともそうしてもらいたいものだな」

ゲオル＝ザザはたいそう不満そうであったが、彼もなかなか宴衣装が似合っていなくもなかった。というか、ギバのかぶりものを外してしまうと、意外にすっきりとした面立《おもだ》ちがあらわになり、いっそう年齢相応に見えるようになっていたのである。右目の上に古傷があり、顔の形は角張っており、厳《いか》ついことには厳ついが、そこはやはり十六歳《さい》であるので、どこかに少年っぽさが残されている。ダルム＝ルウより三歳も年少であると思えば、さもありなんというところであった。

（一時はどうなることかと思ったけど、これなら宴の場でそれほど悪目立ちすることはないかな。……って、俺自身もそうだといいんだけど）

そうして俺たちは、今度は無人の小部屋に招かれることになった。さきほどとは打って変わって物の少ない部屋で、革張《かわば》りの長椅子《ながいす》や小さな卓《たく》などが並べられている。部屋の大きさは、六畳ほどであろうか。無機質の一歩手前ぐらいの、落ち着いた部屋だ。

「こちらでお待ちくださいませ。お連れ様も、まもなく支度《したく》がお済みになるかと思われます」

そう言って、小姓は扉の脇《わき》にそっと控えた。ゲオル＝ザザは「ふん！」と鼻息をふき、荒《あら》っぽく長椅子へと腰を落とす。

女衆がやってきたのは、それから十五分ほどが経過してからのことだ。シェイラの挨拶とともに扉が開かれて――そこから現れたアイ＝ファの姿に、俺は一瞬《いっしゅん》呼吸を忘れてしまった。

「ほう。これはずいぶんと見違《みちが》えたものだ」

ダリ＝サウティが愉快そうに言いたてる中、無言のアイ＝ファと三名の女衆が入室してくる。シーラ＝ルウ、ミル・フェイ＝サウティ、スフィラ＝ザザの三名である。彼女たちが入室を果たすと、飾《かざ》り気《け》の少ない室内が一気に華《はな》やいだ。

全員が、城下町流のドレス姿である。これはもう、ドレスと表現するしかないだろう。中東風というかペルシア風というか、どことはなしにエキゾチックな様式であるが、とにかく貴婦人のためのパーティドレスである。

上半身はぴったりと身体の線に沿っており、スカートの裾はふわりと広がっている。襟ぐりは大きく開いていて、そこは華美《かび》すぎないフリルのひだで彩《いろど》られており、まるで小さなたくさんの花弁が縫いつけられているかのようだった。

やっぱりその衣装も袖はなくて腕がむきだしになっており、指にも手首にも上腕にも瀟洒《しょうしゃ》な飾り物が光っている。それに全員が髪をほどかれて、そこにもさまざまな飾り物がつけられていた。伴侶を持つミル・フェイ＝サウティ以外はみんな腰の近くにまで届くロングヘアであったので、それ自体が彼女たちを輝《かがや》かしく彩っていた。

胸もとは大胆《だいたん》に開いているが、もともと薄着《うすぎ》の森辺の女衆なので、普段よりもよっぽど露出《ろしゅつ》は少ないぐらいだろう。ドレスの裾などは、足首に届くぐらいの丈であったのだ。しかし、彼女たちは普段以上に艶《あで》やかであり、魅力的《みりょくてき》であった。

その中で、どうしてもアイ＝ファにばかり目をひかれてしまうのは、もうどうしようもないことであった。俺にとって、アイ＝ファはそれだけ特別な存在であったのだ。

アイ＝ファが纏っているのは淡《あわ》い水色のドレスであり、それが褐色《かっしょく》の肌《はだ》や金褐色《きんかっしょく》の髪を見事に際立たせていた。帯などはしめていないが、何か体形にフィットさせる細工がほどこされているらしい。いつも通りに腰のあたりがきゅっとくびれており、美しい曲線を描《えが》いている。そんなアイ＝ファがしずしずと近づいてくるだけで、俺は心臓が爆発《ばくはつ》しそうであった。

「ア、アイ＝ファ。ずいぶんおしとやかな歩き方ができるんだな」

「うむ。お前を救うためにトゥラン伯爵家に乗り込む際、城下町での歩き方というものを習ったのだ。このようなものを身に纏った際は、そのように歩くべきだろうと思ってな」

口を開けば、いつものアイ＝ファである。表情も、普段通りの沈着《ちんちゃく》な顔つきなのだが――それでもやっぱり、なんだか別人のように思えてしまう。そんなアイ＝ファが、俺のほうに顔を近づけてきて囁いた。

「……どうだ？」

「ど、どうだって？　それはもちろん、すごく綺麗だと思うけど……」

「宴衣装のことなど、どうでもよい。私が問うているのは、これのことだ」

と、アイ＝ファはこっそり唇《くちびる》をとがらせながら、自分の咽喉《のど》もとを指し示してきた。なまめかしい鎖骨《さこつ》の上に、青い石が光っている。アイ＝ファがいつでも身につけている、俺が贈《おく》った首飾りだ。ただしその首飾りは、革紐《かわひも》の部分に銀色の鎖《くさり》や飾り紐が巻きつけられており、いつも以上に豪奢《ごうしゃ》な作りになっていた。

「うん、俺が贈った首飾りだよな。ずいぶん立派な見栄《みば》えになってるけど」

「うむ。以前に城下町の装束を着させられた際は、この首飾りも不似合いだということで外されることになってしまったのだ。しかし今回は、あのシェイラという娘《むすめ》が、城下町の宴衣装でも身につけられるように細工の準備をしてくれてな」

「そうなのか。ずいぶん気のきく人なんだな、シェイラって娘さんは」

「うむ。私がこの首飾りを外すのを不本意だと思っていたことを、しっかり覚えていてくれたのだ」

そうしてアイ＝ファはふいに、にこりと微笑んだ。

「あのときも、この首飾りは腰《こし》巻きの下に隠《かく》し持っていたが、やはり首から下げるのが一番正しいことであろうからな。私も心から嬉《うれ》しく思っている」

俺は部屋の隅《すみ》っこに引っ込んでいたので、それと向かい合ったアイ＝ファの表情を見ることができたのは、俺一人であっただろう。そうだからこそ、アイ＝ファもこのように無防備に微笑んでいるのである。

そんな無邪気な笑顔を向けられて、俺は目眩《めまい》がするほどの陶酔《とうすい》感を味わわされることになった。正直に言って、無意識の内にアイ＝ファを抱《だ》きすくめてしまわなかったことを、自分でほめてやりたいぐらいである。

（舞踏会が始まる前からこんな調子で、俺は最後までもつんだろうか）

そんな俺の思惑《おもわく》も余所《よそ》に、いよいよダレイム伯爵家における舞踏会は開始が目前に迫《せま》りつつあったのだった。

2

そうして控えの間でもう数十分ほど待たされてから、俺たちはようやく舞踏会の会場へといざなわれることになった。

すれ違うのは小姓や侍女ばかりで、みんな慌《あわ》ただしそうな様子である。賓客の迎えに出たり、舞踏会の進行の準備を整えたりと、みんなさまざまな仕事を抱《かか》えているのだろう。その最果てに出現した扉の前には長剣《ちょうけん》を下げた守衛が立ち尽《つ》くし、受付台には清楚《せいそ》ながらも美々しい装束を纏った女性が控えている。案内役のシェイラが耳打ちすると、その女性が草籠を小脇《こわき》に抱えて俺たちのほうに近づいてきた。

「失礼いたします。こちらの花飾りをおつけくださいませ」

「花飾り、ですか？」

「はい。赤い花が伴侶のある証、青い花が同伴《どうはん》の御方《おかた》をお連れしている証となります」

例の、色恋沙汰《いろこいざた》を回避《かいひ》するための処置というやつである。ダリ＝サウティとミル・フェイ＝サウティには赤い花飾りが、俺たちには青い花飾りが、それぞれ胸もとに飾られることになった。が、ザザ家の姉弟《してい》には何も渡《わた》さないまま、女性はもとの位置に引っ込んでしまう。俺が不審《ふしん》に思っていると、それに気づいたらしいスフィラ＝ザザが冷ややかな視線を差し向けてきた。

「姉と弟の関係では、城下町の作法というものに守られないそうなのです。ですから、わたしとゲオルには何も渡されないわけですね」

「え？　それじゃあ、色恋《いろこい》の話を持ちかけられても文句が言えなくなってしまうのでは？」

「それでも、森辺の民に浮《うわ》ついた色恋など許されぬという話は、ジェノスの貴族たちに伝わっているはずです」

スフィラ＝ザザはそれきり口をつぐんでしまい、ゲオル＝ザザのほうは最初から関心もなさそうな様子であくびを噛み殺している。もしかして、グラフ＝ザザは貴族たちの倫理観《りんりかん》を試《ため》すために、あえてこの両名を選出したのだろうか。そうとでも考えなければ、わざわざ城下町の作法を知った上でこの組み合わせにする理由が思い当たらなかった。

（それはもちろんリーハイムの一件があったから、ポルアースもそこのところは徹底《てってい》させると言ってくれていたけど……本当に大丈夫《だいじょうぶ》なんだろうか？）

宴衣装を纏ってても狩人としての迫力を発散しまくっているゲオル＝ザザはともかく、スフィラ＝ザザなどはなかなか端整《たんせい》な顔立ちをしているのである。ちょっと目つきが鋭すぎるきらいはあるものの、それすらも人によっては怜悧《れいり》な印象を与《あた》えそうだ。それでこれほど立派な宴衣装を召しているのだから、彼女《かのじょ》は十二分に魅力的であるように思えた。

いっぽう、青い花飾りをつけられたシーラ＝ルウもまた、それとは異なる魅力《みりょく》に満ちみちている。あまり派手なところのない彼女であるが、宴衣装を纏うと雰囲《ふんい》気《き》が一変するというのは、ルティム家の婚礼《こんれい》の際にも証《あか》し立てられていたのだ。

城下町の宴衣装を纏っても、やっぱり彼女は月の下に咲《さ》く小さな花のような可憐《かれん》さをかもしだしていた。アイ＝ファはもう俺にとって特別すぎるので除外するとしても、スフィラ＝ザザに比べたって見劣《みおと》りしないぐらい魅力的だと思える。そのかたわらにたたずむ男前の次兄《じけい》と並んだって、俺には「お似合い」という感想しか思いつかなかった。いや、むしろ、ダルム＝ルウほど猛々《たけだけ》しい男衆には、シーラ＝ルウのようにひそやかで芯《しん》のしっかりとした女性こそが相応《ふさわ》しいのではないだろうか？　希望的観測と相まって、俺にはそのように思えてならなかった。

ちなみに赤い花飾りをつけたミル・フェイ＝サウティも、なかなかの貫禄《かんろく》を見せている。スフィラ＝ザザと少し似たところのある毅然《きぜん》とした女衆で、年齢よりもよほど若く見えるぐらいであるが、やはり年季の違いなのだろう。スフィラ＝ザザよりも十歳以上は年長で、なおかつ三児の母でもある彼女は、初めて訪れた城下町において、これ以上もなく堂々と振《ふ》る舞《ま》っていた。

とりもなおさず、男衆にも女衆にも気後《きおく》れなどは感じられない。ある意味、一番平常心でないのは俺《おれ》なのだろう。そうこうしている間に会場の扉は大きく開かれて、小姓の一人が澄《す》みわたったボーイソプラノの声を響《ひび》かせた。

「森辺の族長ダリ＝サウティ様、族長夫人ミル・フェイ＝サウティ様、ご入場です」

そうしてシェイラに案内され、ダリ＝サウティらが歩を進める。どうやら舞踏会の出席者は、こうして名乗りをあげられてから入場しなくてはならないらしい。その後はザザ姉弟、ルウ家の御二方《おふたかた》、そして俺とアイ＝ファという順番であったので、おそらく森辺における序列で順番が決められたのだろう。族長本人、族長の後継者《こうけいしゃ》、族長の第二子息、族長筋ならぬ氏族、という順番であるわけだ。

扉をくぐると、そこにはいずれも美しい宴衣装を身に纏った男女の貴族たちが四、五十名ほども待ちかまえている。ごく内輪の会という話であったが、けっきょくはこのような人数になってしまったのだ。そして、それだけの人数が集まっても不自由がないほど、その会場は広々としていた。詰め込めば、二百名ぐらいの人間を収容することもできそうだ。

また、そこは宴《うたげ》の会場であるので、さすがに華々《はなばな》しく飾りたてられていた。天井《てんじょう》にはシャンデリアのような照明器具に明かりが灯《とも》され、あちこちに据《す》えられた丸い卓にも燭台《しょくだい》が置かれており、ほとんど日中のような明るさである。それでも酸欠にならぬように、壁《かべ》の上方にはたくさんの窓が切られていた。

それらの明かりに照らし出されるのは、城下町らしい華美なる装飾だ。ここには一面に毛足の長い絨毯が敷かれて、壁には天鵞絨《びろーど》のタペストリーが掛けられている。扉の正面の壁にはダレイム伯爵家の紋章がひときわ大きく掲《かか》げられ、その左右には白い石造りの巨大《きょだい》な彫像《ちょうぞう》が置かれていた。

右は男性で、左は女性。どちらも長衣を纏っており、男性のほうは車輪のような円盤《えんばん》を、女性のほうは聖杯《せいはい》のようなものをたずさえている。この大陸の神話に登場する神々なのだろうか。今にも動きだしそうな、躍動《やくどう》感にあふれた姿である。

そして室内には、耳に心地《ここち》好い楽器の音色が流されていた。向かって右側の壁際《かべぎわ》に、六名ばかりの楽士が集まって、妙《たえ》なる演奏を響かせていたのである。その内の一名は旅芸人のニーヤと同じ七本弦《げん》のギターに似た楽器を奏《かな》でており、あとはボンゴのような打楽器を叩《たた》いていたり、インドのシタールみたいな弦楽器を爪弾《つまび》いていたり、横笛を吹《ふ》いていたりと、さまざまだ。それで織り成されているのは、オリエンタルな感じのするやわらかい楽曲であった。

そんな中で、人々は演奏と談話を楽しみつつ、さりげなく俺たちのほうを見やっている。たいていの人間は、森辺の民を初めて目にするのだろう。身に纏っているものに大きな違いはなくとも、やはりダリ＝サウティやゲオル＝ザザのような体格をした人間は他にいないし、褐色の肌というのもまた然《しか》りであった。

「森辺の皆様方、こちらにどうぞ」

シェイラの案内で、俺たちは左手の奥側にある卓へと導かれた。とはいえ、椅子《いす》の類《たぐ》いは見当たらない。本日は、立食パーティの形式が取られているのだ。卓の上には、硝子《ガラス》や陶磁《とうじ》の酒《さか》瓶《びん》や酒杯《しゆはい》がたくさん並べられていた。

「お待ちしていた。息災のようで何よりだ、ダリ＝サウティ」

と、隣の卓に陣取《じんど》っていた人物が音もなく近寄ってくる。白を基調にした西洋の礼服っぽい衣装を纏《まと》った、それはメルフリードであった。

「ああ、ようやく見知った顔を見ることができた。そちらも息災のようだな、メルフリードよ」

「うむ。……そちらが、ダリ＝サウティの奥方《おくがた》か？」

メルフリードの冷徹《れいてつ》なる灰色の瞳《ひとみ》を向けられると、ミル・フェイ＝サウティは毅然とした面《おも》持《も》ちで小さく頭を下げた。

「ダリ＝サウティの伴侶、ミル・フェイ＝サウティと申します。城下町の作法はわきまえておりませんゆえ、礼を失していたら申し訳ありません」

「舞踏会で、そこまで儀礼《ぎれい》を気にする必要はない。……そちらはザザ家の子息と息女であられたな」

闘技会で手合わせをしたゲオル＝ザザはもちろん、スフィラ＝ザザとも祝賀の宴で顔をあわせているのだろう。かつてこの御仁《ごじん》に敗北を喫《きつ》してしまったゲオル＝ザザは、不機嫌《ふきげん》の極《きわ》みたる眼差《まなざ》しでメルフリードをにらみつけていた。

残るは、ファとルウの面々である。ほぼ初対面となるのはダルム＝ルウのみであるが、残りの三名もなかなか微妙《びみよう》な関係性にあった。

「ご無沙汰《ぶさた》しています、メルフリード。えーと、あらたまって挨拶《あいさつ》をするのはおかしな感じなのですが……」

「ファの家のアスタ。確かに我々はたびたび顔をあわせているのに、このような形で挨拶を交《か》わすのは初めてであるように思えるな」

俺はかまど番として城下町に招かれる機会が多かったし、森辺の民との調停役であるメルフリードはおおよそ同じ場に立ちあっている。しかも俺たちが初めて対面したのは、それよりも遥《はる》かに昔の話であったのだ。

ただし、その頃《ころ》の俺は彼の正体を知らされていなかった。メルフリードはスン家の罪を暴《あば》くために、その顔を包帯でぐるぐる巻きにして隠蔽《いんぺい》し、『ダバッグのハーン』などという偽《いつわ》りの名を名乗って、カミュア＝ヨシュと行動をともにしていたのだ。その後も、森で捕《と》らえたザッツ＝スンを連行してきた際や、テイ＝スンに襲撃《しゅうげき》された際や――それに、サイクレウスやシルエルと直接対決した際にも、彼と俺は同じ場所にいた。そんなとんでもない出来事を共有していながら、個人的に言葉を交わしたことは数えるほどしかないというのが、俺とメルフリードの奇異《きい》なる関係性なのだった。

「あら、抜けがけはよくないのじゃない？　わたくしたちにも森辺の皆様方を紹介《しょうかい》してくださらないかしら？」

と、メルフリードの背後から新たな人物が近づいてくる。彼の伴侶たるエウリフィアと、彼らの息女たるオディフィアであった。こちらとは、晩餐会や茶会などでわりと頻繁《ひんぱん》に言葉を交わした間柄《あいだがら》である。

「まあ、あなた……ひょっとして、茶会の際に武官の格好をさせられていた御方かしら？」

エウリフィアの言葉に、アイ＝ファが「うむ」とうなずいた。

「森辺の民、ファの家の家長、アイ＝ファだ。かしこまった喋り方はできぬが、許していただきたい」

「まあ、貴婦人のようなお姿なのに、口を開くと殿方のようね。なんだか、楽しいわ」

エウリフィアは本当に楽しそうに微笑んでおり、アイ＝ファはお行儀《ぎょうぎ》のよい無表情を保っている。

「それで、あなたは……ごめんなさい、何度か顔はあわせているわよね？　たしか、ルウ家の……」

「ルウの分家、家長シン＝ルウの姉であるシーラ＝ルウと申します。こちらはルウの本家、次兄のダルム＝ルウです」

シーラ＝ルウは気品のある仕草で一礼し、ダルム＝ルウは仏頂面《ぶっちょうづら》で目礼だけをした。その姿に、エウリフィアはまた「まあ」と声をあげる。

「本当に森辺の民というのは、殿方もご婦人方もみんな見目が麗《うるわ》しいのね。その青い花飾りをつけていなかったら、大変な騒《さわ》ぎになっていたかもしれないわ」

「…………」

「ルウの本家ということは、あのいかめしいお姿をされたドンダ＝ルウのご子息ということよね。第一子息のジザ＝ルウは、お父君に負けないぐらい大きな身体をされていたけれど、あなたは……そうね、その青い火のような瞳は、お父君にそっくりかもしれないわ」

ダルム＝ルウは黙《だま》りこくったまま、エウリフィアの言葉を聞いている。その眉《まゆ》のあたりに軽く皺《しわ》が寄せられているのは、なんと言葉を返せばいいのか思《おも》い悩んでいる証なのだろうか。そんなダルム＝ルウの横顔をこっそり見つめていたシーラ＝ルウが、また頭を下げながら発言した。

「ダルム＝ルウはもともと寡黙《かもく》な気性《きしょう》であり、また、貴族の方々と言葉を交わすのもこれがほぼ初めてのこととなります。いくぶん口が重たくなってしまうことは、ご容赦《ようしゃ》いただけますでしょうか」

「あら、そのようなことを気になさる必要はないわ。わたくしの伴侶だって、気が進まなければいつまでだって石のように黙りこくっているような気性ですもの」

エウリフィアはころころと笑い、それから足もとの息女を指し示した。

「それでは、わたくしたちの愛する娘のことも紹介させていただくわね。第一息女の、オディフィアよ。……オディフィア、ご挨拶をなさい」

オディフィアもまた無言のまま、その小さな指先でフリルだらけのスカートをつまむような仕草をした。相変わらず、フランス人形のように愛くるしくて、なおかつ愛想《あいそ》の欠片《かけら》もない娘さんである。その小さき姫《ひめ》の姿を見やったダルム＝ルウは、固い石でも呑《の》み込んだような面持《おもも》ちでメルフリードのほうに視線を戻《もど》した。

「……そちらのほうこそ、父親と娘でそっくりな目つきをしているな」

「あら、やっぱりそう思うのね。頑《かたく》なところは父親に、奔放《ほんぽう》なところはわたくしに似てしまったのよ」

エウリフィアが楽しそうに笑い、ダルム＝ルウは綺麗にセットされた頭をがりがりとかきむしる。彼なりにコミュニケーションを取ろうとした結果なのだろうか。父親と娘は無表情に灰色の瞳を光らせているばかりであるが、まあ、微笑ましく感じられなくもない。

「ところでダリ＝サウティよ、このような場で話すにはあまりに無粋かもしれないが、ひとつだけ伝えておきたいことがある」

と、伴侶がいったん口を閉ざした隙《すき》に、メルフリードが発言した。

「例の、トゥラン領で起きた物盗《ものと》りの事件のことだ。残念ながら、ミケルという者を襲《おそ》った犯人や、衛兵がそれを意図的に見過ごしたという証を見つけることはできなかった」

感情のこもらぬ声で言いながら、メルフリードの瞳はいよいよ冷たく冴《さ》えわたっていく。

「ただし、私の目から見ても、トゥラン領の担当である衛兵たちの規律が保てているとは思えなかった。責任の所在を問うどころか、その日のその夜にどの隊の誰《だれ》が該当《がいとう》の区域を巡回《じゅんかい》していたかも、つまびらかにすることができなかったのだ。あれでは衛兵が罪人の片棒を担《かつ》いでいたのだと疑われても弁明はできまい。私は護民兵団の団長と会談の場を作り、徹底的《てっていてき》に綱紀粛正《こうきしゅくせい》する心づもりでいる」

「護民兵団の団長というのは、あのシルエルという大罪人が失脚《しっきゃく》した後を任された者であったはずだな」

「うむ。その者は信頼《しんらい》に値する人間であるが、いかんせん、十年に渡って堕落《だらく》してきた護民兵団を半年ばかりで立て直すことはかなわなかったのだろう。これからは、私も本腰《ほんごし》を入れて護民兵団の立て直しに取り組みたいと思う」

堕落の実態はわからないが、宿場町でも衛兵の評判はすこぶる悪い。中にはマルスのように実直な衛兵もいるのだが、それ以上にいい加減で貴族の言いなりという印象がはびこってしまっているのだ。シルエルのような悪党が十年にもわたってトップに君臨していた弊害《へいがい》であるのだろう。そこにもメルフリードの冷徹なる目が行き届けば、明るい行く末を手にすることができるように思えた。

「もう、お仕事の話だと饒舌《じょうぜつ》になるのだから。本当に無粋ですわよ、メルフリード？」

エウリフィアが笑いを含《ふく》んだ声でそのようにたしなめたとき、また小姓の声が後ろのほうから響きわたってきた。

「ダレイム伯爵家《はくしゃくけ》、ご当主パウド様、伯爵夫人リッティア様、ご入場です」

ついに、ご当主の登場である。俺たちもそちらに向きなおって招待主が入室してくるのを待ちかまえると、なかなか貫禄のある壮年《そうねん》の男性が小柄《こがら》で丸っこい女性とともに姿を現した。どちらも年齢は四十代の半ばぐらいであろうか。ご当主のほうはがっしりとした体格で、実に豊かなもみあげと口髭《くちひげ》をたくわえており、夫人のほうは白いもののまじり始めた髪を頭の上で結いあげている。両人ともにゆったりとした絹の長衣を纏っており、紫色《むらさきいろ》の透《す》ける肩掛《かたか》けを羽織っていた。

「ダレイム伯爵家、第一子息アディス様、第二子息ポルアース様、第二子息夫人メリム様、ご入場です」

続いて、そのご子息たちも入場する。初対面となるポルアースの兄君は、父君から髭《ひげ》ともみあげをとっぱらったような、なかなか厳つい風貌《ふうぼう》であった。体格も、西の民としては骨太で逞《たくま》しい感じだ。その後に続くポルアースも含めて、みんな申しあわせたように白の長衣と紫《むらさき》の肩掛けを身につけている。

そして、ポルアースの伴侶《はんりょ》であるが――こちらは、ちょっと驚《おどろ》かされることになった。その人物はポルアースよりもずいぶん若く見えて、なおかつ、けっこうな美人さんであったのである。栗色《くりいろ》のくるくるとした巻き毛が印象的で、ウサギのように大きな目をしている。淡い桃色《ももいろ》のドレスがよく似合っており、どちらかというと小柄であるが、足取りは軽《かろ》やかで溌剌《はつらつ》とした生命力があふれかえっているように感じられた。

そうしてダレイム伯爵家の一族は、大広間を真《ま》っ直《す》ぐ突《つ》き進《すす》んで、奥側の壁の前で立ち並んだ。伯爵家の紋章の下、当主たるパウドが太い声を張り上げる。

「本日は、我《わ》が家《や》の招待に応じていただき、深く感謝しております。何も堅苦《かたくる》しい集まりではないので、心ゆくまでお楽しみいただきたい」

人々は酒杯を卓に置き、小川のせせらぎのように上品な感じで手を打ち鳴らした。

「また、今宵《こよい》は城下町の外より、特別な客人を招いてもおります。……ポルアース」

「はい。ダリ＝サウティ殿《どの》、こちらにご足労を願えますか？」

ダリ＝サウティは、よどみのない足取りでそちらに近づいていった。人々は、どよめきを押《お》し隠してその姿を見守っている。

「こちらが森辺の民の族長たるダリ＝サウティ殿です。その他《ほか》にも森辺の集落から七名のお客人を招いておりますので、ご存分に親睦《しんぼく》を深めていただければ幸いであります」

ポルアースはにこにこと笑っていたが、これが初の顔合わせとなる父君や兄君は、かなり緊《きん》張《ちょう》気味の面持ちでダリ＝サウティの巨体《きょたい》を見上げていた。

「ポルアースよ、俺もこの場で挨拶の言葉を述べさせてもらってかまわないだろうか？」

「ええ、もちろん。かまいませんよね、父上？」

「う、うむ。……それでは、森辺の族長ダリ＝サウティ殿から挨拶の言葉を賜ろう」

「感謝する。俺は貴族ならぬ森辺の狩人なので、言葉が拙《つたな》いことはご容赦願いたい」

そうしてダリ＝サウティは、会場中の人々をゆっくりと見回していった。

「俺たち森辺の民は、かつてトゥラン伯爵家の前当主と正しい縁《えにし》を結ぶことがかなわなかったため、ジェノスの民にも非常な迷惑《めいわく》と災厄《さいやく》をもたらすことになってしまった。今後はそういう不幸な事態を招かぬように、正しい縁を紡《つむ》いでいきたいと願っている。町と森では何を重んずるかも異なってくるため、ときには気持ちや考えが相容《あいい》れぬこともあるかもしれないが、それでもおたがいの存在を尊重しあえるように努めていければ幸いだ」

とても落ち着いた声音《こわね》でそのように宣言して、ダリ＝サウティはポルアースの父君を振り返った。

「今日はまた、町の人々と親交を深めるための機会を作っていただき、感謝している。俺たちが何か城下町の流儀に反してしまったときは、遠慮《えんりょ》なくたしなめていただきたい。……俺からは、以上だ」

「うむ。のちほど、あらためてご挨拶にうかがいますので、そのときにまた」

「了承した。それでは、失礼する」

ダリ＝サウティは一礼し、悠揚《ゆうよう》せまらず俺たちのほうに戻ってきた。彼《かれ》とてまだ二十六歳という年齢《ねんれい》であるはずなのに、実に堂々とした立ち居振る舞いである。それでいて、不必要な威圧感を与えることがないというのも、ダリ＝サウティならではのことであった。

「では、まずは楽士の演奏と食事のほうをお楽しみいただきたい」

当主パウドの言葉とともに扉が大きく開かれて、銀色のワゴンに料理を載《の》せた小姓や侍女たちが次々となだれ込んでくる。まだ日が沈《しず》むほどの刻限ではないはずであったが、早々に食事が始められるらしい。

「まずは軽く食事を楽しんで、あとは各人が好きなように振る舞えばいいのよ。踊《おど》るのも自由、語らうのも自由。何も難しく考える必要はないわ」

エウリフィアが微笑みまじりに説明してくれている間に、さまざまな料理が卓へと並べられていく。ひとつの大皿には一種類の料理が山のように積まれており、それをバイキング形式で好きなように食するのが作法であるようだった。

「皿を使うのは無粋とされているので、みんなこういう小さな形に仕上げられているの。口に合わないときは、そちらの空の壺《つぼ》に捨ててしまってね」

そういった作法に関しては、俺もかまど番をつとめるレイナ＝ルウからすでに聞いていた。それで料理をどのような形で仕上げるべきか、俺からアドヴァイスを与えることになったのである。

「ご親切にありがとうございます。うわあ、これは美味《おい》しそうですね」

俺は本心からそのように言ったのだが、斜《なな》め後方からは不満げな声が聞こえてきた。

「どれもこれも、町の食い物ばかりだな。森辺のかまど番は何をやっているのだ？」

当然というか、それはゲオル＝ザザであった。いつのまにやら酒杯を手にしたらしく、目のあたりがほんのり赤く染まっている。

「こちらのかまど番は到着《とうちゃく》が遅《おそ》かったので、まだ調理中なのだと思いますよ。その内にギバの料理も出されることでしょう」

「ふん。しょせん貴族の食い物など、狩人の口に合うわけがないのだ」

ゲオル＝ザザはまだ不満げな面持ちであったが、それでもなけなしの自制心を発揮して、小声になっていた。アイ＝ファやダルム＝ルウたちも、不満の声をあげてこそいなかったが、まったく無関心な眼差しで料理の山を眺《なが》めている。いずれギバ料理が出されるならば、ここで無理をする必要はない、と思ってしまっているのだろうか。

「シーラ＝ルウ、ここはやっぱり俺たちが先陣《せんじん》を切るべきでしょうか」

「ええ、そうかもしれませんね」

ということで、俺たちはまず手近な卓に並べられた皿を物色していった。さきほどエウリフィアが述べていた通り、いずれもひと口大のサイズに分けられた料理である。直径六、七センチの丸くて平たいフワノの生地に、さまざまな食材をトッピングする、というのが一番ポピュラーであるようだ。その他には串《くし》に刺《さ》した料理なども見受けられるが、そちらも大体はひと口サイズで簡単に食べられるようになっている。それに、甘《あま》い菓子《かし》も料理と同時に出されているようだった。

「うーん、さすがはヤンと、ヴァルカスのお弟子《でし》さんたちですね。見た目では味の想像がつけにくいです」

「そうですね。これなどは、肉が主体であるようですが」

そのように言いながら、シーラ＝ルウが料理のひとつをつまみあげた。生地の上にうっすらと赤みを帯びた肉と乾酪《かんらく》のスライスが載せられており、上にはグリーンのソースが掛けられている。それを口にしたシーラ＝ルウは、一回咀嚼《そしゃく》しただけで驚きに目を見開いた。

「これは……驚くほどのやわらかさです。それに、この風味は……いったい何なのでしょう」

俺は大いに好奇心《こうきしん》を刺激《しげき》され、同じ料理を口にすることにした。

「ああ、これはたぶん、俺が作る『ロースト・ギバ』のようなものですね。カロンの肉を蒸《む》し焼きにしているのですよ。でも、このやわらかさは……」

カロンでも、胸や背中の肉であれば、ギバ肉よりもやわらかい。が、この料理に使われている肉は、厚みが七、八ミリもあるのにとろりと溶《と》け崩《くず》れるような食感であった。

「アスタ。これはちょっと、あの料理に似ていませんか？　ずっと前に城下町で口にした、あの――」

「はい。ティマロに出された肉料理ですよね。俺もそれを思い出していました」

試食をしたルド＝ルウが「脂《あぶら》の塊《かたまり》じゃねーか！」とわめいていた、あの肉料理である。あれはたしか、焼く前の肉に細い針で無数の穴を空け、そこに脂を注入することで、信じがたいほどのやわらかさを生み出していたのだ。それと同列の食感が、この料理からは感じられる。

しかし、あのときに感じたような、空前絶後の脂っぽさは感じられなかった。もちろん脂は多量に使われているのだろうが、それ以上に肉の風味がまさっている。蒸し焼きなのに霜降《しもふ》り肉のステーキのような味わいであり、しかも食感は豆腐《とうふ》のようになめらかなのだった。

「美味というか、不思議な味ですね。でも、不快なことはまったくありません」

「同感です。それに、上に掛かっているソースがまた絶品ですね。何種類かの香草《こうそう》を配合して、それを白ママリア酢《ず》で溶いたものだと思うんですけど、ちょっとどの香草を使っているのかは当てられそうにありません」

そのような会話を交わしてから、俺がふっと同胞《どうほう》らのほうを振り返ると、六名全員がいくぶん呆《あき》れ気味《ぎみ》の目つきで俺たちを見守っていた。

「ひと口食べただけで、その有り様か。すべての料理を口にする頃には、夜が明けていそうだな」

一同の気持ちを代弁して、アイ＝ファがそのように述べたてた。

「うん、まあでも、いつも通りといえばいつも通りだろう？」

「アスタたちにとっては、それがいつも通りのことなのか。まったくその熱心さには感服させられるな」

そんな風に言いながら、ダリ＝サウティが同じ料理をつまみあげた。俺が止める間もなく、大きな口にその料理がまるごと投じられる。

「ああ、これは不可思議だ。ゲオル＝ザザは口にしないほうがいいかもしれんぞ」

「ふん。俺は最初から口にする気などない」

「では、俺たちがお前の口にも合いそうなものを見つくろってやろう」

さらにダリ＝サウティは、隣《となり》の皿にあった正体不明の料理をも口の中に放《ほう》り込んだ。

「うむ、これも面妖《めんよう》だ。肉なのか野菜なのかもよくわからん」

「ダ、ダリ＝サウティ、あまり無理はなさらないでくださいね？　その役は俺たちが受け持ちますから」

「しかしこれも、ダレイムの貴族たちの心尽《こころづ》くしなのだ。森辺の族長として、食べもせぬ内に文句を言うわけにもいかぬだろう」

そう言って、ダリ＝サウティは愉快げに微笑んだ。

「それに、俺ももうそれなりに城下町の料理というものを食べさせられてきたからな。そうそう驚かされたりはせんぞ」

こういう部分は、三族長の中でもダリ＝サウティが一番秀《ひい》でているかもしれない。保守的であり堅実《けんじつ》でありながら、彼はどこかガズラン＝ルティムにも通ずる柔軟《じゅうなん》さをも持ち合わせているのだ。そうして俺たちは城下町の料理をしっかり味わいつつ、その中から森辺の民の口に合いそうなものを見つけだすために、三人がかりでローラー作戦を敢行《かんこう》することになった。

その場には、実にさまざまな料理が出されていた。土台にされているフワノの生地も、料理にあわせて焼かれていたり揚《あ》げられていたり、窯焼《かまや》きであったり蒸し焼きであったりとさまざまだ。

中には、それなりに突拍子《とっぴょうし》のない料理もあった。トマトのようなタラパと梅干のような干しキキのディップがママリア酢で和《あ》えられて、それがキミュスの香《こう》ばしい皮で包まれていたものや、しこたま砂糖の使われたアロウのジャムにカロンの肉が漬《つ》け込まれたものなどは、とうてい森辺の民の口には合わなかっただろう。俺なども、ときには涙目《なみだめ》でそれらを呑み下すことになった。

城下町の民は、複雑であったり奇抜《きばつ》であったりする料理を上等とする気風が強いのである。俺たちにはとうてい受けつけられなかったティマロの料理でも、ポルアースたちは何の不満もなく受け入れていたのだ。この際にも、そういった食文化のギャップを存分に思い知ることができた。

だけどやっぱり、普遍《ふへん》と呼んでも差《さ》し障《さわ》りのない美味しさというものも、この世には存在するのだと思われた。普遍というのが大仰《おおぎょう》であるならば、最大公約数と言い換《か》えてもいい。まったく異なる食文化で育ってきた俺と、森辺の民と、城下町の民の全員が「美味《うま》い」と思える味も、確かに存在はするのである。いくつかの卓を巡《めぐ》った俺たちは、数ある料理の中からそういう味わいを持ついくつかの料理を発見することができた。

「アイ＝ファ、これは美味しいぞ。よかったら食べてみないか？」

「………………」

「これらの料理を作ったのは、ヤンやシリィ＝ロウたちなんだ。それをひと口も味わわないというのは、やっぱりちょっともったいないんじゃないのかな？」

「……そういえば、サトゥラス伯爵家の晩餐会《ばんさんかい》においても、料理を作っていたのはあのシリィ＝ロウという娘たちであったな」

アイ＝ファはちょっと表情をあらためると、俺が指し示した料理を手に取った。内容は、細切りにしたカロンの肉をタウ油や香草に漬け込んで、おそらくは炙《あぶ》り焼きにしたものである。赤褐色《せきかつしょく》に焼けた細切りの肉がうねうねと渦《うず》を巻いた姿はいささか奇《き》っ怪《かい》であったが、お味のほうは抜群《ばつぐん》の美味しさであった。

「ふむ。かつてダバッグで食べたものよりも、美味に感じられるな」

「そうだろう？　こっちのやつもなかなかおすすめだぞ」

それは、ほぐした焼き魚の身を生のギーゴのスライスではさみこみ、香草と砂糖と赤ママリア酢のソースを掛《か》けた料理であった。ヤマイモを思わせるギーゴと焼き魚の食感が絶妙《ぜつみょう》であり、味付けのほうも、辛《から》さと甘さと酸《す》っぱさが素晴《すば》らしく調和している。また、魚の身そのものにも燻煙《くんえん》で風味がつけられており、とても手間がかけられていた。

なおかつ、土台のフワノはレテンの油でカラッと揚げられている。その油分も、計算の一部なのだろう。これは絶対にヴァルカスの弟子の手によるものだろうなと確信させられる出来栄《できば》えであった。

「不思議な味だな。確かに、美味いのだろうと思う」

アイ＝ファ以外の人々も、まったく不満そうな顔はしていなかった。また、ダリ＝サウティの最初の発言に何か思うところでもあったのか、スフィラ＝ザザもすすめられる料理を拒《こば》もうとはせず、問答無用で弟にも食べさせていた。不満顔のゲオル＝ザザも、それらの料理を「不味《まず》い」と罵《ののし》ることはなかった。

「いかがですか、ダルム＝ルウ？」

シーラ＝ルウの呼びかけに、ルウ家の意固地な次兄も「ああ」とぶっきらぼうに応じている。

「ジザやルドが言っていたのは、こういう料理のことなのだろうな。ギバの使われていない料理を心の底から美味いとは思えんが……町の人間はこういうものを美味いと思うのだろうし、俺もべつだん不味いとは思わない」

「ええ。きっとこれはシリィ＝ロウたちの手による料理なのでしょうね」

シーラ＝ルウの言葉に、ダルム＝ルウは「シリィ＝ロウ？」といぶかしげな顔をする。

「……ああ、ルウの集落の宴に出向いてきていた、城下町の娘か。そういえば、あやつが今日の宴には関《かか》わっているのだったな」

「ええ。ダルム＝ルウも、彼女とは少し縁を結んでいましたよね」

その言葉には「いや？」という返事がもたらされることになった。

「同じ場にはいたが、言葉を交わした覚えはない。むこうだって、俺に用事などないだろう」

「いえ、わずかな間ですが、ダルム＝ルウに彼女の身柄《みがら》をおあずけしたでしょう？　わたしが彼女のために『ギバの丸焼き』を取りにいっていた、あのときです」

それでもダルム＝ルウがうろんげに首を傾《かし》げていると、シーラ＝ルウはこらえかねたように笑い声をもらした。

「本当に覚えてらっしゃらないのですね。あのときのダルム＝ルウは、ちょっとお酒を召《め》しすぎでした」

「何を言う。確かに途中《とちゅう》で眠《ねむ》ってはしまったが、酒で記憶《きおく》がなくなったことなどはない」

「記憶をなくされたこと自体を、お忘れになっているのでしょう。今日はお気をつけくださいね」

「だから、そんな姿をさらしたことはないと言っているだろうが」

子供のように言い張るダルム＝ルウの姿は、俺の目から見ても微笑《ほほえ》ましかった。それに、シーラ＝ルウはとても幸福そうである。俺が予想していた通り、ダルム＝ルウはアイ＝ファの宴衣装を見ても軽く目を見開いたぐらいで、それ以降は特別な関心を寄せてはいないようだった。

（その代わり、シーラ＝ルウに対してもまったくいつも通りみたいだけど……やっぱり普通《ふつう》にしているだけで、俺にはお似合いに見えちゃうな）

思いの外、森辺の民はこのような場にあっても自然体であった。余人にどう見られてもかま

いはしない、という森辺の民の図太さが、この際にはいい感じに働いているようだ。

ただし、メルフリード一家と離《はな》れてからは、まったく余所の人々と交流を結んでいない。これは親睦の宴であるのだから、身内で固まっているだけでは役目が果たせないのだが——と、俺がそのように考えていると、その言葉が伝わったかのように近づいてくる一団があった。

「やあやあ、ご挨拶が遅《おく》れてしまったね。楽しんでいただけているかな、森辺の皆様方《みなさまがた》」

振り返ると、そこには笑顔《えがお》のポルアースが立っていた。さらにその背後には、彼の両親と兄と伴侶までもが控《ひか》えている。俺たちは、いよいよダレイム伯爵家の人々と親交を深める機会を賜《たまわ》ったのだった。

3

「あらためて紹介させていただくよ。こちらが僕《ぼく》の父上で、ダレイム伯爵家の当主たるパウド、兄上にして第一子息のアディス、母上にして伯爵《はくしゃく》夫人のリッティア、そして僕の伴侶であるメリムだ」

男性陣《だんせいじん》は緊張気味の仏頂面であり、女性陣《じょせいじん》はつつましやかな笑顔であった。その中で、まずは母君のリッティア夫人が進み出てくる。

「みなさん、宴衣装がとてもお似合いだわ。ダレイム伯爵家からの心尽くしは、お気《き》に召していただけたかしら？」

「このように立派な宴衣装を準備していただき、非常に感謝している。とりわけこの胸に飾《かざ》られた紋章《もんしょう》というものは、森辺の民に相応しいものであると思える」

ダリ＝サウティの返答に、伯爵夫人は満足そうに微笑んだ。とても温和そうな、気品のある貴婦人である。ころころと丸っこい体格をしているのが、いっそう見る者に安心感を与えてくれる。兄君は父親似であるようだが、ポルアースは明らかに母親似であるようだった。

「常々、森辺の民のお歴々にはご挨拶をするべきだと感じておりました。その思いを成就《じょうじゅ》することができて、非常に嬉しく思っておりますぞ」

と、今度はご当主のほうが進み出てくる。こちらは、なかなか貫禄のある御仁である。マルスタインやルイドロスなどは瀟洒《しょうしゃ》で如才《じょさい》のない雰囲気であったが、ダレイム伯爵家の当主は別の意味で貴族らしい風貌を持つ人物であった。

面と向かってみると、意外に背は高くない。せいぜい俺より二、三センチ高いぐらいだろう。そのぶん横幅《よこはば》ががっしりとしており、その恰幅《かっぷく》のよさが威厳《いげん》を生み出しているようだ。装飾品《そうしょくひん》のように盛り上がった口髭ともみあげも、実に貴族らしいアクセントである。

それにやっぱり長兄《ちょうけい》たるアディスという人物は、この父親にそっくりであった。眉が太くて、鼻が大きくて、目の光が強い。父君の髭ともみあげをつけ加えたら、遠目には区別がつかなくなってしまいそうだ。

そして、ポルアースの伴侶たるメリム姫である。彼女は間近で対面してみるといっそう小さくて、いっそう可愛《かわい》らしかった。外見は、ほとんど俺と同年代ぐらいにしか見えない。身長は、せいぜい百五十センチぐらいだろう。それに伯爵夫人もけっこう小柄であったので、男性陣がいっそう大きく見えたのかもしれなかった。

「……初めまして。お目にかかれて光栄です、森辺の皆様方」

と、そのメリム姫が可憐な仕草でドレスの脇をつまんだ。栗色の巻き毛の下で、茶色の瞳がきらきらと輝《かがや》いている。

「いつも主人から、皆様方のお話を聞かされております。ファの家のアスタ殿というのは、あなたですね？」

「あ、はい、初めまして。ポルアースにはいつもお世話になっています」

「主人こそ、皆様《みなさま》の力なくして現在の立場はなかったでしょう。皆様には、とても感謝しております」

メリム姫に微笑みかけられて、森辺のみんなも頭を下げたり目礼を返したりしていた。それらの姿を見回していたメリム姫の目が、アイ＝ファのところでぴたりと止められる。

「あなたがファの家のアイ＝ファという御方ですね？　あなたのことは、侍女《じじょ》のシェイラから聞かされておりました。お噂《うわさ》にたがわぬ、お美しい姿です」

「いたみいる」とアイ＝ファは無表情に返した。アイ＝ファは容姿について取《と》り沙汰《ざた》されるのを好まないのだ。不機嫌そうな顔を見せなかったのが、せめてもの心づかいであったのだろう。

その後は、ダリ＝サウティから森辺の面々が紹介されることになった。が、最初に感じた空気はなかなか変わらない。貴族側の男性陣はいつまでも緊張気味で、女性陣は終始にこやかであった。

「これで我々は、ようやく伯爵家の当主の全員と顔をあわせることがかなったのだな。森辺の民と言葉を交わすのはポルアースとメルフリードの両名と定められているが、今後も正しい縁を紡いでいっていただきたい」

ダリ＝サウティがそのように述べても、当主や第一子息はぎこちなくうなずくばかりである。やはり、ダルム＝ルウやゲオル＝ザザのかもしだす狩人の迫力《はくりょく》に、いささか気圧《けお》されてしまっているのだろうか。まだそれほど多くの貴族と接してはいない俺たちには、この反応が普通のものであるのか判別することも難しかった。

そこに、「失礼いたします」と新たな人影《ひとかげ》が近づいてくる。そちらを見たゲオル＝ザザの目が、またゆらりと不穏《ふおん》な光を瞬《また》かせた。そこに現れたのは、サトゥラス伯爵家に連なる若き貴公子であったのだ。

「おお、レイリス殿。ご挨拶が遅れてしまったね。料理は楽しんでいただけているかな？」

「ええ、いずれも素晴らしい料理ばかりです。楽士の演奏も見事なものですね」

そうして伯爵家の面々に挨拶をしてから、レイリスはゲオル＝ザザに向きなおった。

「ザザ家の子息も、お久しゅう。その後、息災にお過ごしだったでしょうか？」

「……貴様もこの場に招かれていたのか、サトゥラスの騎士《きし》とやらよ」

そういえば、ゲオル＝ザザはメルフリードばかりでなく、この若者にも敗北していたのだった。しかし、それを恥《は》じる必要はないだろう。あれほど大勢の剣士《けんし》が参加した闘技《とうぎ》会で、レイリスは三位、ゲオル＝ザザは四位であったのだ。逆に言うと、町の人間で森辺の狩人に土をつけたのは、メルフリードとレイリスしか存在しないのである。

「腹の底がむずむずしてたまらんな。こんな顔ぶれがそろっているなら、舞《まい》など踊らずに剣《けん》でも打ち合わせるべきではないのか？」

「わたしもいずれあなたとは、力を試《ため》し合いたいと願っています。ですが今は、楽士の演奏と美味なる料理を楽しみましょう」

そう言って、レイリスは穏《おだ》やかに微笑んだ。サトゥラス伯爵邸《はくしゃくてい》でまみえたときとは、別人のような表情である。あのときの彼は、父親の犯《おか》した不名誉《ふめいよ》な行いに激情をたぎらせていたのだった。

「……ところで、シン＝ルウ殿はいらっしゃらないのですか？　たしか今宵は、彼も招かれるのだと聞いた覚えがあるのですが」

「ああ、シン＝ルウ殿は森辺の料理人の付添人《つきそいにん》として招かれているのだよ。こちらの会場に顔を出す予定ではないのだよね」

ポルアースの返答に、レイリスは「そうですか」と眉を曇《くも》らせた。

「残念です。のちほどこちらから挨拶をすることはかなうのでしょうか？」

「それはもちろん。舞踏会《ぶとうかい》が終わるまで帰ることはないだろうから、あとで侍女にでも厨《くりや》に案内させよう」

「ありがとうございます」

レイリスは、本当に憑《つ》き物《もの》が落ちたように清々《すがすが》しげな様子になっていた。きっとこれが、本来の姿であるのだろう。瀟洒で気品のある貴族らしいたたずまいである。

するとと、シーラ＝ルウから耳打ちされていたダルム＝ルウが「ほう」と低く声をあげた。

「闘技会とやらでシン＝ルウやザザの末弟《まってい》と力を試し合ったのは、お前であったのか。そのように若くて身奇麗《みぎれい》な男だとは思っていなかった」

「……失礼ですが、あなたは？」

「俺はルウの本家の次兄《じけい》、ダルム＝ルウだ。シン＝ルウの父リャダ＝ルウは、俺の父ドンダの弟にあたる」

「ああ、ルウ家に連なる御方《おかた》でしたか。……その節は、不肖《ふしょう》の父がルウ家に大変なご迷惑をおかけしてしまいました」

「それはもう済んだ話なのだろう。今さら詫《わ》びの言葉など不要だ」

そのように言いながら、ダルム＝ルウはじろじろとレイリスの姿を検分した。

「しかし……あのメルフリードという貴族はまだしも、お前のように若い人間が森辺の狩人を退けたとはな。次の機会には、俺にもその姿を見せてほしいものだ」

エウリフィアが相手のときは口の重かったダルム＝ルウが、この際はずいぶんと饒舌になっている。やはり、町の人間にゲオル＝ザザが敗れたというのは、ルウ家でも語り草になっているのだろうか。

「闘技会は、僕も拝見させていただいていたよ。レイリス殿もゲオル＝ザザ殿も、実に見事な剣技であったね！　来年も参加されるなら、また楽しみが増えるというものだ」

父君と兄君がいっそう静かになってしまったため、ポルアースが笑顔でホスト役をつとめていた。ダリ＝サウティは、そんな人々の様子を静かに見守っている。

「さて、話してばかりも何だから、もう少し料理を楽しんでいただこうか。あちらの素晴らしい肉料理はもう口にされたのかな？」

「いえ、まだこちら側の卓《たく》を巡っただけですね」

「それでは、僕たちがご案内しよう。あれはきっと森辺の方々の口にも合うと思うのだよね」

「では、我々は他の客人にも挨拶をせねばならないので、これにて。……ポルアースよ、後は頼《たの》んだぞ」

と、けっきょく大した言葉も交わさないまま、パウドたちはそそくさといなくなってしまった。その姿が見えなくなるのを待ってから、ダリ＝サウティがポルアースに向きなおる。

「ポルアースよ、あなたの父と兄は、森辺の民に何か含むところでもあるのだろうか？」

「いやいや！　父上と兄上は、ジェノス侯《こう》やサトゥラス伯《はく》ほど肝《きも》が据《す》わっていないだけなのですよ。剛毅《ごうき》の気性で知られる森辺の民にどのような態度で接すればいいのか、いまだに判じかねているようなのです」

「そのように気を張る必要はないのだがな。我々の君主はジェノス侯マルスタインだが、そもそも貴族というのは全員が我々の上に立つ存在なのだろう？」

「うーん、ちょっと説明が難しいのですがね。父上たちは父上たちなりに、森辺の民との関係性を重んじているのです。それゆえに、自分たちの不始末によって森辺の民とのご縁がこじれてしまったら大変だ、と腰《こし》が引けてしまっているようなのですよね」

「慎重《しんちょう》なのは、ダレイム伯爵家の家風ですものね」

と、笑いを含んだ声が横から答える。それは、ただひとり伴侶のもとに留《とど》まっていたメリム姫であった。

「それに、日陰者《ひかげもの》であったあなたがようやく日の当たる場所に出られるようになったのですもの。ご当主様や兄君様は、そのお邪魔《じゃま》をしないようにお気をつかわれているのではないかしら？」

「客人の前で、ずいぶんな言い草だね！　まあ、森辺の方々であれば、そんな物言いも喜んでくれるかもしれないけれど」

ポルアースは大らかに笑い、それに誘《さそ》われるようにしてダリ＝サウティも微笑《びしょう》した。

「まさしく、俺《おれ》たちはそういう飾らぬ物言いを好んでいる。あなたは日陰者であったのか、ポルアースよ？」

「世間的には、そうでしょうね。何の役職も与《あた》えられない貴族というのは、どこに行っても身の置きどころがないものなのです」

そういえば、初めて顔をあわせたときも、ポルアースはそのような言葉を口にしていた。サイクレウスを打倒《だとう》しようと考えたのも、そういった立場から脱《だつ》するため、という思惑《おもわく》が多分に存在したようなのだ。

だけどポルアースは、自分の立身出世だけを望んでいるわけでもなかった。むしろ、トゥラン伯爵家のせいで肩身《かたみ》のせまくなっているダレイム伯爵家を再興させるために、という思いのほうが強かったはずだ。その目論見《もくろみ》は成功し、今ではダレイムとサトゥラスの両家が力をつけつつあるように感じられる。これで今度はトゥラン伯爵家が真っ当な手段で再興されれば、ようやく三家の力関係はうまい具合にバランスが取れるのではないだろうか。

「あなたは、メリムと申されたか。失礼だが、ずいぶんお若い伴侶なのだな」

ダリ＝サウティが社交性を発揮してそのように言葉を重ねると、メリム姫は「まあ」と微笑んだ。

「そのようなことはありません。わたくしは、先の新年で二十となりました」

「二十歳《はたち》か。これまた失礼だが、もう三、四歳《さい》は若く見えるな」

俺も、ダリ＝サウティと同感であった。ポルアースは、愉快《ゆかい》そうに笑っている。

「メリムはサトゥラス伯爵家の傍流《ぼうりゅう》の血筋でして、三年ほど前に婚儀《こんぎ》を挙げたのです。十七歳と二十二歳なら、まあ釣《つ》り合いもよかろうということで」

「うむ？　ということは、ポルアースはまだ二十五歳なのか？　俺より年若いとは思わなかったな。てっきりもう三十は数えているのではないかと思っていた」

「それはひどい！　僕などまだまだ若輩者《じゃくはいもの》でありますよ」

ことの善《よ》し悪《あ》しはともかくとして、張り詰《つ》めた感じのご家族が姿を消した後のほうが、会話もなめらかに進むようであった。

「では、あちらの卓に移動しましょうか。ぜひとも森辺のみなさんに味わっていただきたい料理があるのです」

そうして俺たちは、ポルアースの案内で移動することになった。会場のあちこちにたたずむ他の人々は、俺たちの様子をちらちらと盗《ぬす》み見《み》しながら歓談《かんだん》を楽しんでいる様子である。楽士たちの演奏も、ひかえめながらに会場の雰囲気《ふんいき》に彩《いろど》りを与えている。

「こちらです！　この料理が絶品なのですよ！」

それは、串に刺された奇妙《きみよう》な料理であった。たしか肉料理と言っていたように思うが、まわりを覆《おお》っているのはフワノの生地《きじ》である。炙り焼きか、あるいは窯焼きにされたものだろう。真ん中がふくらんだ円盤状《えんばんじよう》の形をしており、表面はキツネ色に焼きあげられている。

「生地が割れると中身がこぼれてしまうので、ひと口でお食べになったほうがいいですよ。中にはカロンの肉が詰められております」

申し合わせたように、俺とシーラ＝ルウとダリ＝サウティの三名がその料理に手をのばした。他の料理と同じように、ひと口で食べるのに不自由はないサイズである。小さくて、ぽこんとふくれた姿が、とても愛らしい。

それをひと口で頰張《ほおば》ってみると、フワノの生地はあっけなく砕《くだ》けてしまう。パイ生地のように、薄《うす》くてパリパリに焼きあげられていたのだ。その内側に隠《かく》されていたのはまごうことなきカロン肉の食感であったが、ミンチやブロックではなく、薄く切り分けた肉を何層にも重ねているらしく、豊かな脂と肉汁《にくじゆう》が心地好《ここちよ》く口内を満たしてくれた。

さらには芳醇《ほうじゅん》なる肉の味わいと、えもいわれぬ香気《こうき》が追いかけてくる。この味付けは、何だろう。優《やさ》しい甘みと、ほのかに舌を刺す辛みと、コクのある苦みが複雑に絡《から》み合っている。しかもそれらは、噛《か》めば噛むほど風味が豊かになり、何段階もの喜びと驚きを与えてくれた。

「これは、香草の風味ですよね。でも、味がどんどん変わるので、何が使われているのかさっぱりわかりません」

シーラ＝ルウの言葉に、俺も「はい」とうなずいてみせる。

「不思議な味ですね。これはひょっとしたら、薄く切った肉の間に、それぞれ異なる香草やソースをはさみこんでいるんじゃないでしょうか。だから、噛むたびにそれがまじりあって、味が変化しているように感じられるのだと思います」

「ああ、なるほど……こんなに小さな料理なのに、そんなこまやかな細工をほどこすことができるものなのですね」

シーラ＝ルウは感服しきったように息をつき、ダリ＝サウティは「ふうむ」とうなり声をあげている。

「これは確かに、美味だと思う。俺には料理のことなどわからんが、とにかく肉が美味い」

「そうですね。何より、それが一番です」

この味付けには驚かされたが、それもカロン肉の絶対的な美味しさがあってのことであった。とにかくもう、肉が美味くてたまらないのだ。いかに複雑な味付けであっても、それは肉の旨《うま》みを際立《きわだ》たせるための細工に過ぎなかった。

作り置きの料理なので、ほとんど熱は失われてしまっている。それなのに、口内の熱で肉の美味しさが蘇《よみがえ》り、力強く羽ばたいていくような感覚であった。また、肉は薄切《うすぎ》りでも二、三センチの厚さに重ねられているため、噛み応《ごた》えも申し分ない。ひたすら純粋《じゅんすい》に、これは美味なる肉料理であった。

「どうだい？　お気に召したかな？」

「はい！　これは森辺の民の口にも合うと思います」

ということで、アイ＝ファたちも同じ料理を食することになった。スフィラ＝ザザにうながされて、いやいや串を取ったゲオル＝ザザも、初めて驚きに目を見開いている。それでも決して感想を口にしようとはしなかったが、彼は立て続けに三つもその料理を食べていた。

「これは、美味ですね。町の料理をこれほど美味に感じられるとは思いませんでした」

ずっと静かにしていたミル・フェイ＝サウティも、そのように述べていた。それでもアイ＝ファは無言であったので、俺はこっそり感想を聞いてみる。

「どうだ？　これなら文句はないだろう？」

「文句はない。見事な手並みだな」

などと言いながら、アイ＝ファはいくぶん浮《う》かない顔で俺を見つめてきた。

「……しかし、今日は最後までアスタの料理を口にすることはできないのだな。それを思うと、いささかならず空虚《くうきょ》な気持ちになってしまう」

俺は不意打ちをくらってしまい、とっさに言葉を返すことができなかった。何せ、そのように語るアイ＝ファは美しいドレス姿なのである。そんな姿で憂いげに目を細めるアイ＝ファは、俺の心臓を圧迫《あっぱく》するだけの破壊力《はかいりょく》を有していた。

「だ、だけどそろそろレイナ＝ルウたちのギバ料理も仕上がるだろうからさ。それを楽しみにしようじゃないか」

「うむ……」とアイ＝ファは目を伏《ふ》せてしまった。破壊力は、いまだ変わらずである。

そのとき、ひさびさに触《ふ》れ係の声が響《ひび》きわたった。

「南の民、鉄具屋グランナル様のご息女ディアル様、およびお連れのラービス様、ご入場です」

そういえば、彼女《かのじょ》もこの舞踏会には参席すると言っていたのだ。小姓《こしょう》の少年に導かれて、青いドレス姿のディアルと白い詰襟《つめえり》のような装束を纏《まと》ったラービスが入場してくる。ポルアースが笑顔で手を上げると、小姓はディアルたちをこちらの卓へと案内してきた。

「やあやあ、遅かったね、ディアル嬢《じょう》。料理が尽《つ》きる前にご到着できて幸いだ」

「遅くなってしまい、申し訳ありません。ちょっと商談が長引いてしまったもので」

ディアルはおなかの辺りに両手を置いて、おしとやかにお辞儀《じぎ》をした。きっとそれがジャガル流の挨拶《あいさつ》なのだろう。ずいぶん見慣れてきたディアルのドレス姿であるが、やっぱり別人のように見えてしまうのは否《いな》めない。髪飾《かみかざ》りでちょっと前髪《まえがみ》をわけるだけで、とたんに女の子らしい雰囲気になってしまうのも、不思議な効果である。目にも鮮《あざ》やかなコバルトブルーの宴衣装が、今日も彼女にはよく似合っていた。

そんなディアルが俺のほうを振《ふ》り返り、いつもの感じで白い歯を見せる。

「アスタもなかなか宴衣装が似合ってるじゃん。そんなの、いつの間に準備してたの？」

「これは、ダレイムの伯爵夫人が準備してくれたんだよ。……ラービスも、ちょっとおひさしぶりです」

ラービスは、無言で目礼を返してきた。彼はメルフリードと似た格好をしていたので、どことはなしに武官っぽく見える。というか、たしかマルスタインがジャガル風の装束を好んでいたような覚えがあるので、こういう宴衣装もルーツはジャガルなのかもしれなかった。

「この後に、ギバの料理が出されるはずだよ。ふだん屋台の料理を作っている女衆が、厨番として招かれることになったんだ」

「あ、そうなの？　やったー！　それなら、急いで来た甲斐《かい》が――」

と言いかけたところで、ディアルの目がまん丸に開かれた。どうやら俺の斜め後《うし》ろにたたずむ人物の正体に気づいた様子である。

「あ、あれ？　ひょっとして、あんたはあんたなの？」

「いかにも、私は私だが」

「うわー、まるで別人みたいだね！　今日はあのシム風の装束じゃなかったんだ？」

そういえば、ディアルはアイ＝ファが宴衣装でトゥラン伯爵家《はくしゃくけ》に潜入《せんにゅう》した際、同席していたのである。あのときのアイ＝ファはシムの豪商《ごうしょう》の息女という身分を騙《かた》っていたので、シム風の宴衣装に身を包んでいたのだった。

「うーん、口さえ開かなければ、どこかの貴族のご令嬢《れいじょう》みたいだなあ。色が黒いから、やっぱりシムの貴族としか思えないけど！」

「………………」

「あんた、そんなに綺麗《きれい》なのに、どうして狩人なんてやってんの？　ちょっともったいないんじゃない？」

「お前は鉄具屋などを生業にするのはもったいないなどと言われたら、どのように答えるのだ？」

せっかくの宴衣装であるのに、相変わらずの両名である。以前ほどの険悪さではないが、そこそこの火花が散ってしまっている。

「ま、いいや。ご当主とか他の客人にも挨拶しておかないといけないから、また後でね。……ポルアース様、しばし失礼いたします」

「うん、またのちほど」

そうしてディアルたちが慌《あわ》ただしく去っていくと、メリム姫《ひめ》がまた楽しそうに微笑んだ。

「彼女はいつでも元気ですね。……ところで、わたくしも森辺の皆様方を他の方々にご紹介《しょうかい》したいのですけれど、いかがでしょうか？」

「ふむ。他の方々というと？」

「森辺の民に関心のある、すべての方々にですわ。この舞踏会には、特にそういった方々が集まっているはずでしたわよね？」

「そうだね。そうだからこそ、これほどの大人数になってしまったのさ」

と、ポルアースも微笑をひろげる。

「何せこれは、森辺の民と親交を深めるための舞踏会であったのです。それで半数は僕たちが選んで招待した客人でありますが、残りの半数は自ら参席を願い出てきた方々なのですよ。この半年ほどでジェノスを大いに揺《ゆ》るがすことになった森辺の民というのがどういう人々であるのか、そこに関心を抱《いだ》いた人々が一堂に会しているわけです」

「なるほど。ならば我々も、そういった人々とは縁《えにし》を紡《つむ》がせていただきたく思う」

「でしたら、まずはわたくしがご婦人方を皆様にご紹介いたしますわ。さきほどから、みんな話したそうにこちらを盗み見ておりますもの」

確かにまあ、八名全員がずっと固まっていては、なかなか周囲の人々も声をかけようというきっかけが得られないだろう。そんなわけで、四名の女衆はメリム姫の案内で貴婦人方のもとに案内されることになったのだが――アイ＝ファが何やら物言いたげな目つきをしていたので、俺はこっそり囁《ささや》きかけておくことにした。

「こっちはこんな顔ぶれなんだから心配ないよ。シーラ＝ルウたちを守ってあげてくれ」

「うむ……」と不承不承うなずいてから、アイ＝ファはしずしずとメリム姫の後を追いかけていった。あのように見事な宴衣装に身を包みながら、アイ＝ファはあくまで護衛役の心持ちなのである。酔《よ》った貴族がスフィラ＝ザザにちょっかいなどを出さぬよう、俺は心中で祈《いの》っておくことにした。

「では、こちらはこちらで参りましょうか。僕がご案内をいたしますよ」

途中途中《とちゅうとちゅう》で料理をつまみつつ、俺たちは逆回りで会場を巡っていく。

やはり舞踏会ということで、参席している客人の平均年齢《ねんれい》はずいぶん若いようだった。中には初老の貴族や貴婦人も含《ふく》まれていたが、大半は二十代から三十代のようである。そして、意外というか何というか、そういった若き貴公子の何名かは、ゲオル＝ザザに強い関心を抱いていた。それは、闘技会を観戦していた人々や、闘技会に出場していた人々である。特に出場者であった人々は、口々にゲオル＝ザザの武勇を賞賛することになった。

最初は渋《しぶ》い顔をしていたゲオル＝ザザも、やがては酒の回りも手伝って、だんだん普段《ふだん》の豪《ごう》快《かい》さがこぼれ始めた。シン＝ルウ、メルフリード、レイリスと、自分を上回る成績を持つ人間とばかり顔をあわせる羽目になっていたゲオル＝ザザの鬱屈《うっくつ》とした気分を、彼《かれ》らはわずかなりとも払拭《ふっしょく》してくれたのかもしれなかった。

「よくも悪くも、単純な男なのだな。まあ、十六歳という年齢を考えれば不思議はないのかもしれないが」

ダリ＝サウティはほんのり苦笑《くしょう》を浮かべながら、そのような感想を述べていた。

そして、ゲオル＝ザザに次いで声をかけられる機会が多かったのは、他《ほか》ならぬ俺自身であった。こちらはギバ料理に関心を持つ人々である。城下町でも高名なヴァルカスと互角《ごかく》に近い腕《うで》前《まえ》を持つ、ということで、俺の存在はひそかに知れ渡《わた》ることになっていたようだった。

「先日、バナームの黒いフワノの取り扱《あつか》いについて学ぶために、料理人らが集められたことがあったでしょう？　そのときに、わたくしの屋敷《やしき》の料理長をつとめている男も呼ばれることになったのですよ」

その中の一人、とある子爵《ししゃく》家の当主を名乗る人物などはそのように述べたてていた。

「あの、にょろにょろとした黒フワノの料理は、実に愉快ですな！　わたくしの店でも、さっそく取り扱わせていただくことになりました」

「あ、城下町で料理店を経営されておられるのですか？」

「ええ。そうだからこそ、うちの料理長が招かれることになったのでしょう。道楽で始めた店ですが、今では《銀星堂《ぎんせいどう》》にも劣《おと》らぬ評判を呼んでおりますよ！」

いわゆる、パトロンというやつなのだろうか。確かにサイクレウスも、数々の料理店を支配下において、そういった店にのみ希少な食材を流通させていたのである。

あまり実感はわいていなかったが、やはりサイクレウスの失脚《しっきゃく》というのは城下町の人々にも多大な影響《えいきょう》を与えていたのだ。サイクレウスの失脚で、大損をした人間もいれば、大きな富を得た人間もいるのだろう。そうして富を得た人間の何割かは、サイクレウス失脚の引き金となった森辺の民に好意や関心を抱くことになったようだった。

「その中で、一番の富を得たのは、まぎれもなくダレイム伯爵家であるはずだよ。何せ、畑を広げるのが追いつかない勢いでポイタンが売れるようになったのだからね。そうであるからこそ、僕の父上や兄上は森辺の民とアスタ殿《どの》に深く感謝しつつ、怒《いか》りを買わないようにと腰が引けてしまっているわけさ」

別の卓へと渡り歩いている間に、ポルアースがそのように説明をしてくれた。

「特に、サトゥラス伯爵家が森辺の民と危《あや》うい関係になりかけてしまっただろう？　ゲイマロス殿の一件は言語道断としても、リーハイム殿の一件なんかは、風習の差異から生まれた不幸な行《い》き違《ちが》いだ。そういう行き違いで、森辺の民との関係がこじれてしまうことを危惧《きぐ》しているのだよね」

「メリム姫の仰《おつしや》っていた通り、慎重な気性《きしよう》をされているのですね。でも、慎重なのは決して欠点ではないと思います」

「うん。そのぶん、僕が奔放《ほんぽう》にやらせてもらっているから、父上たちはあれぐらい慎重で釣り合いが取れるのじゃないかな」

ポルアースがそのように言ったとき、会場の扉《とびら》が大きく開かれる。また新しい客人の入場かな、と思ったが、そうではなかった。

「お待たせいたしました。森辺の料理人による料理をお持ちいたしました」

俺たちがダレイム伯爵家に到着《とうちゃく》して、そろそろ二時間ぐらいが経過した頃合《ころあ》いだろうか。ついにレイナ＝ルウたちも本日の仕事を終えることができたようだった。

また小姓や侍女たちがたくさんの料理を運び入れてきて、賓客《ひんかく》たちにざわめきをあげさせる。それはいずれも、期待と喜びに満ちたざわめきであった。ギバ料理に嫌悪《けんお》感を抱くような人間は、きっと招かれていないのだろう。ジェノス侯爵《こうしやく》が美味と評したギバ料理とは、いったいいかなるものなのか――人々は、そんな思いの込められた目つきで、卓に置かれていく大皿を見守っているように感じられた。

4

ギバの料理と甘い菓子《あまがし》の載《の》せられた大皿が、次々と卓の上に並べられていく。レイナ＝ルウとリミ＝ルウとトゥール＝ディンの心尽くしである。それらの料理が人々にどのように受け止められるのか、俺は自分が厨を任されたときよりも強く心臓を高鳴らせることになった。

さすがは高貴なる人々なだけあって、いっせいに料理に群がったりはしない。彼らは歓談を継続《けいぞく》しながら、小姓たちが料理を並べ終えるのを静かに待ち受けていた。そうしてすべての料理が並べ終えられると、みんなしずしずとした足取りで卓に寄っていく。料理はあちこちの卓に均等に配置されていたので、ひとつの卓に七、八名ぐらいの人々が集まることになった。

「おお、ようやくギバの料理か。ここからが本当の晩餐《ばんさん》だな」

こちらからは、ゲオル＝ザザが意気揚々《いきようよう》と動き始めた。すっかりご機嫌《きげん》は回復した様子であるし、だいぶん酒気も回ってきているようだ。

「ああ、ゲオル＝ザザ殿。お待ちかねのギバ料理ですね」

俺たちが近づいた卓には、さきほど別れたレイリスが陣取《じんど》っていた。それに、三名ばかりの若き貴公子と、同じ数のなよやかな貴婦人も同じ卓についている。興味深げに卓の上の料理を見つめていた貴婦人たちは、ずかずかと近づいてくるゲオル＝ザザにいくぶん身を引いていたが、そのまま逃《に》げ出そうとはしなかった。

「うむ？　何だこれは？　奇っ怪な見てくれだな」

そのように言いながら、ゲオル＝ザザは料理のひとつをつまみあげて口の中に放《ほう》り込んだ。そうして満足そうにその料理を咀嚼《そしゃく》してから、周囲の人々をじろりとにらみ回す。

「俺の姿を眺《なが》めていても、腹はふくれんぞ？　お前たちが食わないなら、俺がすべて食い尽くしてやろう」

「いえ、自分もギバの料理は楽しみにしておりましたよ。サトゥラス家での晩餐会では、その味を楽しむ心のゆとりもありませんでしたので」

レイリスが穏やかに微笑みながら同じ料理を口にすると、とたんにその目が大きく見開かれた。

「ああ、これは美味ですね。皆《みな》も、食べてみるといい。誰《だれ》もがギバの料理というのを心待ちにしていたのだろう？」

レイリスの声に従って、貴公子や貴婦人たちも料理をつまみあげた。彼らには、初めてのギバ料理であったのだろう。全員が、レイリス以上の驚《おどろ》きをあらわにする。

「なるほど、これは美味だ……カロンの肉とは、まったく異なる味わいだな」

「何だか不思議な風味がしますわ。これがギバの肉の風味なのかしら？」

「でも、わたくしは嫌《きら》いな風味ではありません」

とりあえず、期待外れといった反応ではないようなので、俺もほっと息をつく。カロンやキミュスよりもクセの強いギバ肉であるので、レイナ＝ルウたちもそれを食べやすくするための味付けを心がけているはずであった。

「ふむふむ。これまでに食べてきた料理とは、いささか趣《おもむき》が異なるようだね。これはどういった料理なのだろう？」

ポルアースの問いかけに、俺が説明をしてみせる。

「これは例の、特別仕立ての干し肉を使った料理です。本日は、城下町で売りに出される干し肉や腸詰肉《ちょうづめ》を中心に献立《こんだて》が決められているのですよ」

「なるほど！　それで干し肉や腸詰肉というものの美味《おい》しさが知れれば、いっそう買い手がつくかもしれないね！」

ポルアースもその料理を口にして、丸っこい顔に無邪気《むじゃき》な笑《え》みを浮かべた。

「うん、美味だ！　ギバの干し肉は初めて口にするけれど、普通のギバ肉とはまた異なる味わいだね！」

俺はレイナ＝ルウたちの代わりに「恐縮《きょうしゅく》です」と応じながら、自分もその料理を手に取った。

これも、俺がアドヴァイスを与えた料理である。薄く焼きあげたポイタンの上に、とろりとしたギャマの乾酪とタラパのソースが掛けられている。ギバのベーコンやその他の食材は、ポイタンの生地にまぜこまれているはずであった。

これは、ピザ風のお好み焼きという、ちょっと珍妙《ちんみょう》な料理である。森辺には窯《かま》やオーブンというものが存在しないので、俺が頭をひねって考案した創作料理であった。使われているのは、アリアとプラとジャガルのキノコ――タマネギとピーマンとマッシュルームの代用品である。

それらをギバのベーコンと一緒《いっしょ》にポイタンの生地に練り込んで、お好み焼きの要領で焼いている。最後にタラパのソースを塗《ぬ》って、カロン乳で溶《と》いた乾酪を載せた上で、軽く蒸《む》し焼きで仕上げたものだった。

乾酪を乳で溶いたのは、冷めても固くなりすぎないようにという配慮《はいりょ》である。何せこれは立食パーティの宴《うたげ》料理であるので、熱々の出来立てを召し上がってもらうことはできないのだ。しかしそれでも、惣菜《そうざい》のピザパングらいの品質は保てているのではないかと思っていた。

さらに味のアクセントとして、こまかく挽《ひ》いたチットの実を赤ママリア酢《ず》で溶いたものを少量だけ添《そ》えている。さすがに長期間の熟成を必要とするペッパーソースは準備できなかったので、せめて酸味と辛みを付け加えることができないかと熟考した結果であった。

(さて、レイナ＝ルウたちは、こいつをどんな風に仕上げたのかな)

そのように考えながら、俺は小さな扇状《おうぎじょう》に切り分けられたピザ風のお好み焼きを口に運んだ。まだ届けられたばかりであるので、ほのかに温かい。ポイタンの生地も、心地好いやわらかさを保っていた。

酸味と辛みは、かなり控えめだ。タラパソースと乾酪の風味が、かなりまさっている。しかし乾酪は惜《お》しみなく使われているので、ギバの風味を緩和《かんわ》するには十分だと思われた。それでいて、ベーコンの旨みはまったく損《そこ》なわれていない。

初めてギバ料理を口にする人々のために、どこまで肉の風味を主張させるべきか、というのは俺たちにとって一番の重要ポイントであったのだが、これならば問題なく受け入れてもらえるのではないだろうか。というか、実際にレイリスたちは受け入れてくれている。若き貴公子や貴婦人の顔に浮かんでいるのが社交辞令の笑顔であるようには思えなかった。

俺はひとたびお手本を作ってみせただけで、あとはレイナ＝ルウにお任せしていた。使う食材の分量などは、彼女なりにアレンジしているのだろう。チットの実と赤ママリア酢は控えめであるし、ポイタンの生地も、俺が作ったものよりは薄めに仕上げられていた。

だけど、問題なく美味と思える。これで駄目《だめ》なら、俺が手がけていても結果は変わらなかっただろう。ただ思うのは、森辺でも石窯《いしがま》などをこしらえて、本格的にピザを焼きあげることはできないかな、という一点であった。

（あんな立派なかまどを作れるんだから、きっと石窯だって自力で作れるだろう。やっぱり窯でじっくり焼きあげないと出せない美味しさってもんがあるからな）

しかし、ギバのベーコンの美味しさを伝えるのに、この珍妙な料理はそれなりに効果的であるように思えた。また、俺にとっては定番であるタラパソースと乾酪とチットの実という組み合わせも、城下町の人々の目線では「なかなかに凝《こ》っている」と思ってもらえるのではなかろうか。ピーマンのごときプラの苦みもその一助になれば幸いなところであった。

「アスタ殿、こちらは腸詰肉というやつなのかな？」

と、ポルアースが隣《となり》の大皿を指し示しながら問うてきたので、俺は「はい」と応じてみせた。

「それは俺の故郷で、ホットドッグと呼ばれていた料理ですね。腸詰肉が高額でなければ、屋台で売りに出したかった料理です」

それはポイタンの生地で腸詰肉とティノの千切りをはさみこみ、ケチャップとサルファルの香草《こうそう》で味付けをした料理であった。サルファルは、煎《せん》じたものを水で溶くと、マスタードのような辛《から》みをおびる香草である。なかなか扱う機会のなかった食材であるが、ホットドッグにはうってつけであった。

また、これは鉄板の端《はし》から端まで細長くポイタンの生地を引いて焼きあげ、なるべく巨大《きょだい》なホットドッグに仕上げてから、それをひと口サイズに切り分けたものだった。そのままではぼろぼろと崩壊《ほうかい》してしまうため、あらかじめ木串《きぐし》で形を固定してから切り分けている。腸詰肉の丸い断面がずらりと並んだその料理を、人々は実に物珍《ものめずら》しげな目で見つめていた。

「うん、これも美味だね！　あの屋台の料理のように、こまかく刻んだ肉を固めなおしているわけか」

「はい。それを腸に詰めて、干し肉と同じように薫煙《くんえん》で燻《いぶ》したものが腸詰肉となるわけです」

こちらはレイリスたちに、ピザ風お好み焼きよりも大きな驚きをもたらしたようだった。ポルアースのように『ギバ・バーガー』を食べなれていなければ、それが当然なのであろう。少なくともこのジェノスにおいて、肉をミンチにするという調理方法はポピュラーでないのだ。

「素晴《すば》らしいですね。ギバの干し肉や腸詰肉というのはたいそう高額であるそうですが、これならきっと買い手もつくでしょう」

レイリスがそのように言ってくれたとき、そのかたわらにいた若い貴婦人がおずおずと俺に語りかけてきた。

「あの……森辺の料理人として知られるファの家のアスタというのは、あなたのことなのです

よね？　あなたが手がけなくても、森辺の民はこのような料理を作ることができるのですか？」

「はい。森辺の女衆も日々修練を重ねていますので、これだけの手腕《しゅわん》を身につけることができたのです」

感服しきったように息をつく貴婦人の姿を満足そうに見やってから、ポルアースは「さて」と声をあげた。

「それでは、別の卓の料理も堪能《たんのう》させていただこうか。あまり同じ場所に留まっていると、本当に全部食べ尽くしてしまいそうだしね」

ポルアースの視線を追うと、ゲオル＝ザザとダルム＝ルウの両名が黙々《もくもく》と二つの料理を食べ続けていた。せっかくレイナ＝ルウたちが苦労をして料理を小分けにしたのに、これでは他の人々が口にする前に皿が空いてしまうかもしれない。

「あ、あの、他にも料理はたくさんあるはずですから、そちらに移りましょう。……ゲオル＝ザザも、こちらの料理を気に入っていただけたのですね」

「ふん。ギバの料理なのだから、森辺の民の口に合うのは当然だ」

うるさそうに言いながら、ゲオル＝ザザは酒杯《しゅはい》の果実酒をぐびりとあおった。

「それでは、行こうかね。どんな料理が待ち受けているのか、楽しみでならないよ」

俺たちは、またポルアースを先頭にして会場を闊歩《かっぽ》した。

そういえば、アイ＝ファたちはどうしているだろう、と視線を巡《めぐ》らせてみると、一番遠い卓のところに華《はな》やかな彩りが集結していた。アイ＝ファたち四名と城下町の貴婦人が群《む》れ集って、まるで色とりどりの花が咲《さ》き誇《ほこ》っているかのようだ。森辺の女衆と城下町の貴婦人方でいったいどのような交流が生まれているのか、あとで聞くのが楽しみなところであった。

「やあ、アスタ！　やっぱりギバの料理は美味しいねー！」

手近な卓に移ってみると、そこにはディアルとラービスがいた。他の貴族は、数少ない年配の男性方である。何か鉄具の商談でもしていたところであったのだろうか。そちらで食されていたのは、レイナ＝ルウたちのオリジナル料理と『ギバまん』であった。

オリジナル料理は、ベーコンを香草と一緒に焼き、デンプン質を除去したチャッチの和《あ》え物《もの》とともに、ポイタンの生地に盛りつけたものである。香草は、名前のわからない二種が使われている。レイナ＝ルウたちが香味《こうみ》焼きでも使用している、お気に入りの食材だ。片方にはぴりっとした辛みがあり、もう片方にはオリーブのような香気がある。それらはベーコンにも調和することが証明されていた。

チャッチ粉のためにデンプン質を抽出《ちゅうしゅつ》されたチャッチは、食感がぼそぼそになってしまう。レイナ＝ルウたちは、それにレテンの油を加えることでなめらかにして、タウ油とピコの葉で味を調《ととの》え、さらにラマンパの実を砕いたものをまぶしていた。ラマンパは落花生に似た食感と風味を持っており、それがなかなか炒《い》めたチャッチと合うのである。

そして『ギバまん』のほうは、俺の指導でトゥール＝ディンと近在の女衆がこしらえたものであった。『ギバまん』はもともとファの家の商品であったため、レイナ＝ルウたちにはあまり馴染《なじ》みがない。それゆえに、こちらで準備を受け持つことになったのだ。

「トゥール＝ディンが任されていたのは菓子だけだったのですが、こちらの料理は城下町の方々にも是非《ぜひ》とも味わっていただきたかったので、俺が特別に準備をお願いしたのですよ」

俺がそのように説明してみせると、ポルアースは「ふうん？」と首を傾《かし》げていた。

「これは屋台でも売られている料理だよね。僕《ぼく》も確かに美味だとは思っていたけれど、アスタ殿にとっては何か特別な意味を持つ料理なのかな？」

「いえ、屋台のものとは味付けを変えているのですよ。ポルアースも知る味付けのはずですが、この組み合わせはなかなか面白《おもしろ》いと思います」

ポルアースは不思議そうな面持《おもも》ちのでミニサイズの『ギバまん』にかぶりつくと、「おお！」と驚きの声をあげた。

「これはあれだね、ぎばかれーという料理の味付けだね！」

その通り、これは『カレーまん』を模した料理なのだった。立食の形式では取り分け用の皿が使われないという話であったので、その条件でも『ギバ・カレー』を味わっていただくことはできないものかと思い、俺はこのようなメニューをひねり出したのだった。

こちらもふかしたての美味しさは維持《いじ》できるはずもなかったが、カレーパンに近い美味しさは保てているはずだと思っている。もっと準備期間にゆとりがあれば、油で揚《あ》げて本格的なカレーパンの作製に取り組みたいところであった。

「普段のも美味しいけど、これも美味しいよね！　シム人は気に食わないけど、シムの香草ってのは食べる価値があるんだと思うよ」

そんなディアルの一言で、俺は記憶中枢《きおくちゆうすう》を刺激《しげき》されることになった。

「そういえば、アリシュナの姿が見えないね。彼女はまだ来場していないのかな？」

「あいつだったら、あっちの隅《すみ》っこで座《すわ》ってるよ。僕より先に来場してたんじゃないの？」

ディアルの言う「あっち」とは、アイ＝ファたちが固まっている貴婦人の集団の方角であった。にこにこと笑いながら『カレーまん』を食していたポルアースが、俺たちのやりとりに気づいて説明をしてくれる。

「アリシュナ殿には席を作って、そちらで占星の術をお披露目《ひろめ》してもらっているのだよ。一人だけ座っているから、人影《ひとかげ》で隠されていたのじゃないのかな」

「ああ、なるほど。……彼女も料理は口にできているのでしょうか？」

「どうだろうね。見たところ、若い貴婦人方がひっきりなしに訪《おとず》れているようだし。楽士の者たちと同様に、仕事の後で食事をすることになるんじゃないのかな」

アリシュナは、賓客ではなく余興の芸人としてこの場に招かれているのである。それでは食事が後回しにされてしまうのも、しかたがないことなのかもしれなかった。

「それでは、この料理だけでもいくつか彼女のために残しておいていただくことはできませんか？　ご存じの通り、彼女は『ギバ・カレー』がたいそうお好みであるようなので」

「ああ、なるほど。それじゃあ、小姓にでも申しつけておくよ」

ポルアースは笑顔《えがお》で応じてくれていたが、ディアルはちょっとむくれたお顔になってしまっていた。

「……アスタって、ほんとにあのシム女のことを気に入ってるんだね」

「うん、まあ、それなりにおつきあいのあるお相手だからね」

「……あいつと僕だったら、僕のほうがつきあいは長いはずだけど」

子供っぽくすねるディアルに向かって、俺は心からの笑顔を届けてみせた。

「友人の大事さに順番はつけられないけどさ。もしもディアルが同じ立場だったら、俺は同じように料理を取り置きしておくようにお願いしていたと思うよ。ディアルに食べてほしいと思っている料理は、たくさんあるからね」

ディアルは一瞬《いっしゅん》きょとんとしてから、天使のような微笑をひろげた。

「嬉《うれ》しいな。僕もいつか、自分の晩餐をアスタに作ってもらいたいよ」

「何かそういう用事ができたら、ポルアースに相談しておくれよ。そうしたら、俺も城下町に出入りはできるからさ」

俺が言うなり、ディアルは興奮した面持ちで胸《むな》ぐらをつかんできた。

「本当に？　ジェノス流の社交辞令なんて、僕には通用しないよ？」

「ディアルを相手に、社交辞令なんて言わないさ」

幸いなことに、ディアルはせっかくの宴衣装が傷《いた》んでしまう前に俺を解放してくれた。

「わかった！　それじゃあ何か、大事な商談のときにでも相談してみるよ！　そのときは、タウ油や砂糖をたっぷり使った料理をお願いね！」

「了解《りょうかい》したよ。五日ぐらい前に話をもらえれば、だいたい対応できるはずだからさ」

ディアルはもう、背中から天使の羽でも生えてきそうなぐらいの輝《かがや》かしい笑顔になっていた。女の子らしいドレス姿なので、そういった笑顔の魅力《みりょく》も倍増である。そんなディアルとポルアースの両名に左右から見つめられていると、俺はまた別の記憶《きおく》をつつかれることになった。

「そういえば、やっぱりリフレイアはこういう宴に招くことはできないのですか？」

「うん、彼女はまだ社交の場から遠ざけられている身だからね。少人数の茶会ならともかく、こういう風に大勢の人間が行き来する場は、ちょっと難しいんじゃないのかな」

リフレイアは、名目上の当主である。よって、トゥラン伯爵家にまた悪巧《わるだく》みを持ちかける人間などが近づけないように、行動を制限されてしまっているのだ。ポルアースの言葉を聞いたディアルは、いくぶん切なげな面持ちになって俺のほうに顔を寄せてきた。

「あのさ、雨季ってやつがやってきたら、北の民が森辺の集落で仕事に入るんだよね？　なんかリフレイアは、そのことをずいぶん気にかけているみたいだったよ」

「え？　リフレイアが、どうして？」

「それはよくわかんないけど、あのリフレイアの侍女《じじょ》の家族もその中には含まれてるんでしょ？　それなら、リフレイアにしてみても他人事ではないんじゃない？」

そうなのだろうか。考えてみれば、俺はリフレイアとシフォン＝チェルがどういう関係性であるのかも、まったく把握《はあく》できていなかったのだった。

（でも、北の民であるシフォン＝チェルと、そこまで深い関係になれるものなのかな……いや、深い関係であるなら、それに越《こ》したことはないけれど）

俺がそんな風に考えたとき、ポルアースが「さて」と手を打ち鳴らした。

「それではそろそろ貴婦人方と合流しようか。それでその後は、さらに少人数に分かれて、色々な人々と縁を紡がれてはいかがかな?」

「うむ。そうさせていただこう」

ルウ家のベーコン料理をかじっていたダリ=サウティが笑顔で応じ、俺たちは貴婦人らの集う一角へと足を向けることになった。本当に貴婦人ばかりなので、なかなか近づき難《がた》い様相ではあったが、俺たちの接近に気づくとメリム姫が「あら」と声をあげてくれた。

「噂《うわさ》をすれば、森辺の殿方《とのがた》たちがやってまいりましたわ。さあ、こちらにどうぞ」

いったいどのような噂をされていたのか。俺たちは満身に視線をあびながら、彼女たちの真ん中にまで案内されることになった。そうして卓《たく》のそばに寄ると、甘い香《かお》りが鼻腔《びこう》をくすぐってくる。そこの卓には、甘い菓子がずらりと並べられていたのだった。

「こちらには、森辺の方々が準備してくださった菓子も並べられています。どれも見事な出来《でき》栄《ば》えでしたわ」

メリム姫の言葉に賛同するように、他の貴婦人方も微笑をこぼしている。そうして卓のほうに目をやると、しばらく姿の見えなかったエウリフィアとオディフィアがたたずんでいた。

「ああ、ようやくこちらにいらしたのね。もうオディフィアの足に根が生えてしまって、わたくしは困り果てていたところよ」

そのように言われるまでもなく、オディフィア姫は待望の菓子を黙々と食べ続けていた。そばにいる貴婦人方は、たいそう温かい眼差《まなざ》しでその愛くるしい姿を見守っている。

「特にこちらのポイタンの菓子が気に入ってしまったみたい。もちろんこれは、トゥール＝ディンの作ったものなのよね？」

「はい。案を授《さず》けたのは自分ですが、味を決めたのはトゥール＝ディンです」

それこそが、俺《おれ》たちにとっては今回の目玉となる菓子であった。俺が故郷のロールケーキを意識して、トゥール＝ディンに作製をお願いしたひと品である。

これは普段の焼き菓子よりもふんわりとした生地に仕上げたかったので、そこが苦労のしどころであった。キミュスの卵をふんだんに使い、それを入念に泡立《あわだ》ててから、ポイタンの粉とパナムの蜜《みつ》を投入する。言葉にすれば簡単であるが、卵の泡立て加減や、ポイタン粉を入れた後の攪拌《かくはん》の加減などは、なかなか試行錯誤《しこうさくご》が必要であった。ともすれば、生地はべったりと潰《つぶ》れてしまったり、攪拌が足りなくてポイタン粉がダマになってしまったりと、数々の不出来なサンプルを作り上げてしまったものである。

また、あるていどの厚みを持たせて生地を焼く、という点においてもさまざまな試みが必要であった。何せ専用の型などは売っていないし、森辺にはオーブンも存在しない。鉄板の四隅《よすみ》を鉄の板で囲い、そこに生地を流し込んで、かまどの火で苦労をして焼きあげたのだ。ピザの一件と相まって、いっそう石窯の作製を志すことになった俺である。

しかしその甲斐あって、俺たちは理想に近いロールケーキを完成させることができていた。焼きあがった生地の上に、ホイップクリームをたっぷり塗り込んで、それをくるくると巻き上げる。あとはホットドッグと同様に、形を崩《くず》さぬよう切り分けるばかりである。

また、生地もクリームもカカオめいたギギの葉を使うことで、二種の味を準備することができた。プレーンとギギ風味の組み合わせで、そこには四種のロールケーキが並べられている。この色とりどりの様相が、宴の場にはぴったりなのではないかと考えた次第《しだい》であった。

それを頬張っているオディフィア姫は、また口の周りをクリームだらけにしてしまっている。母親がしきりにナプキンでぬぐっているのだが、延々と食べ続けているのでまたすぐに汚《よご》してしまうのだ。が、無表情の六歳児《さいじ》が黙々と菓子を食べ続けるその姿は、一抹《いちまつ》の危うさとそれを上回る愛くるしさを周囲の人々に見せつけているようだった。

「もう。これからは、他の食事をきちんと食べ終えるまでは、菓子を与《あた》えないようにするわ。これでは、身体をおかしくしてしまうもの」

「ええ、是非ともそうしてあげてください」

トゥール＝ディンの菓子は森辺の民の好みに合わせて甘さも控《ひか》えめなほうであるが、それでも卵やカロン乳をたっぷり使っている。いずれにせよ、お菓子ばかりを食べてしまうのは健康によろしくないはずであった。

「わたくしたちも、これらの菓子にはとても驚かされてしまいました。まるで舌がとろけるような美味しさです」

と、見知らぬ若き貴婦人もそのように言ってくれていた。

菓子は他にも、お馴染みのチャッチ餅《もち》や茶碗蒸《ちゃわんむ》しの要領でこしらえたプリンなどを準備している。こちらも皿が使えないので、薄《うす》く焼きあげたポイタンの生地《きじ》に盛りつけられているのだ。

リミ＝ルウがどのような顔をしてこれらの菓子を味見しているのか、ちょっと厨《くりや》を覗《のぞ》いてみたいところであった。

「ダルム＝ルウたちも、いかがですか？　甘い菓子はお嫌いじゃないでしょう？」

ダルム＝ルウが無言でチャッチ餅の菓子を口の中に放り込むと、その底光のする目がいっそう強い輝きを帯びた。

「これは……リミより巧《たく》みな手際《てぎわ》かもしれんな」

「トゥール＝ディンとリミ＝ルウは、菓子作りにおいて並ぶ者がいないと思います。わたしも、まったくかないません」

シーラ＝ルウがそのように応じると、ダルム＝ルウはうろんげに眉《まゆ》を寄せた。

「しかし、より大事なのはギバ肉の扱いだろう。お前はそちらでリミよりも巧みなのだから、べつだん嘆《なげ》く必要はない」

「いえ、別に嘆いてはいませんが」

と、びっくりしたように答えてから、シーラ＝ルウは目を細めて微笑《ほほえ》んだ。

「……でも、そのようにダルム＝ルウがお気を使ってくれることは嬉しく思います」

「別に気などは使っていない。事実を口にしたまでだ」

貴婦人方は、少し目を見張ってそのやりとりを見守っている。その何名かが残念そうに目を伏せているのは、ダルム＝ルウの胸に青い胸飾《むねかざ》りを見出《みいだ》したためなのだろうか。貴公子のような容姿でありながら野生の狼《おおかみ》めいた迫力《はくりょく》をもあわせ持つダルム＝ルウは、貴婦人たちにとってはちょっと刺激が過ぎるぐらいに魅惑的《みわくてき》なのかもしれなかった。

そしてその向こうでは、ザザの姉弟《してい》が何やら問答をしているようである。

「ゲオル、あなたにはこの菓子の素晴らしさが理解できないというのですか？」

「とりたてて不味《まず》いと言っているわけではない。しかし、やたらと甘いしギバの肉も使われていないのだから、狩人に相応《ふさわ》しい食事だとは思えないだけだ」

「人間は肉だけで生きていくことはできません。あなたは、あまりに不見識です。それで族長の座を継《つ》ぐことかなうのですか？」

そういえば、スフィラ＝ザザも甘い菓子というものには深い理解を示す一人であったのだった。ザザの眷族《けんぞく》たるトゥール＝ディンがこれらを作り上げたと聞いて、また彼女の胸には強い誇らしさが生じたところであろう。というか、冷徹《れいてつ》な彼女が表情を崩す貴重な瞬間《しゅんかん》を見逃《みのが》してしまったのは、ちょっと残念なところであった。

「菓子というのは、本当に美味なものなのですね。しかも、アスタがその場に立ちあわずにこれほどのものが作れるというのですから、余計に驚かされてしまいました」

そのように評してくれたのは、ミル・フェイ＝サウティであった。

「ええ、菓子に関しては、トゥール＝ディンにもリミ＝ルウにもかないません。サウティでも、生活にゆとりが出てきたら、菓子作りを考えてみてはいかがですか？」

「そうですね。あくまで生活にゆとりが出てきたら、ですが」

こちらもめったに笑わないミル・フェイ＝サウティが、かすかに口もとをほころばせる。その姿を見て、ロールケーキを頰張《ほおば》っていたダリ＝サウティがちょっとびっくりまなこになっていた。

「なんだ、ミル・フェイは存外にアスタとも気安く口をきけるようになっていたのだな。皆をサウティの集落に招いたときは、ずっと厳しい顔をしていたように思うのだが」

「わたしとアスタが気安く言葉を交《か》わせるようになって、何か都合の悪いことでもあるのでしょうか？　アスタたちは、サウティにとってかけがえのない恩人です」

取りすました顔で言いながら、目もとではやっぱり笑っている。彼女が俺に心を開いてくれたのは、サウティの集落を去る直前のことであったのだ。

で、残る一人はアイ＝ファである。アイ＝ファはいまだに貴婦人方に取り囲まれており、そこから脱《だつ》することができずにいた。アイ＝ファ自身もドレス姿であるのに、何故《なぜ》か殿方がちやほやされているような構図に見えてしまう。実際、アイ＝ファを取り囲んだ貴婦人方は目もとを潤《うる》ませていたり頰を赤らめていたり、恋《こい》する乙女《おとめ》のごとき様相であるのだ。そうしてアイ＝ファは誰よりも凛然《りんぜん》とした面持ちで静かにたたずんでいるものだから、いっそう禁断の花園めいたたたずまいに見えてしまうのかもしれない。

これはいったいどうしたものだろう、と俺が考え込んでいると、遠くのアイ＝ファと目があった。きりりと凛々《りり》しい表情を保ちつつ、その青い瞳《ひとみ》にははっきりと「助けてくれ」という救《きゅう》援《えん》信号の光が灯《とも》されている。俺は笑いをこらえながら、卓の上のロールケーキを二つばかりつまみあげて、そちらに近づいていくことにした。

5

並み居る貴婦人方の御身《おんみ》に触《ふ》れぬよう最大限の注意を払《はら》いながら、俺はアイ＝ファのもとへと突入《とつにゅう》を試みた。

「ご歓談《かんだん》の最中に失礼いたします。ちょっと家長とお話をさせていただいてもよろしいでしょうか？」

貴婦人方は、大輪が開くかのような様相で道を空けてくれた。その果てにたたずむのは、美しいドレス姿のアイ＝ファである。わけもなく心臓を高鳴らせながら、俺はそちらへと馳《は》せ参《さん》じた。

「ああ、あなたがファの家のアスタ様ですのね。どうもお初にお目にかかります」

夢見るような眼差しでアイ＝ファを見つめていた貴婦人の一人が、そのように呼びかけてきた。身分をおうかがいすると、子爵家のご令嬢とのことである。他にも何名かが名乗りをあげてきたので、それらにしかるべき返事をしてから、俺はようやくアイ＝ファの前に立つことができた。

「やあ、アイ＝ファ。ずいぶんたくさんの方々とご縁を結ぶことができたみたいだな」

アイ＝ファは感情を殺した顔つきで、静かに俺を見つめ返してきた。「うむ」の一言が出ないのは、相当に疲弊《ひへい》している証拠《しょうこ》である。

「この後は、各々《おのおの》で会場を巡ろうという話になったんだ。みなさん、またのちほどお話をうかがわせていただけますか？」

「ええ、もちろん」

「アイ＝ファ様、またのちほど」

「舞踏《ぶとう》のお約束をお忘れにならないでね？」

いくぶん名残惜《なごりお》しそうにしつつも、貴婦人方は散開してくれた。アイ＝ファは深々と息をついてから、あらためて俺に目を向けてくる。

「助かった。礼を言う」

「貴婦人方には聞かせられない言葉だな。……ちなみに、舞踏の約束というのは？」

「知らん。そのような約定を交わした覚えはない」

低い声で言い捨ててから、アイ＝ファは俺の手にあったロールケーキをひとつ奪《うば》い取った。やけくそのようにそれをかじって、今度は「甘いな……」と嘆息《たんそく》をこぼす。

「でも、甘すぎることはないだろう？　トゥール＝ディンの力作だぞ」

「うむ。何か気持ちを癒《いや》されるように感じなくもない」

その力ない言い様に、俺は思わず笑ってしまった。

「アイ＝ファはそんな格好をしていても、女性をひきつけてしまうんだな。やっぱりその凛々しさは男女を問わずに魅力的《みりょくてき》なんだろうか」

「馬鹿《ばか》を抜かすな。私は、疲《つか》れているのだ」

見知らぬ人々と長時間を過ごすというのは、アイ＝ファにとって苦行なのである。同胞《どうほう》たる森辺の民が相手でもそうなのだから、城下町の貴婦人方が相手では言わずもがなであった。

「少し外の空気を吸うことはできぬものだろうか。これでは最後まで身がもちそうにない」

「ちょっとポルアースに聞いてみようか。……その前に、アリシュナに挨拶《あいさつ》だけさせてくれ」

ちょうどアイ＝ファと遠からぬ位置に、アリシュナの姿があったのだ。壁際《かべぎわ》に用意された大きな椅子《いす》に、そのほっそりとした身体をうずめている。こちらもアイ＝ファに劣らず、くたびれ果てている様子である。

「大丈夫《だいじょうぶ》ですか、アリシュナ？　ずいぶんお疲れの様子ですけれど」

アリシュナは面を上げ、深く傾《かたむ》けたフードの陰《かげ》から俺を見つめてきた。

「……アスタ、ご挨拶、遅《おく》れてしまいました」

「いえいえ、アリシュナはここから動くことができなかったのでしょうから、俺のほうこそ挨拶が遅れてしまいました。……どこか体調でも悪いのですか？」

「いえ、星読み、疲れるものなのです。森辺の女衆、やってくるまで、休む時間、なかったため、少し疲れただけです」

それは何とも気の毒な話であった。やはり城下町においても、若い女性というものは占《うらな》いに興味が強いものらしい。

「今日は特別なギバ料理を準備したので、時間ができたら食べてみてください。ポルアースに取り置きをお願いしておきましたので」

「ギバ料理、特別ですか？　興味深いです」

「はい。普段とは違う感じで、カレーを味付けに使っています。もしも厨で蒸し器を借りることができれば、いっそう美味しく口にできると思いますよ」

アリシュナの黒い瞳に、明確なる喜びの光が瞬《またた》いた。

「アスタ、感謝します。生命の火、吹《ふ》き込まれた心地《ここち》です」

「そこまで言われると、ちょっと恐縮してしまいます。……あの、このように手づかみのものを渡すのは失礼かもしれませんが、こちらの菓子などはいかがでしょう？」

俺の手には、まだひとつのロールケーキが残されていたのである。生地にもクリームにもギギの葉が使われたそのロールケーキを、アリシュナはとても恭《うやうや》しい仕草で受け取ってくれた。

「屋台の料理、いつも手づかみです。私、失礼、思いません」

「言われてみれば、その通りですね。お口に合えば幸いです」

「……ありがとうございます。アスタの気づかい、胸の奥《おく》、しみこみます」

そのように語りながら、アリシュナはまた深くうつむいてしまった。

「あの、表情、乱れそうで、苦しいです。もっと言葉、交わしたいのですが、しばし、時間をいただけますか？」

「わかりました。俺もちょっと所用がありますので、またのちほど」

そうして俺が引き返すと、アイ＝ファはあらぬ方向に視線を向けていた。その視線を追ってみると、ゲオル＝ザザが貴婦人方に取り囲まれている。ゲオル＝ザザは惑乱《わくらん》気味の表情で、貴婦人方は上品な笑い声をあげていた。

「あ、あれはいったい何事かな？」

「よくわからんが、闘技会《とうぎ》というものの話を聞きつけた娘《むすめ》らが、あやつに興味を抱《いだ》いたらしい。森辺の力比べと一緒で、勝ち抜いた者には賞賛が与えられるものなのだろう」

なるほど、闘技会において第四位という成績は、確かに賞賛に値するはずであった。なおかつゲオル＝ザザは青い花飾りを身につけていないため、誰をはばかることなく声をかけることが可能であるわけだ。

では、その姉君はどうしているのだろう、と視線を巡らせてみると、彼女《かのじょ》はレイリスと何やら語らっていた。二人とも、その手にロールケーキをたずさえている。レイリスは屈託《くったく》のない笑顔で、スフィラ＝ザザはいつも通りの無表情だ。

「……あの貴族は、花飾りをつけていないようだな」

アイ＝ファが、ぽつりとつぶやいた。確かにレイリスの胸もとには、サトゥラス伯爵家《はくしゃくけ》の紋《もん》章《しょう》しかうかがえない。

「彼《かれ》も異性を同伴《どうはん》していないんだな。でも、リーハイムやゲイマロスがあんな騒《さわ》ぎを起こした後で、彼がおかしな真似《まね》に及《およ》ぶことはないだろうさ」

「うむ……」

アイ＝ファはいくぶん気がかりそうな様子であったが、節穴認定《にんてい》されている俺の目に、レイリスから危うい気配を感じることはできなかった。さきほど言葉を交わしたときと同じように、貴公子らしく如才《じょさい》のない微笑《びしょう》をふりまいているばかりである。

そして、そんな二人と卓をはさんだところでは、ダリ＝サウティが別の一団と言葉を交わしていた。あれは、ポルアースの家族たちである。どうやら彼らが通りかかったところを、ダリ＝サウティが呼び止めたものらしい。

また、広場の中央では、ようやく若い男女がダンスを始めていた。楽士たちの演奏が、いくぶんボリュームを上げている。それでも歓談の邪魔《じゃま》になるほどではなかったので、会場内にはいっそう華やかで賑《にぎ》やかな空気が満ちることになった。

そんな中、室外へと通ずる扉がまた開かれる。

「失礼いたします。本日の宴料理を用意した料理人が挨拶に参りました」

小姓《こしょう》の声とともに、俺にはよく見知った人々が室内に踏《ふ》み入ってきた。

「ダレイム伯爵家の料理長ヤン様、《銀星堂》のボズル様、シリィ＝ロウ様――森辺の料理人、レイナ＝ルウ様、リミ＝ルウ様、トゥール＝ディン様です」

城下町の料理人たちは、いつもの白装束であった。そして驚きであったのは、レイナ＝ルウたちだ。レイナ＝ルウはシリィ＝ロウと同じ男物の調理着を纏《まと》っており、リミ＝ルウたちはあの茶会でも着させられていたメイドさんのようなお仕着せに小さな身体を包んでいた。

人々は、楽士の演奏の邪魔にならないていどの、つつしみ深い拍手《はくしゅ》を送っている。貴婦人の何名かは、リミ＝ルウとトゥール＝ディンの愛くるしい姿に華やいだ声をあげているようだ。

そうして拍手が鳴りやむと、人々の何割かはそちらに足を向けて、短く言葉をかけ始めた。彼らの手腕を、賞賛しているのだろう。

「アイ＝ファ、休憩《きゅうけい》をする前に、俺たちもみんなに挨拶をしておこうか」

「うむ」と了承《りょうしょう》をいただけたので、俺はアイ＝ファとともにそちらに向かった。まずは、同胞たちにねぎらいの言葉をかけるべきであろう。

「三人とも、お疲れ様《さま》。……レイナ＝ルウの格好には、ちょっと驚かされてしまったよ」

「はい。挨拶があるので着替《きが》えるように言われたのです。ルドには、笑われてしまいました」

レイナ＝ルウは恥《は》ずかしそうに頬を染めていたが、俺はべつだん笑うような気持ちにはならなかった。褐色《かっしょく》の肌《はだ》に白装束というのは実に映《は》えるものであるし、それに、俺の故郷の調理着とも通ずるところのあるその格好は、意外なほどレイナ＝ルウに似合っていたのである。

もちろん男物であるので、足もとも筒形《つつがた》のズボンみたいな形状であるが、全然おかしなところはない。あえて、本当にあえて言うならば――胸もとだけがずいぶん窮屈《きゅうくつ》そうで気の毒だなと思ったぐらいであった。

いっぽう、リミ＝ルウとトゥール＝ディンはエプロンドレスのような装束であるので、愛くるしいことこの上ない。俺がそちらにも声をかけようとすると、足もとからふわふわとした物体が出現した。

「トゥール＝ディンのおかし、すごくおいしかった」

むろん、オディフィア姫《ひめ》である。トゥール＝ディンはどぎまぎしながら、六歳の小さな姫君《ひめぎみ》に頭を下げた。

「あ、ありがとうございます。お気《き》に召《め》したのなら、あの、幸いです」

「すごくおいしかった」

無表情に繰《く》り返しながら、姫君は小さな指先でトゥール＝ディンの手を取った。

「またオディフィアにおかしをつくってね？」

「は、はい。また機会があれば」

俺は姫君の頭ごしにトゥール＝ディンたちに笑いかけてから、右方向に移動した。そちらに並んでいるのは、ヤンとボズルとシリィ＝ロウである。ヤンはいつもの調子で、穏《おだ》やかに微笑んでいた。

「アスタ殿《どの》にアイ＝ファ殿、宴衣装がよくお似合いですな」

「ありがとうございます。みなさんの料理も、素晴らしい出来栄えでした」

「のちほど、どの料理がお気に召したか、聞かせていただければ幸いです。おそらく、そのほとんどはそちらの方々の作でありましょうが」

「いやいや、ヤン殿も見事なお手並みでしたぞ！　あのキミュスの皮の料理などは絶品でありました！」

大声で笑ったのは、ボズルである。ジャガルの民には珍《めずら》しい、ものすごく大柄《おおがら》な男性だ。ひげもじゃのその顔には、実に楽しそうな笑みが浮《う》かべられている。

「わたしもアスタ殿の評価は気になるところですな！　一番印象に残った料理だけでも教えて

いただければありがたいのですが」

「そうですね。まだ全部の料理を口にしたわけではないのですが……今のところは、薄切《うすぎ》りのカロン肉をフワノの生地で包み、串に刺《さ》して窯焼きにしたような料理が印象に残っています」

「ほう。それはわたしの作ですな。これは光栄だ！」

あれは、ボズルの作であったのか。そういえば、この御仁《ごじん》は肉の仕入れを任されているのだろうという話であった。だからこそ、あのカロンの肉はあれほどまでに見事な味わいであったのだろうか。

「……気になったのは、その料理だけですか？」

と、ボズルの横からシリィ＝ロウが口をはさんでくる。淡《あわ》い色合いをした髪《かみ》をきゅっとひっつめた、勇ましい表情の娘さんである。彼女もまた、白い調理着がよく似合っている。

「いえ、他《ほか》にも色々とありましたよ。細切りのカロンの肉が炙《あぶ》り焼きにされた料理だとか、ほぐした魚の身をギーゴではさんだ料理だとか……ああ、とろけるようなカロン肉の料理もありましたね」

「最初のはヤン殿の料理で、残り二つはボズルの料理ですね」

シリィ＝ロウは焦《じ》れったそうな顔になり、俺のことをキッとにらみつけてきた。

「菓子《かし》のほうは、どうなのですか？　わたしは、菓子を担当したのです」

「あ、そうなのですね。すみません、菓子のほうはまだ手をつけていなくて……」

「……わたしの出した菓子は、食べる価値もないという判断をくだされたわけですか」

「あ、いえ、俺は料理の後に菓子でしめくくる習慣があったので、後回しにしてしまっただけなのです」

シリィ＝ロウの目に、どんどん不満そうな光が渦巻《うずま》いていく。けっこうひさびさの再会であるのに、なかなか不穏《ふおん》な雰囲気《ふんいき》である。すると横から、リミ＝ルウがぴょんっと飛び出てきた。

「あのね！　シリィ＝ロウのお菓子も、すっごく美味《おい》しかったよ！　美味しいし、不思議な味なの！　色んな果物の味とか香りが、口の中でぱーっとひろがるんだよー！」

「そっか。それは食べるのが楽しみだ。……あの、あとで必ず食べさせていただきますので」

シリィ＝ロウが子供のように口をへの字にしていると、ボズルがまた笑い声を響《ひび》かせた。

「シリィ＝ロウはロイ殿と一緒に頭をひねらせて、森辺の方々にも喜ばれるような菓子を考案したのです。あれは素晴らしい出来栄えですので、是非とも味わっていただきたいところですな！」

「そうなのですね。いや、本当に楽しみです。……そういえば、ロイはこちらにやってこないのですか？」

「ええ。彼は《銀星堂》の人間ではありませんし、そもそも助手に過ぎませんからな。残念ながら、料理人として紹介《しょうかい》するわけにはいかんのです」

そのように言ってから、ボズルはいっそう愉快《ゆかい》そうに目を細めた。

「しかし、彼ならば数年も経《た》たぬ内に、自分の店を持つこともかなうでしょう。あの若さにして、大したものです。我々もうかうかしてはいられませんな！」

「ふん。それでは、商売敵《しょうばいがたき》に技術を盗《ぬす》まれているようなものですね」

シリィ＝ロウは、なかなか機嫌《きげん》をなおしてはくれなかった。というか、彼女が上機嫌《じょうきげん》であったところを、俺はいまだに見たことがない。ともあれ、彼女が森辺の民のためにこしらえたという菓子は、是非とも口にしたいところであった。

そんなこんなで、他の賓客《ひんかく》の方々も挨拶にやってきていたので、俺たちも席を譲《ゆず》らなくてはならなかった。ダリ＝サウティらも、男女のペアで行動しながら、レイナ＝ルウたちをねぎらっている。ザザの姉弟にはさみうちにされたトゥール＝ディンは、困惑《こんわく》しながらもたいそう嬉しそうな笑顔を見せていた。

「よし、それじゃあ、俺たちも次の料理を――」

と、アイ＝ファを振《ふ》り返ると、たいそう切なげな目つきで見つめられてしまった。そういえば、俺たちはしばしの休憩をいただこうと画策していた最中であったのだ。俺は慌《あわ》ててアイ＝ファにうなずき返しつつ、こちらに向かってきていたポルアースに声をかけた。

「あの、少し外の空気を吸わせていただきたいのですが、かまわないでしょうか？」

「うん、もちろん。あちらの衝立《ついたて》の向こうから外に出られるよ。危険はないから、どうぞご存分に」

「ありがとうございます」

俺たちはダリ＝サウティらにその旨《むね》を告げて、しばし離席《りせき》させていただくことにした。

ポルアースの言う衝立は、左手側の壁際に沿って立てられている。ダンスの邪魔をしないように迂回《うかい》をして、あちこちの人々から挨拶をされつつ、ようやくそこまで辿《たど》り着くと、衝立の向こうにはバルコニーのようなものが設《しつら》えられていた。

足もとは石畳《いしだたみ》で、いくつかの椅子が置かれている。外壁《がいへき》にはいくつもの火が灯されていたため、あまり建物から離《はな》れなければ視界を閉ざされる恐《おそ》れもないようだ。その向こう側は、きっと中庭なのだろう。遠くのほうで、松明《たいまつ》の火がゆっくりと行き来をしている。屋敷《やしき》を警護する守衛たちであるに違《ちが》いない。そもそもが無法者の入り込めない城下町であるのだから、これだけ警備をしていれば危険はないはずであった。

「俺も少し疲れちゃったな。椅子に座らせてもらおうか」

丸くて小さな卓をはさみ、俺とアイ＝ファは向かい合って着席した。頭上には、満天に星が浮かんでいる。涼気《りょうき》をふくんだ夜風が、火照《ほて》った身体にとても心地好《ここちよ》かった。

「ようやく、日が落ちたか。……まだまだこの宴《うたげ》は続くのだろうな」

アイ＝ファは目を伏《ふ》せ、小さく息をついた。くどいようだが、ドレス姿である。綺麗《きれい》にくしけずられた金褐色《きんかつしょく》の髪が外壁の明かりに照らされて、そんなアイ＝ファをいっそう美麗《びれい》に彩《いろど》っている。

「でも、みんなもそれなりに交流を結ぶことができているみたいだし、参加した甲斐《かい》はあったんじゃないのかな。……俺の付《つ》き添《そ》いでしかたなく参加したアイ＝ファには、ちょっと申し訳なかったけどさ」

「言うな。自分で決めたことだ。ポルアースらがアスタと絆《きずな》を深めたいと願っているなら、家長の私がそれを邪魔立《じゃまだ》てするわけにもいくまい」

そのように言ってから、アイ＝ファはふっと俺を見つめてきた。

「ジェノスの貴族たちと正しい縁《えにし》を結ぶのに、これは必要な行いなのだろう。いかにそれが労苦をともなうものであっても、私はやはり、お前の存在を誇りに思っている」

「ほ、誇りに？」

「うむ。お前なくして、貴族たちとこのような縁を紡《つむ》ぐことはできなかったのだろうからな」

アイ＝ファはとても真剣《しんけん》な眼差しをしており、それがまた俺の心臓を高鳴らせた。どんな姿でもアイ＝ファはアイ＝ファであったが、やっぱりドレス姿などというのは、普段《ふだん》と異なる感情を喚起《かんき》させてしまうものなのだ。

「お前がファの家人であることを、私は誇りに思う。それはずっと、変わらぬ気持ちだ」

「ありがとう。アイ＝ファにそんな風に言ってもらえるのが、一番嬉しいよ。……それなのに、なかなか森辺の道理に従うことができなくて、ごめんな」

俺の言葉に、アイ＝ファはやわらかく微笑んだ。

「まだそのようなことを気にしていたのか。何も不都合はないのだから、お前は好きに振る舞えばいい」

「うん、だけど……アイ＝ファはファの氏を大切に思っているし、俺たちは二人きりの家族だろう？　それなのに、俺の都合で習わしをないがしろにしてしまっていることが、かなり心苦しいんだよ」

それはもちろん、アイ＝ファに対する呼び方の話についてであった。

アイ＝ファはいっそう優《やさ》しげに微笑み、俺のほうに手をのばしてくる。その指輪で飾られた指先が、俺の指先をそっとつかんできた。

「べつだん、どうということはない。家族を氏つきで呼ばないというのも、家人と認めた人間には氏を与えるというのも、森辺で定められた習わしではあるが……誰《だれ》に迷惑《めいわく》をかける話でもないのだから、そこまで重んずる必要はあるまい」

「そ、そうなのかな？」

「そうなのだ。私にとって一番重要なのは、お前がそばにいてくれることなのだから、呼び方などは瑣末《さまつ》なことだ」

アイ＝ファの指先に、わずかな力が込められてくる。その感触《かんしょく》と体温が、俺をいっそう落ち着かない心地にさせた。

「それに……お前がアイ＝ファと呼びかけてくるその声や言葉は、とても心地好く感じられる。だから私も、無理に改めさせる気持ちにはなれなかった」

「うん、そう言ってもらえるなら、安心できるよ。アイ＝ファがずっと気に病《や》んでいたんじゃないかって、それが一番の気がかりだったから……」

「気に病んでいたなら、首をしめてでも改めさせていた」

そのように言ってから、アイ＝ファはくすくすと笑い声をたてた。アイ＝ファが声をたてて笑うのは、とても珍しい。ようやく余人の目から解放されて、アイ＝ファも存分に心を安らかにしているのかもしれなかった。

「お前はきっと、情愛を込めて私をアイ＝ファと呼んでくれているのだろう。それを信じることができるのだから、私には何の痛苦もない。お前はそのままでいいのだ、アスタ」

「……うん」

「しかし、お前に氏を与えるきっかけを失ってしまったな。まあ、伴侶《はんりょ》でも娶《めと》らぬ限りは不自由もないのだから……お前に氏を与えるのは伴侶を娶るとき、と決めておくか」

「いや、俺は誰を伴侶に迎《むか》える気も――」

俺は慌てて言いかけたが、アイ＝ファの瞳に浮かぶ真摯《しんし》な光に気づいて、その言葉を呑《の》み込んだ。

俺が伴侶にしたいと願う人間は、この世でただ一人だ。そのことは、もうアイ＝ファにもしっかりと告げている。その上で、アイ＝ファはこのように発言しているのだから――俺も、余計な言葉を口にするべきではないのだろう。

「わかったよ。もしもそんな状況《じょうきょう》を迎えることができるようになったら、俺にファの氏を授けてくれ」

「うむ」

「だけど、そんな状況を迎えられなかったとしても、俺が一生そばにいる相手は、アイ＝ファだ」

アイ＝ファは優しく微笑んだまま、もう一度「うむ」とうなずいた。

衝立の向こうからはいっそう賑やかな気配が伝わってきていたが、この場にだけは静かで優しい時間が流れている。俺は強い既視感《きしかん》にとらわれて、それから思わず笑ってしまった。

「何だか、収穫祭《しゅうかくさい》の夜を思いだしちゃうな。あのときも、俺たちはみんなの輪から外れて、こうして語らっていなかったっけ？」

「うむ？　それはまあ、確かにその通りだな」

アイ＝ファは不思議そうに小首を傾《かし》げてから、やがて誰かの耳をはばかるかのように顔を寄せてきた。

「しかし、それもしかたあるまい。私はそもそも宴というものが得手ではないし……ああして見知らぬ人間に取り囲まれてしまうと、アスタと話したくてたまらなくなってしまうのだ」

「アイ＝ファは、身内には甘《あま》えん坊《ぼう》だもんな」

アイ＝ファは怒《おこ》って、俺の頭に自分の頭をこつんとぶつけてきた。

その間も、アイ＝ファの指先はずっと俺の指先を握《にぎ》っている。

「それじゃあ今日も、もうちょっとだけ休んでから、みんなのところに戻《もど》ろうか」

アイ＝ファは唇《くちびる》をとがらせつつ、それでも嬉しそうに「うむ」とうなずいた。

本当に、なんて優しくて満ち足りた時間だろう。

かけがえのない存在が、かたわらにいてくれる。それがどれほど幸福なことであるか、俺はこの地であらためて思い知らされることになったのだった。

「……この金の月も、実に色々なことがあったな」

アイ＝ファの体温を指先に感じながら、俺は頭に思《おも》い浮かんだ言葉をそのまま口にした。

「まずは六氏族の収穫祭から始まって、ダイやラヴィッツやスンの人たちに血抜《ちぬ》きや調理の手ほどきをして……それであっという間に休息の期間は終わっちゃって、そうかと思ったらシュミラルがジェノスに帰ってきて……最後にこの舞踏会《ぶとうかい》だもんな」

「金の月も、まだあと数日ばかりは残されているがな」

「うん。それで、月が明けたら今度は雨季だ。雨季の野菜の扱《あつか》い方《かた》を勉強しなきゃいけないし、森辺に道を切り開く工事も開始されるし……なんだかんだで、来月もまた忙《いそが》しいんだろうな」

「それが、苦痛なのか？」

「いや、まったく苦痛ではないよ」

アイ＝ファは笑い、俺も笑った。

「俺は、毎日がわくわくの連続だよ。それもこれも、アイ＝ファが森で俺を拾ってくれたおかげだよな」

「ならば私は、お前が私の作った落とし穴にかかっていたことに感謝すべきか」

頬に垂れてくる金褐色の髪をかきあげながら、アイ＝ファは真《ま》っ直《す》ぐに俺を見つめる。

「あのとき、私があの場所に立ち寄らず、家に戻ってしまっていたら……お前はムントやギーズにかじられて、息絶えることになっていたかもしれん。そんな想像をしただけで、私は……真っ暗な穴に呑み込まれてしまうような絶望感にとらわれてしまう」

「そんな想像は、するべきじゃないな」

「うむ。だから私は、母なる森に感謝しているのだ。アスタと私を引き合わせてくれたのは、母なる森の大いなる意思であろう。私は、そのように信じている」

アイ＝ファは俺の手を取り上げて、それを自分の頬にそっと押《お》しあてた。

「お前は私の運命そのものなのだ、アスタよ。……きっと私は、お前と出会うためにこそ、この世に生を受けたのだ」

俺は息を止め、一瞬《いっしゅん》の半分だけ迷ってから、腰《こし》をあげた。

「アイ＝ファ、ちょっとだけ、ごめん」

「うむ？」

子供のように首を傾げるアイ＝ファを、俺はできるだけやわらかく抱きすくめた。

さらさらとした生地に包まれたアイ＝ファの身体は、俺の記憶にある通りに温かくて、甘い香りがした。

「……お前から身を寄せてくるのは珍しいかもしれんな」

囁《ささや》くような声で言いながら、アイ＝ファも同じ力で俺の身体を抱きすくめてきた。

毎日が楽しくて、わくわくの連続だと言ったのは、掛《か》け値《ね》なしの本音であったが――このときばかりは、いつまでもこの時間が続けばいい、と願うことになってしまった。

そうして金の月の二十六日はゆっくりと終わりに近づいていったが、まだまだ宴の終わる気配はない。俺たちは、再びあの賑やかな空間に戻る前に、二人きりの大事な時間を同じ気持ちで噛《か》みしめ続けたのだった。

箸休め　～リリンの家～

森辺の族長ドンダ＝ルウによって、シュミラルが森辺の家人になることが許された日の、翌日――金の月の二十二日に、シュミラルはあらためてルウの集落を訪《おとず》れることになった。

まだ夜が明けてから何刻も経ってはいなかったが、勤勉なる森辺の女衆らはすでに朝の仕事に取りかかっている。そんな中、シュミラルが荷車を引かせたトトスとともに乗り込んでいくと、広場の片隅《かたすみ》からギラン＝リリンが近づいてきた。

「早かったな。では、リリンの家に向かうとするか」

「はい。族長ドンダ＝ルウ、挨拶、不要ですか？」

「ドンダ＝ルウは、いまだ眠《ねむ》りこけているはずだからな。昨晩は、思うぞんぶん語らえたのであろう？　ならば、わざわざ眠りをさまたげる必要もあるまい」

そう言って、ギラン＝リリンは目もとの笑い皺《じわ》を深くした。森辺の壮年《そうねん》の男衆としては、際立って穏やかな人物である。狩人《かりうど》としては相当の手練《てだ》れであるという話であったが、その笑顔《えがお》などは柔和《にゅうわ》そのものであった。

「で、それが手土産《てみやげ》のトトスと荷車というわけか。これまでに使っていたものではなく、わざわざ宿場町で買いつけてきたのだな？」

「はい。トトスと荷車、商団の所有ですので、私個人、必要と思い、購入《こうにゅう》しました。リリンの家、自由、お使いください」

「うむ。しかしこれは、お前が商人として稼《かせ》いだ銅貨で買いつけたものだ。もちろん同じ家の家人として遠慮《えんりょ》なく使わせてもらいたく思うが、あくまでお前の持ち物であるのだからな。使う際には、お前の都合を優先させるといい」

「はい。承知しました」

そんなやりとりを経て、ルウ家に預けていた猟犬《りょうけん》を二頭だけ引き取ってから、シュミラルとギラン＝リリンはリリンの家を目指すことになった。トトスの手綱《たづな》はシュミラルが握り、ギラン＝リリンは御者台《ぎょしゃだい》の脇《わき》から顔を出してくる。

「まずは、南だ。途中《とちゅう》でいくつか脇道《わきみち》があるが、それはいずれも別の氏族の集落に通ずる道であるからな。俺《おれ》が合図を送るまでは、ひたすら南に向かうといい」

トトスと荷車は、軽《かろ》やかに森辺の道を走り始めた。トトスは森の暗さを恐れる様子はなく、むしろ楽しんでいる様子である。このトトスも本日から森辺の家人となったのだから、それも幸いな話であった。

「昨日はずいぶん遅《おそ》くまで、ルウの家で語らっていたのであろう？　ヴィナ＝ルウとも、少しは絆を深めることがかなったのか？」

「はい。……いいえ、どうでしょう。緊張《きんちょう》、羞恥《しゅうち》、先に立ち、あまり言葉、続きませんでした。ただ――」

「ただ？」

「……ヴィナ＝ルウ、準備した、『ギバ・カレー』、夢のように、美味でした」

そのために、アスタは宿場町で『ギバ・カレー』を食べないでほしいなどと言いたてていたのだ。本当であれば、今すぐにでもアスタに礼を言いたいぐらいであった。

「ぎばかれーか。あれは美味だな。……しかし残念ながら、リリンの家ではまだあの料理を作りあげることがかなわない。リリンとルウは家が遠いし、こちらも人手にゆとりがないため、手ほどきをしてもらうこともなかなか難しくてな」

「はい。承知しています。家人、十名ていどなのですね？」

「うむ。五歳《さい》に満たない幼子も加えれば、十五名ていどになろうかな。本家の家人は四名であり、今日からはお前がそこに氏なき家人として加わることになる」

前方から吹きつける風に目を細めつつ、ギラン＝リリンは楽しそうに微笑んでいる。その姿を横目で見やりながら、シュミラルは言葉を重ねた。

「リリンの人々、私、家人として迎えること、忌避《きひ》していませんか？」

「うむ？　忌避していたら、何か問題でもあるのか？」

「いいえ。絆、深められるよう、尽力《じんりょく》するのみです」

「では、そのようなことを気にかける意味もあるまい。実際に顔をあわせるまでは、俺も確たることは言えんしな」

そう言って、ギラン＝リリンは笑い声を響かせた。

「それにしても、よりにもよってヴィナ＝ルウに懸想《けそう》しようとはな。お前もずいぶん、難儀《なんぎ》な相手に心をとらわれてしまったものだ」

「はい。ヴィナ＝ルウ、難儀ですか？」

「難儀であろう。たしかヴィナ＝ルウは、すでに十回ばかりも婚儀《こんぎ》の話を断っているのだぞ。町のほうではどうだか知らんが、森辺においてそれほど婚儀の話が立ち消えになるというのは、そうそうありえる話ではないのだ」

「十回。確かに、多いです。それもまた、ヴィナ＝ルウ、魅力《みりょく》ゆえでしょう」

「うむ。たとえお前がリリンの氏を授《さず》かろうとも、ヴィナ＝ルウの心を射止められるかどうかは、また別の話だ。ずいぶんとまた、試練の多き道を選んでしまったものだな」

ギラン＝リリンの声はあくまで朗《ほが》らかであり、シュミラルを揶揄《やゆ》している気配はない。シュミラルがそのように考えていると、ギラン＝リリンはにっと白い歯をこぼした。

「いや、ついつい自分のことを思い返してしまってな。ルウ家の者たちから聞いていようが、俺もまた難儀な相手に懸想をした立場であったのだ」

「はい。ギラン＝リリン、レイの女衆、伴侶、迎えたのですね？」

「うむ。リリンはもともとすべての眷族《けんぞく》が絶えて、滅《ほろ》びを待つだけの氏族であった。そこで本家の家長であるこの俺が、こともあろうにルウの眷族たるレイの女衆に懸想してしまったのだ。我ながら、筋違《すじちが》いの行いであったろうと思う」

「ですが、婚儀、果たし、ルウの眷族、認められたのですね？」

「うむ。ドンダ＝ルウとしても、苦渋《くじゅう》の決断であっただろう。しかし最後には、リリンを新たな眷族として迎え入れてくれたのだ」

そうしてギラン＝リリンは、明るく澄《す》んだ眼差《まなざ》しでシュミラルを見やってきた。

「今度は俺に、その順番が回ってきたというわけだな。お前がリリンの家人に相応《ふさわ》しい人間か、あの頃《ころ》のドンダ＝ルウと同じように厳しく公正な目で見届けたく思っている」

「はい。誠心誠意、努めたく思います」

シュミラルがそのように答えたとき、ギラン＝リリンが「次の道だ」と言葉を重ねた。

「次の脇道が、リリンの集落に通ずる道となる。家人が総出で、お前を待ちかまえているはずだぞ」

シュミラルはいっそうの緊迫《きんぱく》を胸に宿して、トトスの手綱を操《あやつ》ることになった。

脇道に踏み込むと、すぐに集落の広場に出る。ルウの集落とは比べるべくもない、ささやかな広場だ。家の数も、四軒《けん》しか存在しない。十五名ていどの家人であれば、これでも十分すぎるぐらいであるのだろう。

「家人は、本家に集まっている。本家は、奥のあの家だ」

集落は、しんと静まりかえっている。その静けさが、シュミラルをいっそう緊迫させてやまなかった。ドンダ＝ルウがシュミラルをリリンの家人に迎え入れよと申しつけたのは昨日の夕刻のことであるので、それからまだ半日ほどしか経過していないのだ。いきなり異国の民であったシュミラルを家人に迎え入れることになり、リリンの人々はどのような心境であるのか。

自然、シュミラルは心臓が騒いでしまった。

「幼子たちの気がそれるので、猟犬たちはひとまずこの場に置いていくがいい。まずは、お前自身がしっかりと挨拶を果たさなければならんからな」

ギラン＝リリンの言葉に従って、シュミラルは身ひとつで御者台を降りた。トトスは付近の木の枝に繋《つな》ぎなおして、ギラン＝リリンとともに母屋《おもや》の玄関《げんかん》を目指す。

「待たせたな。新たな家人となるシュミラルを連れ帰ったぞ」

ギラン＝リリンの手によって戸板が開かれると、そこには確かに十数名の家人たちが待ちかまえていた。その中から、金褐色の髪をした若い女衆が進み出てくる。

「お帰りをお待ちしていました、家長。それに、新たな家人シュミラル」

他の者たちは、無言でシュミラルの姿を見据《みす》えている。シュミラルは呼吸を整えつつ、そっと頭を下げてみせた。

「私、シュミラルです。どうぞ、よろしくお願いいたします」

とたんに――広間には、賑々《にぎにぎ》しい空気があふれかえった。

「よく来たな、シュミラル。俺は、そこのギランの弟だ。俺も兄貴も大雑把《おおざっぱ》な性格をしているので、何かと気苦労をかけるかもしれんが、まあよろしくやってくれ」

「俺は分家の家長で、こちらは伴侶と子になる。いちどきに名前を覚えるのは難しかろうから、まずはそういった身分のほうから覚えていくといい」

「同じく、俺も分家の家長だ。俺はルティム、そっちの家長はマァムから婿入《むこい》りした身となるので、そのように覚えるといい」

さらに、女衆や幼子たちも挨拶の言葉を投げかけてくる。いまだ会話もままならないぐらいの幼子たちは、一様にきょとんとした顔でシュミラルの姿を見やっていた。

「どうした、シュミラル？　ずいぶん仰天《ぎょうてん》しているようだな」

笑いを含《ふく》んだギラン＝リリンの言葉に、シュミラルは「はい」とうなずいてみせる。

「いささかならず、驚《おどろ》かされました。……思いの外、歓待《かんたい》でありましたので」

「歓待？　べつだん手厚くもてなしているつもりなどはないぞ。同じ家の家人をもてなす理由などないからな」

と、ギラン＝リリンの弟と名乗った人物が、陽気に笑いながらそのように言いたてた。

「まあ、ドンダ＝ルウとギランが認めた男であれば、悪い人間ではなかろう。あとは俺たちが、自らの目でそれを見定めるだけのことだ。異国で生まれ育った人間であれば、森辺の習わしに馴染《なじ》むのにも時間がかかろうからな」

「うむ。こればかりは、時間をかけて馴染むしかあるまい」

ギラン＝リリンも笑いながら、二人の幼子を同時に抱《かか》えあげた。まだ五歳にも満たないような男の子と、赤《あか》ん坊《ぼう》から脱《だつ》したばかりのように見える女の子である。

「これが、俺の子供たちだ。そら、お前たちも挨拶をするがいい」

「うん。……リリンのいえにようこそ、シュミラル」

はにかむように微笑《ほほえ》みながら、男の子のほうがたどたどしい口調でそのように言ってくれた。

そのつぶらな瞳《ひとみ》には、幼子らしい好奇心《こうきしん》と親愛の光が宿されている。

シュミラルは、なんだか胸の詰《つ》まるような心地であった。両親も兄弟も亡《な》くして天涯孤独《てんがいこどく》であったシュミラルが、いきなりこれだけ大勢の人間から家人として迎えられることになったのだ。また、さまざまな相手に迷惑をかけて無理な願いを押し通した自分が、これほど温かく迎えられるなどとは想像もしていなかったのだった。

(だがきっと……これこそが、森辺の民であるのだ)

森辺の民は、誰もが清廉《せいれん》な魂《たましい》を有している。自分もそんな彼らの同胞であると、胸を張って名乗れるように、シュミラルはこれから力を尽《つ》くしていかなければならないのだった。

(そうでなければ、ヴィナ＝ルウに婚儀を願うことなど許されるはずもない)

シュミラルは、そんな覚悟《かくご》を新たにすることになった。

そんなシュミラルのことを、リリンの人々はいつまでも温かい眼差しで見守ってくれていた。

Cooking with wild game.

群像演舞

惰弱の徒

銀の月の半ば頃――レム＝ドムが狩人《かりうど》として生きていくことを許されるかどうか、アイ＝ファとの力比べによってその運命が決せられることになった日の、数日前のことである。

薄闇《うすやみ》の垂れこめた部屋の中で、ディガははらはらと涙《なみだ》をこぼしていた。

その眼前には、弟が――いや、かつて弟であったドッドが横たわり、苦悶《くもん》のうめき声をあげている。場所はドムの集落の、ディガたちに当てがわれた分家の家の寝所《しんじょ》である。ドッドは今日の狩人の仕事で、深い手傷を負ってしまったのだ。最近はやたらと食事が美味になり、ディガとドッドもようやく腹がいっぱいになるまで食べることができるようになったので、痩《や》せていた身体にも力が戻り、少しずつ狩りの仕事でも役に立てるようになってきていたのだが――その矢先に訪れた、この凶事《きょうじ》であった。

矢を射かけられて怒ったギバに突進《とっしん》され、ドッドは右足の付け根の肉をえぐられてしまったのだ。すぐに家長のディック＝ドムが暴れるギバを仕留めてくれたが、ドッドの負った傷口からは信じられない量の血が噴《ふ》きこぼれており、とうてい助からないように思えた。

しかし、ドッドは生きていた。足の筋はやられていないし、骨にも問題はない。ただ、危険なぐらいに血が流れてしまったので、あとは本人がどれだけの力を持っているかだろう――手当てをしてくれたドムの女衆は、そんな風に言っていた。

ドッドは苦しげにあえぐばかりで、一度も目を開けようとしない。ドッドに力が足りなければ、このまま魂を返すことになるのだ。そのように考えると、ディガはどうしても涙をおさえることができなくなってしまうのだった。

これまでのディガとドッドは、とりたてて仲のよい兄弟ではなかった。正直なところ、深酒をしたときのドッドは誰よりも凶暴《きょうぼう》であったため、ディガにとっては少し怖《こわ》いぐらいであった。それを怖がらずにいられるのは、自分も同じぐらいの果実酒を口にしたときだけだった。しかし、今ディガのそばにいるのは、このドッドだけだ。他の家族とは引き離され、ドッドとも血の縁は絶たれてしまっている。それでも恐ろしい狩人たちのひしめく北の集落において、手を取り合える相手はドッドしかいなかった。

それにドッドは果実酒を飲むことを禁じられていたために、ちっとも怖くなくなっていた。ひょっとしたら、自分よりも気弱なのではないかと思えるぐらいだった。ディガはドッドの存在にすがっていたし、ドッドもディガの存在にすがってくれていた。ディガにはそれが嬉《うれ》しくて、ドッドのことを昔よりずっと好きになっていた。血の縁を絶たれても、やっぱりドッドはディガの弟であり、今となってはかけがえのない存在になっていたのだった。

そんな性根《しょうね》が、こんな運命を招き寄せてしまったのだろうか。ディガたちは血の縁を絶つことで罪を許されたというのに、いつまでもおたがいの存在にすがっていた。その狩人らしからぬ脆弱《ぜいじゃく》さが、森の怒《いか》りに触《ふ》れてしまったのだろうか。真実のほどはわからなかったが、ディガは悲しくてたまらなかった。悲しくて悲しくて、どうしても涙を止めることができなかった。

「ドッド……頼《たの》むから死なないでくれよお……俺を独りぼっちにしないでくれよお……」

そのとき、戸板ががたごとと音をたてて、ディガの身体をすくませた。誰かが表の閂《かんぬき》を外そうとしているのだ。多くの罪を重ねてきたディガたちは、もう革紐《かわひも》で縛《しば》られることはなくなっていたが、寝所だけは外から閂を掛けられて、勝手に動き回れないようにされていたのだった。

「待たせたな。そろそろ宴なので、お前も外に出ろ」

大柄な男衆が、そのようなことを述べたてながら寝所に入り込んでくる。ギバの毛皮を頭からかぶった、ドムではなくザザの狩人である。まだ若いのにとても厳《いか》つい顔をしており、右眉《まゆ》のあたりに大きな古傷が刻まれている。それはザザ本家の末弟《まってい》、ゲオル＝ザザであった。

その黒い火のような目でじろりとにらまれて、ディガは縮こまる。ディガは、黒い瞳をした人間が苦手であった。ディガにとっては誰よりも恐ろしい、かつての族長ザッツ＝スンを思い出してしまうためだ。ディック＝ドムもファの家のアスタも、果てには妹であったツヴァイさえも、ディガはまともに目をあわせるのを躊躇《ためら》うほどであった。

「何だお前、まさか泣いていたのか？」

ゲオル＝ザザに呆《あき》れたような声で言われて、ディガは慌てて目もとをこする。涙と鼻水で、手の甲《こう》がべたべたになってしまった。

「まったく、どうしようもない柔弱《にゅうじゃく》さだな！　お前が泣こうがわめこうが、そやつの運命は森に定められるのだ。ともかく今宵《こよい》は宴なのだから、表に出ろ」

「宴……？　宴っていったい……？」

「忘れたのか？　ジーンの次兄《じけい》がギバを仕留めたので、一人前の狩人と認められたのだ。その祝いの宴が行われるのだと、ディック＝ドムから伝えられているはずだぞ？」

確かに、その話は昨晩に聞かされていた。また豪勢《ごうせい》な料理をたらふく食べられるのではないかと、ドッドと二人で楽しみにしていたのである。そんなことを思い出すと、また涙がじんわりと浮かんできてしまった。

「だ、だけど、その宴はジーンの家で開かれるのだろう？　その間、誰がドッドの面倒《めんどう》を見るんだ……？」

「何の面倒も見る必要はない。薬は与《あた》えたし、血も止めた。あとはそいつが自力で起き上がるのを待つばかりだ。誰がそばにいてもやることはなかろう」

「いや、だけど……」

「やかましいぞ、ろくでなしめ。お前はドム家の家人となったのだろうが？　その血族たるジーンの次兄の祝いを蔑《ないがし》ろにするつもりか？」

薄闇の中でゲオル＝ザザの黒い目が燃えあがると、ディガは何も言い返せなくなってしまった。

（ごめんよ、ドッド……なるべく早く戻ってくるから、絶対に死ぬんじゃないぞ……？）

ゲオル＝ザザに急《せ》かされてとぼとぼと家を出ると、すでに太陽は西の果てに半分がた隠《かく》されてしまっていた。夕闇《ゆうやみ》に包まれた森辺の集落で、ドム家の家人たちはジーン家に通じる小道を目指していそいそと足を動かしている。

「うむ？　ゲオル＝ザザか？」

「おお、ディック＝ドム。あまりに遅いから迎えに来たぞ。あとはお前たちがそろえば、いつでも宴を始められる状態だ」

「そうか。それはすまなかった」

ゲオル＝ザザが頭つきの毛皮をかぶっているように、ディック＝ドムもギバの頭骨や狩人の衣《ころも》を纏《まと》ったままであった。北の集落の男衆は、宴でも狩人の装いのままであるのだ。そして女衆は、宴衣装に身を包んでいる。それは他の氏族と同じように、町で買い求めたシムの薄物《うすもの》や飾《かざ》り物《もの》などであったが、ギバの毛皮や骨などでも飾り物をこしらえているので、ディガにはまだまだ見慣れない姿であった。

そもそも狩人の祝いというのも、北の集落独自のものだ。少なくとも、スンの集落でそのような宴は開かれていなかった。北の集落の狩人は野を駆《か》けるギバを自力で仕留めて、初めて一人前とされるらしい。ディガやドッドのように罠《わな》に掛かったギバを仕留めるだけでは、まだまだ半人前という扱いであるのだ。

そうして狩人が一人前となった際には、こうして宴が開かれる。宴の大きさはその狩人の家や身分によって異なるようであるが、本日はジーン本家の次兄の祝いということで、北の集落の人間は全員集められることになったのだった。

「それに今日は、絆を深めるために眷族の長たちも呼びつけているからな。供には若い男か女を引き連れているはずだから、これで新しい婚儀でも決まれば、また宴だ」

歩きながら、ゲオル＝ザザは豪放《ごうほう》に笑っている。その黒い瞳が、ふといぶかしそうにディック＝ドムの横顔を見た。

「何だ、ずいぶんしみったれた顔をしているな。そんなにレム＝ドムの身が心配なのか？」

「……ファの家の家長もついに傷が癒《い》えてきたので、もうじきに約束の力比べを果たしてくれるはずなのだ」

この当時、レム＝ドムはいまだディック＝ドムと和解しておらず、北の集落から家出をしているさなかであった。ゲオル＝ザザも、いまだアイ＝ファと対面していない時代のことである。

「ふん。その女狩人とやらが噂《うわさ》の半分でも力を持っていれば、まともな修練を積んでいない女衆など片手でひねれるはずであろうが？　もしもレム＝ドムに後《おく》れを取るようならば、そやつも狩人の衣を剥《は》ぎ取って女衆にしてしまえばよいのだ」

そんな風に言ってから、ゲオル＝ザザはふいにディガへと向きなおってきた。

「そういえば、お前はその女狩人に執心《しゅうしん》していたという話だったな、ディガよ。それでお前は、ことごとくその女狩人に退けられていたのだろう？　お前が相手では力量もはかれぬが、そやつは狩人の名に相応しい力を持ち合わせているのだろうな？」

「ああ、たぶん……並の狩人より弱いことはないと思うけど……」

「頼《たよ》りない返事だな！　どうなのだ、ディック＝ドムよ？」

「そのような心配は不要だ。あのアイ＝ファというファの家の女狩人は、何かとてつもない力を備えているように感じられる」

「ならば、お前こそ心配するのをやめるがいい！　レム＝ドムが無事に戻ってきたら、約束通りに俺が嫁《よめ》にもらってやるさ！」

大きな笑い声を響かせてから、ゲオル＝ザザはまたじろりとディガのことをにらみつけてきた。

「それにしても、お前はディック＝ドム以上にしみったれた顔をしているな。最近になってようやくまともな面《つら》がまえになってきたと思っていたのに、これでは台無しだ」

「……………」

「お前は性根が腐《くさ》っている。きっと女衆のレム＝ドムでも、お前のような腑抜《ふぬ》けが相手であったら力比べで負けることもないのだろうな」

そうしてゲオル＝ザザはふいに足を止め、地面から太い棒切れを拾い上げた。

「おい、そっちの端《はし》を握って、この棒切れを俺から奪《うば》い取ってみろ」

「え、ええ？　いったい何だっていうんだよお……？」

「いいから、さっさとやれ。やらねば、その鼻をへし折ってやるぞ？」

ディガはしかたなく、言われた通りに棒切れを握った。逆側の端は、ゲオル＝ザザが両腕《りょううで》で握っている。おもいきり引っ張っても、その頑丈《がんじょう》そうな身体はびくともしなかった。

「本気でやれ。俺に勝ったら、特別に今日だけは果実酒を飲むことを許してやろう」

そんなものは、もうどのような味をしていたかも忘れてしまった。それに、果実酒はドッドのほうがよっぽど好きであったのだ。そんなドッドを差し置いて、ディガだけ果実酒を味わう気持ちにはなれなかったが――本気でやらねば、鼻を折られかねない。ゲオル＝ザザは陽気な気性《きしょう》であったが、怒ると父親のグラフ＝ザザにも負けないぐらい恐ろしいのだ。

ディガは再び、おもいきり棒切れを引っ張った。一度では足りないので、緩急《かんきゅう》をつけて、何度も引っ張る。余裕《よゆう》の顔で立ち尽くしていたゲオル＝ザザも、それでようやく足を踏《ふ》ん張ることになった。

（これなら……勝てるかもしれない）

そうしてディガがさらなる力を込めようとしたとき、ゲオル＝ザザの黒い双眸《そうぼう》が炎《ほのお》のように燃えあがった。その口からは獣《けもの》のような咆哮《ほうこう》があげられて、身をすくめたディガのもとから棒切れが奪い取られてしまう。ついでに引っ張られたディガは、そのまま前のめりに倒《たお》れ伏《ふ》すことになった。

「俺の勝ちだな。まったく、不甲斐《ふがい》ないやつだ」

棒切れを放《ほう》り捨て、ゲオル＝ザザがディガのもとに屈《かが》み込んでくる。

黒い瞳に間近から見つめられ、今度は冷《ひ》や汗《あせ》をかくことになった。

「ディガよ、お前に足りないのは、気迫《きはく》だ。他《ほか》にも足りないものは山ほどあるが、とにかくお前は心が弱すぎる。だからこんな力まかせの勝負でさえ、勝利することができないのだ」

「……………」

「身体の大きさなど、俺と変わらないぐらいではないか？　ま、数年後には俺のほうが大きくなっているとしても、今ならば力の面でそこまで俺に劣《おと》ることはないはずだろう。だからお前が一人前の狩人になるには、まずその腑抜けた性根を何とかするしかない、ということだ」

そうしてゲオル＝ザザは、にやりと笑いつつ身を起こした。

「さて、余興はこれぐらいにしてジーンの家に向かうか。今日もディンやリッドの女衆が、血族のために立派な宴料理を準備してくれているはずだぞ！」


ゲオル＝ザザの言う通り、ジーン家の前にはすでにすべての人間が集まっているようだった。ザザとドムとジーンの家人たちと、他の眷族の家長とお供が一名ずつ――そして、ディンとリッドから招かれた何名かのかまど番たちである。目算でも、六十人は下らないようであった。

「全員、集まったようだな。それでは、ジーン家の次兄の狩人の祝いを開始する」

一族の長であり族長でもあるグラフ＝ザザが、野太い声音《こわね》でそのように述べたてた。広場の真ん中には儀《ぎ》式《しき》の火が焚《た》かれており、グラフ＝ザザと二名の女衆がその前に立ちはだかっている。女衆の片方は狩人の衣を、もう片方の女衆は鞘《さや》に収められた刀を携《たずさ》えていた。

「ジーンの次兄、前に出よ。お前の家族が、お前に新しき衣と刀を与えよう」

横幅《よこはば》の広い体格をした男衆が、のそりと儀式の火の前に進み出る。その身に纏っているのは、ディガや他の氏族の男衆が纏うような、頭つきでない普通《ふつう》の狩人の衣だ。

ジーンの次兄は留め具を外し、その狩人の衣を女衆に引き渡《わた》した。それを受け取った女衆は、新たな衣を次兄に纏いつける。頭つきの、狩人の衣である。頭の部分にはギバの頭骨が土台に使われているため、兜《かぶと》をかぶるような格好になっている。そして、それは次兄自身がその手で仕留めたギバの頭骨と毛皮であるはずであった。

同じように、刀も新しいものに取り替《か》えられる。これで用済みとなった衣や刀は、また別の若衆《わかしゅう》が十三歳になったときに与えられるのだ。そうして次兄が新たな衣と刀を身につけると、血族たちはいっせいに祝福の雄叫《おたけ》びをほとばしらせた。

男衆も女衆も、地鳴りのような声音で叫《さけ》んでいる。オーウ、オーウ、と独特の抑揚《よくよう》を持った、腹の底まで響《ひび》きそうな雄叫びだ。北の集落のこの習わしが、ディガはいまだに恐《おそ》ろしかった。

他の眷族の家長やかまど番たちも、いくぶん怯《ひる》んだ様子で北の一族の様子をうかがっている。

「我々は新たな狩人を得た！　同胞《どうほう》よ、母なる森に感謝の念を捧《ささ》げつつ、ギバの肉で腹を満たすがいい！」

その雄叫びに負けぬ声でグラフ＝ザザがなりたて、果実酒の土瓶《どびん》を振《ふ》り上げた。祝いの宴《うたげ》が始められたのだ。ゲオル＝ザザやディック＝ドムはさっさと輪の中心に向かってしまったため、ディガはぽつんと取り残されることになった。

他の者たちも、ディガなどには何の関心も寄せようとはしない。おそらくディガとドッドはジーンの次兄のように一人前の狩人と認められない限り、同胞としても認められないのであろう。こんなにでかい図体《ずうたい》をして半人前の狩人である男衆など、北の集落においては価値のない存在であるのだった。

（こいつらだって、ちょっと前まではみんなスン家の眷族だったのになあ……）

ディガは隅《すみ》っこに引っ込んで、同胞ならぬ同胞たちが宴を繰《く》り広《ひろ》げるさまを遠く眺《なが》めた。

ザザもドムもジーンも――そして、リッドもディンも、ハヴィラもダナも、それらはみんなスンを中心に寄り集まった眷族であった。その中心であったスン家が縁《えにし》を切られてしまったのだから、このいくつかは血の縁も持ってはいないはずだ。ついこの間、ジーンとリッドが血の縁を繋いだが、ディンなどはきっとスン以外のどの氏族とも血の縁を交《か》わしていないはずである。北寄りに集落のあるハヴィラやダナだって、リッドやディンとはほとんど交流がなかったはずであった。

（だけどこれからは、スン家を抜《ぬ》きにして血の縁を重ねていくんだろうな……その真ん中に集落をかまえている、スンの分家の連中はほったらかしにしてさ……）

そして、スンの分家の人々にそのような運命をもたらしたのは、他ならぬディガたちであったのだ。ディガは深々と息をつきながら、木の根もとにへたり込んだ。中天に干し肉をかじって以来、何も口にしていないので、胃袋《いぶくろ》がねじ切れそうなぐらいに腹は空いている。しかし、ドッドもいないのに一人であの輝《かがや》かしい場所に踏み込んでいく勇気を振り絞《しぼ》ることはできなかった。

（ちぇっ。こんなときにレム＝ドムがいたら、俺たちを馬鹿《ばか》にしながらも手を引っ張ってくれたのになあ……）

そして、ドッドのことを思うと、また涙がにじんできてしまう。頼りなくて、情けなくて、ディガはこのままドッドのもとに逃《に》げ帰《かえ》ってしまいたかった。

「あの……身体のお加減でも悪いのですか……？」

と、気弱げな娘《むすめ》の声が頭上から投げかけられてくる。ディガが顔をあげると、一人の幼い女衆が木皿を手に立ち尽くしていた。ずいぶんあどけない顔をしているが、それでも十歳は超《こ》えているらしく、きちんと上下で分かれた女衆の装束を纏っている。あまり豊かな氏族ではないのか、きらきらと輝く織物を羽織っているばかりで、あとは木の実や花で作られた飾り物を申し訳ていどに下げていた。

「何だ、お前は……？　眷族の女衆か？」

「はい。ディン家のトゥール＝ディンと申します。……あの、わたしのことを覚えてはおられませんか……？」

「……トゥール＝ディン？」

黒褐色《こつかっしょく》の髪《かみ》と青い瞳をした、なかなか可愛《かわい》らしい娘である。いささか気弱げな面立《おもだ》ちではあるものの、もう何年かすれば美しい女衆に成長することだろう。

「何か聞き覚えはあるような気はするけど、誰《だれ》だっけ……？　どこかで顔をあわせているのか……？」

「はい。わたしは——かつてスンの分家の人間でした。あの滅びの夜を境に、母の生まれであったディン家に引き取られたのです」

「ぶ、分家の人間？」

ディガは、思わず生唾《なまつば》を呑みくだした。

「そ、そんなやつが俺に何の用だよ……？　恨《うら》み言でもぶつけに来たのか……？」

「いえ、そのようなつもりはありませんでしたが」

トゥール＝ディンが困ったように口もとをほころばせると、いっそう可愛らしくなった。小さな花のような、可憐《かれん》なたたずまいである。

「ただ、ちょっとあなたとお話がしたくて……よかったら、こちらをお召《め》し上がりになりませんか？　ギバの臓物とタラパを使った汁物《しるもの》料理です」

まだ熱そうに湯気をたてている木皿が、ディガの鼻先に突《つ》きつけられる。そのタラパの酸《す》っぱそうな香《かお》りを嗅《か》ぐだけで、ディガの腹は盛大に鳴いてしまった。トゥール＝ディンはまた笑い、ディガは顔を赤くしながら木皿を受け取る。

「お、俺に話って何なんだよ？　恨み言を言う他に、俺に用事なんてないはずだろ？」

「それはちょっと込み入った話ですので、よかったらその前に召し上がってください」

トゥール＝ディンは、ほどよい距離《きょり》を空けてディガの横に腰を下ろした。まったくわけもわからないまま、ディガが木匙《きさじ》で煮汁《にじる》をすすり込むと、とたんに鮮烈《せんれつ》な味が舌の上で跳《は》ね上がる。タラパだけではない、さまざまな野菜やさまざまな香草《こうそう》が使われた、刺激的《しげきてき》な味である。

「ああ、こいつはジーンとリッドの婚儀の宴でも出されていた料理だな！　こいつは、お前が作ったものなのか？」

「は、はい。わたしが作り方を手ほどきして、北の女衆と一緒《いっしょ》に作りあげました」

「すげえなあ。最近ではドムの家でもめっぽう美味《うま》い料理を食べさせてもらっていたんだけど、やっぱりこいつとは比べ物にならねえよ」

「ええ。こちらには、つい最近までルウやルティムの女衆が留《とど》まっていたのですよね。……それと比べて、見劣《みおと》りするようなことはなかったでしょうか……？」

「見劣りなんてするわけがねえよ。宴のときの料理でも、俺はこいつが一番好きだったんだ」

あとはもう、夢中になって木皿の中身をかき込んだ。ギバの臓物と言っていたが、くにゅくにゅした内臓ばかりでなく、普通の肉のようにしっかりとしたものも入れられている。それがまた辛《から》くて酸っぱい煮汁ととても合っており、涙がこぼれそうなほど美味かった。

「本当に美味いなあ。婚儀の宴のときより、もっと美味く感じちまう……いや、それどころか、ずっと前にルウの集落で食べさせられた料理に負けないぐらい美味いや」

「それはさすがに言いすぎです。あれはアスタやルウの女衆が作りあげた料理なのですよ？」

そのように言いながらも、トゥール＝ディンはとても嬉しそうな顔をしていた。何だか見ているディガの胸が痛くなるほど、あどけない笑顔である。

「……お前、スン家の人間だったくせに、そんな顔で笑えるんだな」

「え？」

「スンの集落にいたときは、分家の人間なんてみんな死人みたいな目つきをしてたじゃねえか。俺たちが、無理やりスン家の掟《おきて》を守らせていたせいでさ」

トゥール＝ディンの笑顔が、少し切なげなものに変化した。だけど、そのあどけなさはまだ消えていない。

「本家の過《あやま》ちを正せなかったのは、分家の人間の罪だったのでしょう。その罪を贖《あがな》えるように、わたしは正しく生きていこうと努めています」

「ふん。分家の人間が本家の人間に逆らえるわけねえじゃねえか。逆らえば、どんなひでえ目にあわされるかもわからなかったんだからな」

弱きことは罪である。スン家の人間は強くあり、弱き者たちを支配せねばならない――それがザッツ＝スンの定めたスン家の掟であった。だからディガやドッドたちも自分の弱さを虚勢《きょせい》で覆《おお》い隠し、支配者たろうと振る舞《ま》っていたのだ。

弱ければ、ザッツ＝スンに見捨てられてしまうかもしれない。その先に待ち受けるのは、絶望と破滅《はめつ》だけだ。ゆえに、ディガたちは強者のふりをして、他の人間たち――力を持たない分家や眷族や余所《よそ》の氏族の人間たちに、絶望と破滅をなすりつけていたのである。

何だかディガは、消え入りたいような心地《ここち》であった。自分やドッドはまだかつての罪を贖いきれず、こんな浅ましい姿をさらしているというのに、いわれのない絶望をなすりつけられていたトゥール＝ディンが、このように清らかな姿で微笑んでいる。まるで美しい花を地べたから見上げる毒虫にでもなったような気分であった。

しかもディガは、トゥール＝ディンのほっそりとした肩《かた》が細かく震《ふる》えていることにも気づいてしまった。トゥール＝ディンは、内心の不安や動揺《どうよう》を必死に抑《おさ》え込みながら、こうして微笑んでいるのである。

スンの分家の人間であったなら、それが当然のことであった。ディガはトゥール＝ディンのことなど見覚えていなかったが、分家の人間が本家の人間を忘れることはありえない。特にディガやドッドはかつてのザッツ＝スンやミギィ＝スンと同じぐらい粗暴《そぼう》にふるまっていたので、分家の幼子であればその恐怖心《きょうふしん》が骨の髄《ずい》まで叩《たた》き込まれているはずであった。

かつてディガたちがミギィ＝スンたちを恐れていたように、分家の人々はディガたちを恐れていたはずなのだ。いくら血の縁を絶たれたって、その恨みや恐怖《きょうふ》が簡単に消えることはないだろう。それなのに、トゥール＝ディンはこうしてディガに微笑みかけてくれている。その事実が、いっそうディガを情けない気持ちにさせるのだった。

「それっぽっちでは足りませんよね。何かもっと食べごたえのある肉の料理でも持ってきましょうか？」

そんなディガの内心も知らず、トゥール＝ディンが微笑みかけてくる。

「もういいよ……」と、ディガは弱々しく首を振ってみせた。

「俺のことは放っておいてくれ……あんなにたくさん血族がいるんだから、お前もあっちで楽しんでくればいいだろう？　俺なんかにかまっていたって、ろくなことにはなりゃしねえよ」

「いえ、ですが、わたしはあなたと話があってやってきたのです」

腰《こし》を浮《う》かせかけていたトゥール＝ディンが、あらたまった調子で言葉を重ねる。

「ところで、次兄の……いえ、かつて次兄であったドッドはどこにいらっしゃるのですか？　さきほどから姿が見えないようですが……」

「ドッドは、怪我《けが》をしちまったんだ」

鼻の奥《おく》が、つんと痛くなる。

「ギバの牙《きば》で足のところをえぐられちまって、このまま死んじまうかもしれない……あいつは今も独りぼっちで、苦しそうにうんうんうなってるんだよ……」

「そうだったのですか……」

気の毒そうにつぶやくトゥール＝ディンの声があまりに優《やさ》しげであったため、ディガはついに涙をこぼしてしまった。

「もういいから、俺たちのことは放っておいてくれ。せっかくまともに生きていけるようになったんだから、俺たちなんかにかまっちゃいけねえんだよ……俺たちはやっぱり、ろくでなしのまま森に朽《く》ちる運命だったんだ……」

「でも、グラフ＝ザザやディック＝ドムは、そのようには言っていませんでした」

真剣《しんけん》な声で言い、トゥール＝ディンが身を乗り出してくる。

「ディガもドッドも、ようやく狩人らしい面がまえになってきた。もうしばらくすれば、狩人の衣を与えることができるだろう、と……あなたの家長や族長たちが、そのように言ってくれていたのですよ？」

「だけど、俺は一人じゃなんにもできねえよ。ドッドが死んじまったら、俺もおしまいだ」

「ドッドのことが、心配なのですね。でも、きっと大丈夫《だいじょうぶ》です。母なる森が見守ってくれています」

ぐしぐしと鼻水をすすりながら、ディガはトゥール＝ディンの顔を見返した。しかし、その優しげな顔を見ていると、余計に泣けてきてしまう。

「わたしたちにできるのは、森に祈《いの》ることだけです。ドッドが試練に打ち勝って、また狩人としての仕事に励《はげ》めるように、祈りましょう。スンの本家であったあなたたちは、とても強い力を持っているのですから、きっと大丈夫です」

「全然大丈夫じゃねえよ……俺《おれ》とドッドなんて、虫けらみてえなもんじゃねえか……」

「そんなことはありません。ヤミル＝レイも、ミダも、ツヴァイも、オウラもみんな、その強き魂で苦難を退けているのです。あなたたちだって、大丈夫なはずです」

ディガは顔面をぐしゃぐしゃにしながら身を乗り出した。

「あ、あいつらみんな、元気にやってるのか？　ミダなんて、馬鹿力《ばかぢから》なだけで何の役にも立ちゃしねえのに……」

「ミダは、ルウ家の力比べで八名の勇者に選ばれました。それも、二回連続です」

トゥール＝ディンは、とてつもなく優しい顔でまた微笑んでくれた。

「ヤミル＝レイとツヴァイは、宿場町で屋台の仕事を手伝っています。オウラはずっとルティムの集落なので、あまり顔をあわせる機会がないのですが、この前の宴ではとても元気そうな様子でした」

「そうか……みんなはきちんと、罪を贖えてるんだな……」

「あなたたちもですよ。そしてズーロ＝スンも……王国のどこかで、罪を贖っているのでしょう」

遠い目つきになりながら、トゥール＝ディンはそのように述べた。

「そして、わたしたちも……他の血族に引き取られたわたしや父のような人間も、集落に居残った分家の人々も、みんな懸命《けんめい》に生きています。今日、この北の集落にやってくる道すがら、わたしはスンの集落に立ち寄ることが許されたのです。何人かの男衆は森に魂を返してしまいましたが、みんなみんな懸命に生きて、自分たちの罪を贖おうとしています」

「分家の連中も……そうなのか……」

「はい。だから、わたしたちは大丈夫です。母なる森は、正しく生きようと願う子らを見捨てたりはしないのです」

まるで彼女《かのじょ》自身が森そのものであるかのように、トゥール＝ディンの表情は慈愛《じあい》に満ちみちていた。そのやわらかい光をたたえた青い瞳が、包み込むようにディガを見つめている。

「わたしはそのことを、あなたとドッドに伝えたかったのです。あなたたちは血の縁を絶たれてしまいましたが、かつての家族たちがどのように過ごしているかを知ることは、きっと励みになると思い、それを伝えることをグラフ＝ザザに許してもらったのです」

「お前みたいに小さな娘が、族長のグラフ＝ザザにそんなことを頼み込んだってのか……？」

「はい。怖くて足の震えが止まりませんでしたが、何とか許していただくことはかないました」

トゥール＝ディンは恥《は》ずかしそうに微笑み、ディガは派手な音をたてて鼻水をすすり込んだ。

「やっぱり俺は情けねえよ……お前みたいな小さな娘でも、そんな立派に生きてるってのに……」

「あなたはきっと、ドッドが手傷を負ってしまったために気持ちが弱っているだけです。それに、お腹《なか》も空いているのではないですか？　人間は、お腹が空くといっそう気持ちも弱くなってしまうものなのです」

そう言って、トゥール＝ディンは元気よく立ち上がった。

「他の料理を運んできましょう。それで元気が出たら、もっとドムでの生活について聞かせてください。わたしもまだまだヤミル＝レイたちについて、語ることがたくさんあるのです」

「待ってくれ。その前に……ドッドのところにも、料理を持っていってやりたいんだ」

ディガの言葉に、トゥール＝ディンは不思議そうに目を丸くした。

「ドッドは、食事ができるような状態なのですか？　さきほど、生命も危《あや》ういと仰《おっしゃ》っていたようですが……」

「だからさ、こんなに美味そうな料理の匂《にお》いを嗅がせたら、目を覚ますかもしれねえだろ？　あいつは俺と同じぐらい、食い意地が張ってるんだよ」

ディガは全身の気力をかき集めて、笑ってみせた。

トゥール＝ディンは目を細めて、母親のような表情でまた微笑む。

「それでは、料理を届けましょう。それで目を覚ましたら、二人でお話を聞かせてください」

「ああ、わかったよ」

ディガは、萎《な》えきっていた足に力を込めて立ち上がってみせた。

トゥール＝ディンは、ディン家の人間だ。ドム家の人間にとっては、血族である。ディガやドッドも正しく生きて、ドムの氏を授《さず》かることができれば、このトゥール＝ディンの血族なのだと胸を張って言うことができるのだ。それが正しき人間の縁――森辺の民の絆《きずな》であるはずだった。

「さあ、行きましょう。ギバ肉の香味《こうみ》焼きなんて、タラパのモツ鍋《なべ》にも負けないぐらい素晴《すば》らしい香りなのですよ？」

ディガは手の甲で顔をぬぐい、トゥール＝ディンとともに足を踏み出した。

光のあふれた広場では、名前もわからない大勢の人間たちが火花のように騒《さわ》いでいたが、その光景ももう恐ろしいものではなくなっていた。

あとがき

このたびは本作『異世界料理道』の第二十四巻を手に取っていただき、まことにありがとうございます。

今巻は、アイ＝ファの美麗な宴衣装で表紙を飾っていただくことがかないました。今巻の内容をウェブ上で公開した頃から、いつかこの姿をこちらも様のイラストで拝見させていただきたいものだ――と夢想していたのですが。それから四年ほどが経過して、ついに念願がかなうこととなりました。これもひとえに、ご愛顧くださる皆様のおかげでございます。

今回はあとがきも一ページですので四方山話に花を咲かせるいとまもございませんが、こちも様の美麗なイラストとともに本作をお楽しみいただけたら幸いでございます。

ではでは。本作の出版に関わって下さったすべての皆様と、そしてこの本を手に取って下さったすべての皆様に、重ねて厚く御礼を申し述べさせていただきます。

次巻でまたお会いいたしましょう！

二〇二一年二月　ＥＤＡ

ついにジェノスに雨季がやってきた。
2か月も続くこの季節を乗り切るため、衣替えをしたり、
屋台の運用方法を考えたりするアスタたち。
Author
EDA
Illust.
こちも
異世界料理道
VOLUME
25
Cooking with wild game.

一方で、サウティ家の付近では
街道の建設も始まっていた。
そんな中、子供を中心にかかる病気
『アムスホルンの息吹』が流行りだして——
アスタが異世界で初めての雨季を迎える第25巻!!
2021年夏発売予定!

HJ NOVELS
HJN04-24

異世界料理道24

2021年3月19日　初版発行

著者——EDA

発行者—松下大介
発行所—株式会社ホビージャパン
〒151-0053
東京都渋谷区代々木2-15-8
電話　03(5304)7604（編集）
03(5304)9112（営業）

印刷所——大日本印刷株式会社

装丁——AFTERGLOW／株式会社エストール

ISBN978-4-7986-2440-2　C0076